Jon Berkeley

Die unglaublichen Abenteuer von Miles und Little

Die 212 Könige

Jon Berkeley

Die 212 Könige

Die unglaublichen Abenteuer von Miles und Little

Band 2

Aus dem Englischen von
Gerald Jung und Katharina Orgaß

Ravensburger Buchverlag

Bibliografische Information Der Deutschen Bibliothek

Die Deutsche Bibliothek verzeichnet diese Publikation in der
Deutschen Nationalbibliografie; detaillierte bibliografische Daten
sind im Internet über **http://dnb.ddb.de** abrufbar.

1 2 3 4 5 12 11 10 09 08

Published by arrangement with HarperCollins Children's Books,
a division of HarperCollins Publishers Inc.

Dieses Werk wurde vermittelt durch die
Literarische Agentur Thomas Schlück GmbH, Garbsen.

Die Originalausgabe erschien 2007 unter dem Titel
„The tiger's egg: The Wednesday Tales No. 2"
bei HarperCollins Children's Books,
a division of HarperCollins Publishers,
1350 Avenue of the Americas, New York, NY 10019

Umschlagillustration: Peter Gric
Lektorat: Franziska Jaekel

Printed in Germany

ISBN 978-3-473-34718-6

www.ravensburger.de

Für Mum und Dad –
eins der wenigen passenden Paare
im Sockenkorb des Lebens

Inhalt

1. Das Unheil nimmt seinen Lauf 9
2. Das Boot ist voll 19
3. Zur Listigen Ratte 30
4. Ein Überraschungsgeschenk 41
5. Ein großes Geheimnis 54
6. Unter geklautem Namen 63
7. Ein halbierter Junge 73
8. Ein Flügelpaar 88
9. Im Schlafanzug 99
10. Höllenrachen 109
11. Zweihundert Könige und zwölf 116
12. Der Schrumplige 127
13. Das Ei des Tigers 138
14. Ein Lichtblitz 151
15. Ein Windbeutel 160
16. Das Bärtige Baby 168
17. Phantomjagd 182
18. Donner und Ei 191
19. Horace und Pagi 199

20. Besser ausgerüstet 211
21. Celestes Lehrling 222
22. Bibberich Guano 230
23. Die Einkrone 238
24. Zweimal hintereinander 248
25. Die Heugabelbrigade 255
26. Streifen und Reißzähne 267
27. Ein tückischer Trank 275
28. Ein rettendes Läuten 290
29. Vermisst 302
30. Der Lügendetektor 315
31. Eine ehrbare Firma 328
32. Nirgendwo und irgendwo 334
33. Ein Geniestreich 348
34. Spiel mit dem Feuer 360
35. Ein Sonntagsbraten 370
36. Ans Licht 381

1. Kapitel

Das Unheil nimmt seinen Lauf

Ein Mann in einem viel zu großen Krankenpflegerkittel stapfte auf quietschenden Sohlen durch einen Krankenhausflur. Er hatte einen kleinen runden Kopf und hellgraue Augen, und er nannte sich „der Große Cortado“. Auf seiner Oberlippe, die eben noch ein prächtiger Schnurrbart geziert hatte, klebte ein Stückchen Zellstoff mit einem Blutfleck in der Mitte. Der Mann strebte energisch auf den Klinikausgang zu, weg von dem Zimmer, in dem er drei Monate lang eingeschlossen gewesen war. Das Zimmer war auch jetzt von außen abgesperrt, aber den Schlüssel dazu hatte er in der Tasche. Der Kittel, den er trug, gehörte dem echten Krankenpfleger, der hinter der abgeschlossenen Tür bewusstlos auf dem Fußboden lag, an Händen und Füßen mit Streifen aus zerrissenen Bettlaken gefesselt. Der Pfleger hatte einen Schlag mit einem schweren Metalltablett auf den Kopf bekommen und würde so schnell nicht wieder aufwachen.

Der Große Cortado quietschte quer durch die Eingangshalle, vorbei am Empfang, wo der Nachtportier saß und Zeitung las. Der Portier blickte verwundert auf. „Schon Feierabend?“ Er sah auf seine Armbanduhr. „Die Schicht ist doch erst um vier zu Ende.“

„Ich trete in den Streik“, erwiderte Cortado. „Für bessere Arbeitsbedingungen.“

Der Portier ließ die Zeitung sinken. „Ein Streik?“, fragte er skeptisch. „Ist der denn genehmigt?“

„Ist doch schnurz“, erwiderte der Große Cortado, setzte die Drehtür in Bewegung und beförderte sich schwungvoll hinaus in die eisige Nachtluft.

Sein Atem schimmerte im Licht der Straßenlaternen, die den gekiesten Zufahrtsweg säumten. Seine Oberlippe brannte vor Kälte. Ein Kichern entfuhr ihm und er kniff die Lippen fest zusammen. Am besten gleich im Keim ersticken! Wenn er erst damit anfing, ging es womöglich mit ihm durch. Er marschierte zum Tor hinaus und die Allee entlang. In seinem Kopf tobte das reinste Narrentheater aus Klängen und Bildern, aus Gekicher, Geheul, Gepurzel und Gekreisel. Tag und Nacht diesem inneren Tollhaus ausgesetzt, balancierte er auf einem Hochseil über dem ganzen Tohuwabohu. Manchmal rutschte er auch ab und kam tagelang nicht mehr heraus. Aber jetzt nicht!, ermahnte er sich und richtete den Blick fest auf den Boden vor seinen Füßen. Ein Schritt nach dem anderen. Links, rechts, links, rechts, hoch, runter, abbiegen. Nicht hüpfen! Abermals stieg ein Kichern in ihm auf, aber er schluckte es gewaltsam wieder hinunter. „Reiß dich zusammen!“, redete er sich gut zu. „Du bist schließlich der Große Cortado!“

„Gewesen“, widersprach eine innere Stimme. Er fuhr herum, aber niemand war da. „Niemand außer uns beiden Angsthasen“, sagte er. „Ich *bin* der Große Cortado! Das war bloß ein kleiner Rückschlag. Wenn ich wieder richtig auf den Beinen bin, werden wir ja sehen, wer zuletzt lacht.“

Und so stapfte der ehemals Große Cortado noch etwas wacklig durch die Nacht, und immer wieder entfuhr ihm ein leises Gekicher wie ein Schluckauf. Während die Wirkung der Medikamente in der kalten Luft allmählich nachließ, erwachten seine früheren Pläne und Projekte wieder aus dem Wahnsinn zum Leben, absurder, finsterer und hinterhältiger denn je. Ein Heer von Sklaven. Eine Stadt aus Knochen. Ein militärisch-industrielles, von tödlichen Raketen starrendes Imperium. Er holte tief Luft und gestattete sich ein siegessicheres Lachen. Ganz gleich, welche Ungeheuerlichkeiten er ersann oder wie rücksichtslos er sich seinen Weg an die Macht bahnte, eines stand fest: An der Pforte zu seinem Reich würde eine hohe Stange aufragen, und auf dieser Stange würde Selims Kopf stecken. Der Kopf des Jungen, der seinerzeit den Palast des Lachens zerstört hatte. „Das steht ganz oben auf meiner Liste!“, verkündete der

Große Cortado den menschenleeren Straßen. „Eine Stange mit Selims Kopf drauf. Dann werden wir ja sehen, wer zuletzt lacht!"

Der Zirkus Bolsillo kam an einem bitterkalten Februarmorgen nach Larding. Von dem Augenblick an, als der erste Wagen auf der Hügelkuppe erschien, war klar, dass dies ein Zirkus wie kein anderer war. Der Zug wurde von zwei bunt bemalten, mit Troddeln geschmückten Elefanten angeführt, die jeder einen Affen in Zirkuslivree zwischen den Ohren hocken hatten. Ihnen folgte ein zahnlückiger Mann mit Pomade im Haar, der mit einem Dutzend brennender Keulen jonglierte. Ein Trupp Akrobaten schlug auf der mit Reif bedeckten Straße Rad. Ihr Atem malte Spiralwolken in die Luft, die sich in der Wintersonne gleich wieder verflüchtigten. Ihnen schloss sich eine lange Prozession aus Zugmaschinen und Wagen an, die in leuchtenden Farben bemalt waren, einer fantasievoller als der andere. Eine Woge aus Trommeln, Pfeifen und Gongs, die Tote hätten aufwecken können, trug den ganzen Zug in die Stadt, untermalt vom fremdartigen Trompeten und Knurren der Tiere aus fernen Urwäldern und Wüsteneien. Auf dem vordersten Wagen stand mit roten, blauen und gelben Buchstaben „Der grandiose Zirkus Bolsillo" und in die drei großen runden Os waren drei grinsende Clownsgesichter mit spitzen Zähnen gemalt.

Ein kleines Mädchen und ein kaffeebrauner Junge hockten auf der gemauerten Brücke kurz vor Larding und hielten ungeduldig Ausschau. Sie schienen die Kälte gar nicht zu spüren. Der Junge hieß Miles, das Mädchen wurde Little gerufen. Wie sie so nebeneinander auf der kalten Steinbrüstung saßen, wirkten sie wie zwei ganz gewöhnliche Kinder – wenn man nicht wusste, dass Little über vierhundert Jahre alt war und sich auf ihrem Rücken die Umrisse eines verlorenen Flügelpaars abzeichneten und dass Miles mit einem sprechenden Tiger befreundet war und einen kleinen Stoffbären in der Hosentasche hatte, der wie ein betrunkener Seemann tanzen konnte.

Als der vorderste Wagen heranrumpelte, erblickten Miles und Little die Gebrüder Bolsillo höchstpersönlich: Fabio, Umor und Gila, die wie ein kleiner Totempfahl auf dem Dach schwankten. Als der Wagen über die Brücke rollte, vollführte der Totempfahl eine dreifache Verbeugung. „Wie geht's, wie steht's, Meister Miles?“, übertönte Fabio die Kapelle. „Und das kleine Fräulein Little ist auch da!“, rief Umor. Gila zeigte grinsend die spitzen Zähne.

„Danke, ganz gut“, erwiderte Miles. „Wie läuft's mit dem neuen Zirkus?“

„Wir können nicht klagen!“, rief Fabio.

„Können wir wohl!“, rief Gila.

„Machen wir aber nicht!“, fügte Umor an, was in dem ohrenbetäubenden Lärm jedoch unterging.

Miles und Little trabten neben dem Wohnwagen der Bolsillo-Brüder her, der von zwei gedrungenen Kaltblütern mit Beinen wie zottige Säulen gezogen wurde, wurden aber bald von der Menschenmenge verschluckt, die in den Straßen zusammengelaufen war. Daraufhin blieben die beiden Kinder stehen und ließen den Rest der Parade an sich vorüberziehen.

Der Zirkus Bolsillo war so grundverschieden von seinem Vorgänger, dem Zirkus Oscuro, der vor einem halben Jahr im Schutz der Dunkelheit unbemerkt Einzug in die Stadt gehalten hatte, wie es grundverschiedener nicht ging. Nichts erinnerte mehr an dessen unheimlichen Anblick, und sein ehemaliger Direktor saß wohlverwahrt in einer geschlossenen Nervenheilanstalt. Aus den Überbleibseln hatten die Bolsillo-Brüder einen ganz neuen Zirkus zusammengestellt – so bunt und chaotisch, wie der Zirkus Oscuro düster und schaurig gewesen war. Als Ersatz für die Mitwirkenden, die weggelaufen oder ins Gefängnis gekommen waren, hatten die Bolsillo-Brüder neue Artisten angeheuert. Als die prächtige Prozession vorbeizuckelte, konnte Miles schon erahnen, was für eine bemerkenswerte Truppe sie um sich geschart hatten.

Es kamen noch viel mehr Wagen, geschmückt mit den Ankündigungen spektakulärer Darbietungen: „Die Toki-Schwestern aus dem Fernen Osten“, „Gräfin Fontainbleau und ihre Wilden Löwen“, „K2 – Der

Kraftmensch“ sowie „Doktor Tau-Tau offenbart Ihnen die Zukunft“. Der letzte Name kam Miles irgendwie bekannt vor, aber er wurde sogleich von einem Käfigwagen voller dickwanstiger Krokodile abgelenkt. Die schläfrigen Reptilien lagen kreuz und quer übereinander wie umgestürzte Standbilder. Ihr schiefes Grinsen legte den Verdacht nahe, dass sie gerade in aller Seelenruhe ein kleines Kind oder auch zwei verdauten. Insgeheim hatte Miles gehofft, irgendwo in dem kunterbunten Zug einen Tiger zu entdecken. Es gab Tiere aus den entlegensten Winkeln der Erde, aber als der letzte Wagen vorbeigefahren war, musste er sich damit abfinden, dass die einzigen Streifen, die er erblickt hatte, wiehernde Zebras und zusammengelegte Zeltplanen zierten.

Miles und Little gingen hinter den letzten Wagen her, als die ersten bereits auf die große Wiese am Fuße des Hügels einbogen. Lady Partridge, die Vorsteherin des Waisenhauses, in dem die beiden lebten, hatte die Ankunft der Truppe vorhergesagt (wenn auch nicht auf den Tag genau). Sie hatte erzählt, dass die Tiere ein paar Tage lang in den verfallenen Stallungen hinter dem alten Landsitz der Partridges einquartiert werden sollten, ehe der Zirkus zu seiner Frühjahrstournee aufbrach.

Als Miles und Little auf der Wiese ankamen, hatten sich die Zirkuswagen und Zugmaschinen in einem großen Kreis aufgestellt. Die zuerst eingetroffenen

Artisten waren schon aus ihren fahrbaren Behausungen geklettert und hatten sich mitsamt Hunden, Kindern, Wäscheleinen, Klappstühlen, alten Blechwannen, Hühnern und Petroleumlampen breitgemacht. Planen waren an den umstehenden Bäumen befestigt worden und knatterten im Wind. Auf einem kleinen gelben Lastwagen sprang dröhnend ein Generator an, dahinter tauchte Fabio Bolsillo auf und wischte sich an einem ölverschmierten Lappen die Hände ab. Als er Miles und Little sah, strahlte er und steckte den Lappen in die Gesäßtasche seines Overalls, dann schlug er flink ein Rad und kam aufrecht vor den beiden zum Stehen. Er machte eine tiefe Verbeugung und zwinkerte Miles verschmitzt zu.

„Hab mir schon gedacht, dass ihr mal schnuppern kommt“, sagte er.

„Wie Schmeißfliegen, wenn die Pferde äppeln“, sagte Gila, der plötzlich wie aus dem Boden gewachsen neben ihnen stand.

„Wo ist denn Umor?“, erkundigte sich Little.

„Der kocht“, antwortete Gila.

„Wir bekommen nämlich Gäste“, antwortete Fabio.

„Ach so“, sagte Miles. „Dann gehen wir wieder. Wir wollten bloß Guten Abend sagen.“

„Bitte sehr, dann geht ihr eben wieder.“ Gila zuckte die Achseln.

„Dann haben wir eben keine Gäste“, sagte Fabio.

„Dann essen wir eben alles alleine auf.“ Gila

streckte blitzschnell die Hand aus und zwickte Miles in die Nase. „Duziduzi!“

Unterwegs zum Wagen der Bolsillo-Brüder warf Fabio Miles unter buschigen Brauen einen durchdringenden Blick zu. „Habt ihr schon gehört, was in Flukehill passiert ist?“

Miles fröstelte. „Was denn?“

„Der Große Cortado ist letzte Woche aus der Geschlossenen ausgebrochen“, verkündete Fabio.

„Hat dem Pfleger ein Tablett übern Schädel gezogen“, verkündete Gila.

„Hat sich mit ’nem geschliffenen Buttermesser den Schnurrbart abrasiert.“

„Hat die Klamotten vom Pfleger angezogen und ist einfach zur Tür rausspaziert.“

„Hat dem Portier weisgemacht, dass er streikt.“

Miles wurde es ganz flau im Magen und ihm wankten die Knie. Als er sah, dass Little ängstlich zu ihm herüberschielte, setzte er ein tapferes Lächeln auf. „Der kommt bestimmt nicht weit.“ Er sah deutlich vor sich, wie Sergeant Bramley und seine beiden wackeren Wachtmeister über dampfende Teetassen gebeugt Kreuzworträtsel lösten, und verdrängte die Vorstellung sogleich.

„Da wäre ich mir nicht so sicher“, meinte Fabio.

„Er ist ein Meister der Tarnung“, meinte Gila.

„Und kann gut mit Messern umgehen!“, meinte Fabio.

„Er wurde schon in Nape und Iota gesehen, und sogar in Frappe, und das ist ganz schön weit weg“, fügte Gila an.

Fabio zog Gila die Mütze über die Augen. „Alles Lügen und Gerüchte“, sagte er verächtlich, „es sei denn, er hat sich seit damals ’nen Propeller wachsen lassen.“

Miles musste lachen, und sein Magen beruhigte sich ein bisschen. Dennoch kam es ihm vor, als würde auf einmal eine dunkle Wolke den Tag verdüstern. Er griff in die Hosentasche und tastete trostsuchend nach seinem schmutzig-orangefarbenen Plüschbären Mandarine, der in einer mondhellen Herbstnacht durch Littles Gesang lebendig geworden war. Mandarine schwieg, aber er drückte Miles die Hand, und das sagte mehr als eine ganze Hosentasche voller Worte.

2. Kapitel

Das Boot ist voll

Der schlehenäugige, flinkfingrige Umor Bolsillo vollführte ein kunstvolles Tänzchen in einer nach Schweinebraten, Salbei und Pilzen duftenden Rauchwolke. Dazu sang er ein Lied in einer fremden Sprache und pikte immer wieder in den Braten, der am Spieß über dem offenen Feuer brutzelte. Die beiden anderen Bolsillo-Brüder und ihre Gäste saßen auf Klapphockern, die Gila aus dem Wohnwagen geholt und im Halbkreis um das Feuer aufgestellt hatte.

„Nun denn, Meister Miles", sagte Fabio, „erzähl uns, was es Neues gibt."

„Da gibt's nicht viel zu erzählen. Das Waisenhaus ist so gut wie fertig. Lady Partridge ist furchtbar beschäftigt, und Bolzenglas von Arabien schaut ab und zu rein, wenn ihn jemand aus Cnoc im Auto mitnimmt."

„Und das Zero?"

„Dem geht's wie immer." Miles sah das namenlose

Untier vor sich, das er davor bewahrt hatte, getötet zu werden, obwohl es ihn zuvor beinahe umgebracht hatte. Jetzt hauste es in Lady Partridges Gartenpavillon, der mit dicken Gittern verrammelt war. Eigentlich besuchte Miles es jeden Morgen, nur heute war er unterwegs von der Ankunft des Zirkus überrascht worden. Das Zero würde wie immer in der Ecke kauern, an einem Knochen nagen und finster vor sich hin brüten. „Manchmal ist es ganz brav, dann wieder nicht", berichtete er. „Ich lese ihm jeden Morgen aus der Zeitung vor, das scheint es irgendwie zu beruhigen."

Fabio nickte. „Ich glaube nicht, dass du mit ihm jemals weiterkommst."

„Als es noch bei uns war, haben sich einige daran versucht, es zu zähmen", sagte Umor.

„Aber keiner hat's geschafft."

„Nicht mal die, die's überlebt haben."

„Ich will das Zero gar nicht zähmen", erwiderte Miles. „Ich glaube, es braucht einen Freund."

„Einen Freund ..." Fabio betrachtete Miles nachdenklich.

„Ihr habt so viele neue Artisten!" Little hatte den Blick über die farbenfrohen Wagen schweifen lassen. „Wo seid ihr überall gewesen?"

„Hier und dort, kleiner Himmelskäfer", antwortete Gila.

„Aber meistens dort."

„Größtenteils in kleineren Städten."

„Kleine Auftritte."
„Großer Applaus."
„Wir haben die neuen Nummern ausprobiert", sagte Fabio.
„Ein bisschen aufgemotzt."
„Entzweigesägt." Umor lachte.
Fabio beugte sich vor und verkündete mit gesenkter Stimme: „Wir haben ein ganz neues Programm erarbeitet."
„Eine Art Snehcal sed Tsalap", sagte Gila.
„Snehcal was?", fragte Little.
„Das ist verkehrt rum", sagte Miles.
„Palast des Lachens", sagte Fabio.
„Bloß umgedreht", sagte Gila.
„Essen fassen!", rief Umor aus der Rauchwolke.
Sie saßen am warmen Feuer und aßen Schweinebraten von angeschlagenen Tellern. Die Bolsillo-Brüder erzählten in der für sie typischen Manier, wie sie in den Wintermonaten eine ganze Reihe Vorstellungen in kleineren Städten und Dörfern gegeben und dabei nach neuen Attraktionen Ausschau gehalten hatten, mit denen sie den kränkelnden Zirkus wieder aufpäppeln konnten. Rechnungen mussten bezahlt und Tiere versorgt werden, aber sie hatten auch intensiv an einem neuen, noch spektakuläreren Programm fürs nächste Jahr gearbeitet. Dabei waren die Clownsnummern von ganz besonderer Bedeutung, denn die Brüder wollten unauffällig einen Auftritt

einbauen, der die Wirkung der Lachhypnose des Großen Cortado umkehren sollte. Mittels dieser Methode hatte Cortado seinerzeit den Zuschauern das Lachen geraubt – Stadt für Stadt und Dorf für Dorf –, um es ihnen anschließend in grün etikettierten Fläschchen wieder verkaufen zu können. Seit Miles und Little diesem abscheulichen Treiben ein Ende bereitet hatten, hatte sich eine schleichende Trübsal über das Land gelegt. Fabio, Umor und Gila hatten sich vorgenommen, ein Programm zu ersinnen, das den Schaden wiedergutmachte.

„Und da", wandte sich Fabio an Little, „kommst du ins Spiel, kleiner Himmelskäfer."

Little wischte sich mit dem Blusenzipfel die Soße vom Kinn (Lady Partridge hatte ihr diese Unart nicht abgewöhnen können) und klemmte die kurzen blonden Haare hinters Ohr. „Wie meinst du das?"

„Du kennst das Lied, das wir brauchen", sagte Fabio.

„Wir müssen jede Menge ungesunde Musik entwirren", sagte Gila.

„Und ungesundes Lachen in gesundes verkehren."

„Wir haben dich damals im Palast des Lachens singen hören."

„Dein Gesang kann saure Milch wieder genießbar machen."

„Und die Gummibärchen aus den Bäumen schütteln", sagte Gila.

„Gummibärchen wachsen nicht auf Bäumen“, widersprach Umor.

„Du hast immer gesagt, es gibt Gummibärchenbäume.“

„Gummibäume, du Dussel.“

Little schüttelte den Kopf. „Für einen solchen Zweck darf ich das Eine Lied nicht singen. Ich bin kein Liedengel mehr. Ich darf es gar nicht mehr singen, jedenfalls nicht in nächster Zeit.“

Fabio legte den Finger auf die Lippen. „Pst! Das wollen wir gar nicht wissen.“

„Das geht uns gar nichts an“, sagte Umor.

„Aber verrat's uns trotzdem!“, ergänzte Gila.

Miles sah, dass Little trotzig den Mund zukniff, aber er kannte sie zu gut. Sie hatte gegen die Vorschriften verstoßen, um Silverpoint auf die Erde zu folgen. Und als sie den Namen des Zero ausgesungen hatte, um Miles zu retten, hatte sie die Vorschriften erst recht verletzt. Da brauchte man sie bestimmt nicht lange zu bitten, sich noch einmal darum herumzumogeln.

„Vielleicht kannst du dich irgendwie in der Zirkuskapelle nützlich machen, Little“, sagte er.

„Wir hatten denselben Gedanken, Meister Miles“, entgegnete Fabio.

„Ach ja?“, fragte Gila.

„Er hat für dich mitgedacht, um dich zu schonen“, sagte Umor und leckte sich die fetttriefenden Finger.

„Dann wärst du die jüngste Kapellmeisterin der Welt."

„Wir haben auch schon den größten Zwerg der Welt im Programm."

„Ganz zu schweigen vom kleinsten Floh."

So saßen sie auf ihren Klapphockern, der kaffeebraune Junge, sein Adoptivschwesterchen und drei kleine Männer mit schwarzen Locken und Augenbrauen wie pelzige Raupen. Ein kühler Wind wehte ihnen graue Asche ins Gesicht, als die Glut allmählich erkaltete, und Miles wurde auf einmal ganz traurig, als ihm bewusst wurde, dass er in diesen Plänen gar nicht vorkam.

„Ohne Miles komme ich aber nicht mit!", verkündete Little.

„Wir sind ja vor Jahresende wieder zurück", entgegnete Fabio.

„Wenn das schlechte Wetter einsetzt, ist die Saison vorbei", fügte Umor an.

„Das heißt, falls dich Lady P. vom Unterricht befreit."

„Bolzenglas von Arabien behauptet, wenn ein Abenteuer auch nur einen Tag dauert, lernt man mehr fürs Leben, als wenn man einen Monat lang nur Bücher liest", warf Miles ein. Er hatte sich seinerzeit geschworen, dafür zu sorgen, dass Littles irdisches Leben so reich an Wundern sein würde wie jenes, das sie aufgegeben hatte. Eine Tournee mit dem Zirkus

Bolsillo schien ihm dafür ein hervorragender Auftakt, und er war zwischen der Freude über das spannende Abenteuer, das seiner Freundin bevorstand, und der Enttäuschung, selbst zurückbleiben zu müssen, hin- und hergerissen.

„Keine Sorge." Gila warf ihm einen Blick aus schwarzen Äuglein zu. „Wir passen auch gut auf sie auf."

„Wie auf unsere eigene Nichte", bekräftigte Umor.

„Oder unsere dürre kleine Oma."

Miles hatte einen Kloß im Hals, aber er nickte. Er betrachtete die bunten Wagen und die vielen Leute, die geschäftig umherliefen, aßen, arbeiteten und die Tiere versorgten. Von einem anderen Lagerfeuer wehten wehmütige Akkordeonklänge herüber, während man durchs Fenster eines blau gestrichenen Wohnwagens eine aufgebrachte Mädchenstimme und Geklirr hörte, als würde jemand mit Geschirr schmeißen.

In nur einer Stunde war ein ganzes Dorf aus dem Boden gewachsen. Ein Dorf, das genauso schnell wieder verschwinden würde, ein flüchtiges Trugbild, das niemand betreten durfte, es sei denn, er wurde dazu aufgefordert. Als Miles sich wieder zum Feuer umdrehte, spielte Gila mit seiner grauen Maus Susan. Umor stellte klappernd die Teller aufeinander und balancierte den schwankenden Stapel auf dem Kopf die Treppe zum Wohnwagen hoch.

Miles räusperte sich. „Ich könnte doch …“, setzte er an, aber Fabio schüttelte den Kopf. „Das Boot ist voll.“

Gila sah von seiner Maus auf. „Kein Platz für weitere Passagiere.“

Im blauen Wagen ging der nächste Teller zu Bruch und das Mädchen zeterte: „Wenn ich gehe, nehme ich Hector aber mit! Sie geben ihm ja nicht mal zu fressen!“

„Aber Miles ist fleißig“, wandte Little ein. „Er könnte beim Aufbau des Zeltes helfen oder die Tiere versorgen.“

„Kann er auf dem Seil tanzen?“, fragte Fabio.

„Oder Löwen dressieren?“, fragte Gila.

Miles schüttelte den Kopf.

„Er kann doch das Geschirr spülen“, hörte man Umor aus dem Wagen rufen.

„Wer beim Zirkus ist, muss schon zwei, drei Sachen können, Meister Miles“, sagte Fabio. „Anders kommt unsereiner nicht zurecht.“

Aus dem Augenwinkel sah Miles ein kräftiges kleines Mädchen aus dem blauen Wohnwagen stürmen und die Tür hinter sich zuknallen, dass die Fensterscheiben klirrten. Ihr glänzendes braunes Haar war mit einem Band zusammengebunden und ihr Mantel war viel zu groß. Auf ihrer Schulter saß ein Äffchen, und ihre Augen blitzten zornig. Sie stapfte zum Feuer der Bolsillo-Brüder hinüber, wobei sie unter der Last eines großen Koffers und einer abgewetzten Reisetasche auf ihren Plateausohlen ein wenig wankte. Aus dem Koffer hing ein glitzernder rosa Ärmel und schleifte im Schlamm.

„Ich arbeite nicht mehr mit diesem Tier zusammen!“, sagte sie mit einer lauten, energischen Stimme, die gar nicht zu ihrer kleinen Gestalt passte. Sie ließ ihr Gepäck fallen, verschränkte die Arme und funkelte Fabio an.

Fabio musterte den Affen neugierig. „Schade. Er ist ein echter Künstler.“

„Pah!“, machte das Mädchen. „Ich meine doch nicht Hector. Der Affe ist ein wunderbarer Mensch.“ Sie drehte sich nach dem blauen Wagen um. „Stranski ist das Tier! Er wäscht sich nicht und stinkt wie ein Dachshintern. Er sagt weder Bitte noch Danke, er führt sich auf wie die Axt im Walde!“

„Stranski kann nicht sprechen, Julia“, wandte Gila ein.

„Seit dem Unfall nicht mehr“, rief Umor aus dem Wohnwagen.

„Er hat schon seit zwanzig Jahren kein Wort mehr gesagt“, fügte Fabio an.

Das Mädchen rümpfte die Nase. „Das weiß ich selber! Es geht nicht darum, dass er nichts sagt. Es ist die Art und Weise, wie er nichts sagt! Er schubst mich in die Kiste, zerrt mich wieder raus, knufft und kneift mich. Nie füttert er den Affen, immer muss ich

Hector was von meiner eigenen Portion abgeben. Ich bin mit Stranski fertig, und den Affen nehme ich mit. Wir haben endgültig die Nase voll!"

„Ihr könnt nicht einfach gehen!", wandte Fabio ein.

„Stranski braucht eine Assistentin", sagte Gila.

„Du hast einen Vertrag unterschrieben", sagte Fabio.

Julia bückte sich, kramte in ihrer Reisetasche und zog ein zerknittertes Blatt heraus, das beidseitig mit einer krakeligen Schrift bedeckt war. „Den da?", fragte sie, knüllte das Blatt zusammen und steckte es in den Mund. Sie kaute mit erhobenem Kopf und in die Hüften gestemmten Fäusten darauf herum, dann schluckte sie es mit theatralischem Würgen hinunter, hob wortlos ihr Gepäck auf und stiefelte in Richtung Straße. Der Affe drehte sich noch einmal nach dem Zirkus um, schnatterte laut und zupfte das Mädchen am Ohr, aber Julia schüttelte den Kopf und ging unbeirrt weiter. Sie war schon fast an der Straße, da sprang Hector von ihrer Schulter und flitzte davon, zwischen den Zirkuswagen und unter den Wäscheleinen hindurch, bis er in dem blauen Wohnwagen verschwunden war. Julia sah ihm mit gekränkter Miene nach, dann stapfte sie weiter und war kurz darauf außer Sichtweite.

Am Lagerfeuer herrschte Schweigen. Umor erschien auf dem Wohnwagentreppchen und schaute ihr nach. „Schade“, sagte er bekümmert. „Ich hatte sie gern.“

Fabio starrte einen Augenblick in die Glut. Seine buschigen Brauen zogen sich zusammen, dann blickte er auf und lächelte Miles an.

„Wie würde es dir gefallen, entzweigesägt zu werden, Meister Miles?“

3. Kapitel

Zur Listigen Ratte

Der todmüde, vor Stolz schier platzende Miles Wednesday schob übers ganze Gesicht strahlend eine Schubkarre voller Elefantendung über die Brücke nach Larding. Little hüpfte fröhlich nebenher. Nach Julias unerwartetem Abschied vom Zirkus hatte man ihn als Zeltbursche, Hilfstierpfleger und Assistent von Stranski engagiert. Stranski war Zauberer, obendrein ein erfahrener Messerwerfer und Leutezersäger und stank tatsächlich wie ein Dachshintern.

„Manche Menschen sind einfach zur rechten Zeit am rechten Ort“, hatte Umor gesagt, als er Miles zu der kleinen Elefantenkoppel am Rand der Wiese gebracht hatte.

„Und du gehörst nicht dazu“, fügte Gila an und drückte Miles eine Schaufel in die Hand. Dann zeigte er auf das kleine Dunggebirge, das Tembo und Mamba bereits produziert hatten. „Das soll alles in die Schubkarre.“

„Aber du musst die beiden vorher um Erlaubnis bitten“, sagte Umor.

„Und pass auf, dass sie dich nicht zertrampeln“, sagte Gila.

Nach mehreren Stunden Schwerstarbeit hatte man ihn dann in Begleitung von Little zum Gartenbauamt ins Rathaus geschickt. Die Karre Elefantendung, verfeinert mit einem Cocktail exotischer Häufchen aus vier Kontinenten (sowie der einen oder anderen Blasenschwäche), gab einen ausgezeichneten Dünger ab. Mit dem Erlös konnte man einen Teil des Tierfutters bezahlen. Miles' Hände waren voller Blasen und brannten beim Schieben. In einem Gässchen machte er halt und setzte die Karre behutsam ab.

„Sind wir da?“, fragte Little und spähte mit zusammengekniffenen Augen zu einem Schild empor, das an einem heruntergekommenen Gebäude hing. Mit dem Lesen kam sie nur langsam voran, denn sie konnte einfach nicht begreifen, dass man die Melodie einer Sprache mit derart plumpen Zeichen festhielt. „Z...zur ... Li...sti...“, buchstabierte sie.

„Zur Listigen Ratte“, sagte Miles. „Nein, wir sind noch nicht da. Ich will bloß meinen Händen eine Pause gönnen.“ Auf dem Schild saß in einem Wappen eine geschmeidige weiße, rotäugige Ratte auf den Hinterbeinen, wie man es sonst eher von Löwen kennt. In einem Pfötchen hielt sie einen schäumenden Bierkrug, im anderen einen großen Schlüssel. Über dem Schild baumelte an einem Gewirr schwarzer Kabel eine nackte Glühbirne und ergoss ihr trübes Licht in die schummrige Gasse.

Als Miles sich wieder nach der schweren Schubkarre bückte, erschien im finsteren Eingang der Kneipe ein großer, struppiger Kopf. Miles richtete sich erstaunt wieder auf. Das tückische Blinzeln und die wulstige Unterlippe, die dem Mann wie eine glitschige rosa Schnecke über das unrasierte Kinn hing, waren unverwechselbar. Es war Fowler Pinchbucket, der gemeinsam mit seiner hageren, hartherzigen Frau das Bezirkswaisenhaus – in dem auch Miles einst gelebt hatte – wie eine Jugendstrafanstalt geführt hatte.

„Hier darfst du das Ding nicht abstellen", verkündete Fowler. Miles hob die Schubkarre rasch an. Normalerweise musste Fowler Pinchbucket erst gründlich nachdenken, ehe er jemanden einordnen konnte, und diesen kleinen Aufschub wollte Miles nutzen, um sich schleunigst aus dem Staub zu machen.

„Warte mal!" Fowler trat auf die Straße hinaus und vertrat ihm den Fluchtweg. „Dich kenn ich doch. Du bist doch der kleine Wednesday!" Er verschränkte die Arme vor der Brust und blickte mit misstrauischer Miene von Miles zu Little.

„Ich kenne keinen Wednesday", entgegnete Miles, „und Sie stehen einem frischen Misthaufen auf Rädern im Weg. Überlegen Sie sich das lieber noch mal."

Fowler Pinchbucket rührte sich nicht von der Stelle. „Mich legst du nicht rein“, brummte er, wobei er vergaß, dass Miles genau das schon mehr als einmal gelungen war. „Ich hab ein gutes Gesichtergedächtnis.“

„Fow-ler!“, blaffte jemand aus dem düsteren Schankraum. „Was treibst du da draußen? Plauderst du übers Wetter? Du musst noch die alten Fässer rausbringen!“

Little warf Miles einen kurzen Blick zu. „Wir müssen jetzt gehen“, sagte sie zu Fowler Pinchbucket, aber da der sie nicht einordnen konnte, ignorierte er sie einfach.

„Hab zwei von unseren entdeckt!“, rief Fowler über die Schulter. Seine Stimme klang belegt, als hätte er einen Strumpf verschluckt. „Den kleinen Wednesday und ein Mädel, an das ich mich nicht erinnern kann.“

„Wir gehören nicht Ihnen!“, protestierte Miles und rammte Fowler die Schubkarre gegen das Schienbein. Fowler schnitt eine Grimasse und sein beschränkter Verstand suchte nach einer angemessenen Erwiderung. Beim Klang von Mrs Pinchbuckets Stimme war Miles ganz mulmig geworden, aber solange Fowler die enge Gasse versperrte, kamen er und Little nicht an ihm vorbei.

„Welcher Wednesday denn?“, rief Mrs Pinchbucket. „Von denen hatten wir doch Dutzende.“

„Autsch!“, verkündete Fowler. „Der Dunkle, der abgehauen ist.“

Daraufhin erschien Mrs Pinchbucket persönlich in der Tür. Im Gegensatz zu ihrem Mann, der aus den Einzelteilen mehrerer schwammiger, nicht recht zueinander passender Leiber zusammengesetzt schien, war sie runzlig und vertrocknet wie eine Vanilleschote. Nur ihr Gesicht war glatt, denn die Haut wurde von den straff zusammengebundenen Haaren so gespannt, dass sie wie frisch lackiert aussah. „Miles Wednesday!“, sagte sie. „Das ist ja mal eine Überraschung. Du bist aber groß geworden! Und wie's ausschaut, hast du dir eine kleine Freundin zugelegt.“

Miles starrte Mrs Pinchbucket so ungläubig an, als wären ihr auf einmal Federn gewachsen. Er konnte sich nicht entsinnen, in den trübsinnigen acht Jahren, die er im Pinchbucket-Waisenhaus geschmachtet hatte, auch nur ein einziges freundliches Wort von ihr oder ihrem Mann gehört zu haben.

„Das ist ... meine Schwester.“

„Deine ... Schwester!“, wiederholte Mrs Pinchbucket. Ein abstoßendes Lächeln verzerrte ihr Gesicht. „Kommt doch rein, ihr beiden, wir spendieren euch eine ... Limo oder was ihr sonst wollt. Es heißt, du hättest während unserer Abwesenheit die Stadt gerettet. Das musst du uns ausführlich erzählen.“

„Vielen Dank, aber wir müssen weiter“, erwiderte

Miles gezwungen höflich. „Wir sind spät dran“, ergänzte Little.

Mrs Pinchbucket ließ nicht mit sich reden. „Unsinn! Stell die Schubkarre irgendwohin, Fowler, und ich zeige den Kindern unser neues Etablissement. Wir haben erst am Freitag eröffnet“, wandte sie sich wieder an Miles.

Fowler Pinchbucket packte ächzend die rauen Griffe der schweren Schubkarre. Er war genauso durcheinander wie Miles, hatte sich aber längst angewöhnt, die Anweisungen seiner Frau prompt auszuführen. Widerstrebend und neugierig zugleich trat Miles, gefolgt von Little, über die Schwelle der Listigen Ratte.

Wenn du schon mal einen Raum betreten hast, der von zwei Leuten eingerichtet wurde, die weder über Geschmack noch über handwerkliches Geschick verfügen und die ebenso gern Geld ausgeben, wie sich von einem Kannibalen die Beine abbeißen zu lassen, dann hast du eine ziemlich gute Vorstellung davon, wie es in der Listigen Ratte aussah. Die Pinchbuckets hatten einen Anlauf genommen, die jahrzehntealte Fett- und Schmutzschicht von den gallegrünen Wänden zu schrubben, weil sie sich überlegt hatten, dass Seife und Wasser billiger als Farbe sind. Aber Fowlers selbst gezimmerte Leiter war unter seinem Gewicht zusammengebrochen, ehe sie damit fertig waren, weshalb unter der Decke ein dunkler Rand zurückgeblieben war. Drei nackte Glühbirnen verströmten ein trostloses Funzellicht, in dem kaum etwas zu erkennen war. Mrs Pinchbucket hatte einen Eimer Farbe springen lassen, fünf Liter einer rosa Sonderangebotsplempe, und hatte das Zeug auf dem Tresen und dem halben Boden verteilt, bis der Eimer leer gewesen war. Jetzt erinnerte der Tresen an einen halb geschmolzenen Riesenklotz Erdbeereis.

„Macht's euch bequem!“ Mrs Pinchbucket deutete auf die Reihe ungepolsterter Barhocker vor dem Tresen. „Ich bring euch was zu trinken. Was möchtet ihr denn?“

„Orangensaft wäre prima“, sagte Miles.

„Nicht so bescheiden!“, flötete Mrs Pinchbucket.

„Wasser?“, fragte Little.

„Der Wasserhahn ist kaputt. Also zwei Bitter Lemon.“ Die letzte Bemerkung war ans andere Ende des Tresens gerichtet, wo das Schummerlicht nicht hinreichte. Miles konnte das Mädchen, das dort im Halbdunkel Gläser abtrocknete, nur schemenhaft erkennen.

„Zwei Bitter was?“, fragte das Mädchen nach.

„Bitter Lemon!“, blaffte Mrs Pinchbucket. „Hinter dir, im Glasschrank.“

Das Mädchen trat ins Licht und stellte zwei Flaschen auf den Tresen. Miles erkannte es sofort wieder: Es war Julia aus dem Zirkus. Offenbar hatte sie genauso schnell eine neue Arbeit gefunden wie Miles. „Zwei Bitter Lemon“, sagte sie ausdruckslos.

Mrs Pinchbucket ließ sich umständlich auf einem Barhocker nieder. „Na, wie gefällt euch unsere kleine Kneipe?“

„Sie ist ... etwas ganz Besonderes“, erwiderte Miles ausweichend und schaute sich um. Außer ihnen schien kein Gast da zu sein. In der Ecke stand ein Stapel Kisten mit der Aufschrift: „Nur für den Export“.

„Freut mich, dass es dir gefällt“, sagte Mrs Pinchbucket. „Abends ist hier natürlich viel mehr los. Aber du musst mir unbedingt von dir und deiner kleinen ... Schwester erzählen. Wohnst du immer noch in einem schimmligen Fass?“

„Mein Fass wurde zertrümmert.“

Little nahm den Strohhalm aus dem Mund. „Wir wohnen im ...“, setzte sie an, da fuhr Miles den Ellbogen aus und die beiden Getränke ergossen sich über den Tresen, ehe Little noch eine Silbe sagen konnte.

„Hoppla!“, rief Miles.

Mrs Pinchbucket funkelte ihn böse an, lächelte aber gleich wieder. „Kann ja mal passieren. Julia!“

„Wo ist noch mal das Wischtuch?“, fragte Julia aus dem Zwielicht.

„Hängt am Zapfhahn, Mädel, und bring gleich zwei neue Flaschen mit, hopp-hopp!“ Mrs Pinchbucket rutschte einen Barhocker weiter, dorthin, wo der Tresen trocken war. „Ach übrigens“, wandte sie sich an Little, „ich glaube, ich habe deinen Namen nicht richtig verstanden, Kleine.“

Miles rutschte von seinem Hocker. „Wir müssen jetzt wirklich los. Wir müssen wichtigen Dung abliefern.“

„Dann müsst ihr unbedingt wiederkommen“, erwiderte Mrs Pinchbucket. Die Freundlichkeit verflüchtigte sich bereits aus ihrer Stimme. „Wo seid ihr denn zu erreichen? Es gibt hier immer was zu tun, weil Fowler zu dick ist, um überall reinzukrabbeln.“

„Ich habe schon eine Arbeit und …“, sagte Miles, doch Littles Freudenschrei schnitt ihm das Wort ab. Als er sich umdrehte, sah er zwei geschmeidige weiße Ratten, wie die Ratte draußen auf dem Schild, über den Tresen flitzen. Julia hatte die Bitter-Lemon-Pfütze noch nicht aufgewischt. Die Tiere tauchten die rosigen Schnauzen hinein und leckten das klebrige Getränk gierig auf.

„Fow-ler!“, rief Mrs Pinchbucket in einem Ton, der nun wieder scharf wie ein Rasiermesser war. „Komm sofort her und fang deine Viecher ein!“

„Wo sind sie denn?“ Fowler kam mit einer Sperrholzkiste unterm Arm hereingewatschelt. Die Maschendrahttür der Kiste stand auf. Er erblickte die beiden Ratten auf dem Tresen. „Wie zum Teufel seid ihr hier reingekommen?“ Er knallte die Kiste auf den Tresen. Die Ratten zuckten zusammen, schlabberten aber eifrig weiter. „Titus! Larry! Ab in die Kiste!“, sagte Fowler streng. Die Ratten beachteten ihn gar nicht. „Geht in eure Kiste“, lockte er. „Nun macht schon. Seid nicht so stur.“

Miles und Little hielten in ihrem überstürzten Aufbruch inne und beobachteten gespannt den ungleichen Kampf zwischen Mensch und Nager. Little, die sämtliche Tiersprachen verstehen konnte, kicherte leise. „Du solltest mal hören, was die beiden sagen“, raunte sie Miles zu.

Fowler packte eine Ratte, aber sie entschlüpfte seinem Griff und biss einmal kräftig zu. Fowler stieß einen Fluch aus und lutschte am Daumen.

„So schaffen Sie es nie“, mischte sich Julia ein. „Sie müssen mit ihnen reden! Rausfinden, was sie wollen.“ Miles und Little wechselten einen Blick.

„Was verstehst du denn von Ratten?“, brummte Fowler. „Ich züchte die Viecher schon jahrelang.“

Julia griff wortlos unter den Tresen, holte eine Tüte Erdnüsse hervor und hielt den Ratten auf der flachen Hand ein paar davon hin. Die Ratten hoben die Köpfe und schnüffelten mit bebenden Barthaaren.

„Das mögt ihr doch bestimmt, was, Jungs?“, fragte Julia. Sie sprach keine Rattensprache, wie Miles es eigentlich erwartet hatte, aber ihr Ton war sanft und die Ratten lauschten ihr aufmerksam. Miles begriff nicht, weshalb der Affe lieber bei Stranski hatte bleiben wollen. „Jetzt wird's aber Zeit, dass ihr wieder in eure Kiste geht. Komm schon, Titus, komm, Larry“, sagte Julia ruhig und streute eine Handvoll Nüsse in die Kiste. Die Ratten waren einen Augenblick unschlüssig, dann trippelten sie hinein. Fowler knallte die Tür zu und bedachte das Mädchen mit einem bitterbösen Blick, als hätte sie ihm soeben einen schlechten Dienst erwiesen.

„Komm!“, raunte Little, und als die beiden Kinder auf die Gasse hinaustraten, hörten sie Mrs Pinchbucket noch raunzen: „Die Nüsse zieh ich dir aber vom Lohn ab, Mädel.“

4. Kapitel

Ein Überraschungsgeschenk

Der stumme, stinkende Zauberer Stranski zog das letzte seiner zwölf Messer, das noch neben Miles' Ohr in der zerkerbten, bunt bemalten Holzscheibe zitterte, mit einem Ruck wieder heraus. Wie die meisten Zirkusartisten war er klein und untersetzt und machte den Eindruck, als könnte man ihn problemlos in einem großen Reisekoffer verstauen. Sein Schädel war kahl rasiert und sein Kinn von einem buschigen Bart umrahmt, was Little bei der ersten Begegnung mit ihm zu der Bemerkung veranlasst hatte, sein Kopf sitze verkehrt herum.

Ein verworrenes Muster wachsbleicher Narben bedeckte Stranskis Hals und Arme, unauslöschliche Spuren des Wohnwagenbrandes, bei dem er vor Jahren beinahe umgekommen wäre. Die schlimmen Verletzungen hatten seiner Akrobatenlaufbahn ein Ende bereitet, und Gila war der Meinung, aus diesem Grund sei er auch so mürrisch und spräche nicht mehr. Miles dagegen war überzeugt, dass Stranski schon immer ein ungeduldiger, unfreundlicher Zeitgenosse gewesen war. Jetzt knuffte er Miles grob vor die Brust und wackelte mit dem Kopf wie ein Metronom. Miles hatte sich inzwischen an seine Zeichensprache gewöhnt und interpretierte diese Äußerung als Rüge dafür, dass er den Kopf bewegt hatte. Zwar war er ganz sicher, dass er stillgehalten hatte, doch er war klug genug, die Anweisungen eines Mannes zu befolgen, der Abend für Abend rasiermesserscharfe Klingen auf ihn schleuderte, wenn er ihn nicht gerade entzweisägte.

Mit dem Affen Hector ging Stranski nicht minder unwirsch um. Hectors Aufgabe bestand darin, sich während der Nummer unter die Sitzreihen zu schleichen, einem Zuschauer unbemerkt die Geldbörse zu stibitzen und sie Stranski heimlich in die Tasche zu stecken. Stranski behielt die kleinen Pfoten des Affen immer im Auge, wenn sie unter den Sitzen umhertasteten. Am Ende seiner Darbietung deutete er auf das ahnungslose Opfer und verblüffte es dadurch, dass er die Börse aus einem bunten Taschentuch hervorzauberte, noch ehe sie überhaupt vermisst wurde.

In den Tagen vor dem Aufbruch des Zirkus hatte Miles viel zu lernen. Tagsüber kümmerte er sich unter Umors und Gilas Anleitung um den Zirkuszoo.

Die beiden zeigten ihm, wie man die Tiere fütterte und versorgte, sodass sie gesund blieben und sich wohlfühlten, und wie man es anstellte, dass man abends noch genauso viele Gliedmaßen besaß wie frühmorgens. Mit jedem Biss und jedem Muskelkater gewann Miles an Selbstbewusstsein und Kraft.

Manchmal, wenn er sich unbeobachtet glaubte, sprach er die Löwen an, aber sie wandten nur kurz und desinteressiert die Köpfe und widmeten sich wieder der Fellpflege oder wanderten am Gitter auf und ab. Dann unterhielt sich Miles mit Mandarine, der aus der Jackentasche seines Herrn lugte und die Löwen schief anlächelte. Weil Little den kleinen Stoffbären lebendig gesungen hatte, als sie noch ein Liedengel gewesen war, konnte er nun wie ein Koala klettern und wie ein betrunkener Seemann torkeln. Nur sein Mund bestand nach wie vor aus einer Reihe grober Stiche, sodass er zur Stummheit verdammt war.

Little probte von morgens bis abends mit der Zirkuskapelle. Unermüdlich studierte sie mit den Musikern eine Melodie ein, die nicht von dieser Welt war und die mit jedem Tag lieblicher klang. Auch die anderen Artisten arbeiteten an ihren Nummern und bauten ihre Kunststücke aus. Obwohl Miles den größten Teil des Tages bei den Tieren verbrachte, war er bald mit allen Zirkusleuten so weit bekannt, dass man sich mit einem Nicken grüßte. Mit allen außer mit Doktor Tau-Tau. Der Wohnwagen des Wahrsagers stand am äußersten Rand der Wiese im Schatten einer Tamarinde und die Vorhänge waren Tag und Nacht zugezogen. Der geheimnisvolle Bewohner ließ sich nie und nirgends blicken. Miles kam jeden Abend an dem Wagen vorbei, wenn er zum Schlafen in Lady Partridges Herrenhaus ging. Manchmal bekam er einen Schreck, weil auf einmal ein Dampfstrahl aus dem schlanken Ofenrohr auf dem Dach schoss oder ein misstönendes Lied aus dem Fenster drang, das bei seinem Näherkommen jäh verstummte. Seine Neugier wurde von Tag zu Tag größer.

„Hast du ihn schon mal gesehen?“, fragte er Little, als er am Abend die Elefantenkoppel verriegelte.

„Nein. Er hält einen kleinen Vogel in seinem Wohnwagen. Den habe ich schon reden hören, aber von Doktor Tau-Tau habe ich bis jetzt nur Schnarchen vernommen, und Schnarchen kann man nicht verstehen.“

„Warum er sich wohl versteckt?“, überlegte Miles laut.

„Vielleicht hat er ja zwei Köpfe“, meinte Little.

Miles feixte. „Der eine heißt Tau und der andere Tau.“

Little legte den Finger auf die Lippen.

Miles sah sich um. „Es hört doch keiner zu.“

„Ich schon“, sagte Little. „Hör doch mal! Die Bienen besingen die Blumen. Das ist die Melodie, die mir die ganze Zeit nicht einfallen wollte."

„Bienen singen nicht", widersprach Miles. „Das Summen kommt vom Flügelschlagen."

„Na klar singen die Bienen, Miles", erwiderte Little belustigt. „Sie summen den Teil des Einen Liedes, der die Blumen wachsen lässt, und zum Dank spenden ihnen die Blumen Nahrung."

„Ich dachte, nur ihr Liedengel singt das Eine Lied."

„Die Liedengel sind für den Zusammenhalt des Einen Liedes zuständig, sonst hat ein jedes seine eigene Partie. Die Bienen besingen die Blumen, die Krähen besingen die Hecken und die Möwen besingen den Wind. Alles ist mit allem verbunden, Miles."

Sie näherten sich Doktor Tau-Taus Wohnwagen und Miles glaubte, drinnen jemanden sprechen zu hören. Die beiden Kinder verständigten sich wortlos und blieben hinter der Tamarinde stehen.

„Das kannst du nicht mir in die Schuhe schieben!", sagte jemand.

„Mach ich aber", erwiderte jemand anders boshaft kichernd. „Wem soll ich es denn sonst in die Schuhe schieben?"

„Ich hatte nicht genug Zeit", sagte der Erste, und Miles glaubte zu hören, dass seine Stimme ein wenig schwankte. „Unter solchen Bedingungen kann kein Mensch vernünftig arbeiten."

„Deinetwegen ist mein Kompagnon futsch“, entgegnete der andere. „Ich hatte dir aufgetragen, ihn vor dem Abgrund zu bewahren, aber was machst du? Du gibst ihm den letzten Schubs. Du bist ein als Depp getarnter Volltrottel, Tau-Tau, und hast dir den verkehrten Augenblick ausgesucht, dein wahres Gesicht zu zeigen. Dabei bin ich eigentlich gar nicht hinter dir her, aber fürs Erste will ich mich mit dir begnügen!“ Der Sprecher bekam einen Kicheranfall, obwohl das, was er sagte, nicht besonders lustig war.

„Nein ... halt mal!“ Der Erste klang nun unverkennbar eingeschüchtert. „Ich weiß, wonach du suchst. Und ich glaube, ich weiß, wo es zu finden ist. Ich verfolge es schon lange. Wie wär’s, wenn wir beide uns zusammentun?“

Der andere kicherte abermals und Miles bekam aus unerfindlichen Gründen eine Gänsehaut. Little drückte seine Hand. „Dann schieß mal los“, sagte der Kichernde, „aber wehe, du verplemperst meine Zeit!“

Der Erste senkte die Stimme und setzte zu einem überstürzten, atemlosen Monolog an, von dem Miles leider kein Wort mehr verstand. Er wechselte einen Blick mit Little, die neben ihm im Gras kauerte. „Lass uns gehen“, flüsterte sie. Miles nickte, und die beiden huschten davon.

„Sollen wir Lady Partridge davon erzählen?“, fragte Little, als sie auf der Straße waren.

Miles schüttelte den Kopf. „Viel zu erzählen gibt's ja nicht. Außerdem würde sie sich bloß Sorgen machen, weil sie uns mit dem Zirkus ziehen lässt. Wenn wir irgendwem was erzählen, dann höchstens den Bolsillo-Brüdern, aber es ist sowieso die Frage, ob uns das Ganze etwas angeht."

Sie wanderten schweigend auf das große, kastenförmige Haus mit den hell erleuchteten Fenstern zu, und als Miles sich noch einmal umdrehte, glaubte er, eine kleine Gestalt aus Doktor Tau-Taus Wagen schlüpfen und sich davonstehlen zu sehen.

Die geschniegelte, gestriegelte und überreichlich parfümierte Lady Partridge thronte am Vorabend der Abfahrt des Zirkus am Kopfende des Tisches. Die Bolsillo-Brüder waren zum Abendessen im neuen Esszimmer eingeladen, das kleiner und gemütlicher war als das ehemalige. Lady Partridge war hocherfreut, anstatt Gräfinnen, Herzoginnen und Theaterdirektoren, die früher ihre Gäste gewesen waren, drei kleine Clown-Akrobaten, einen mit Tigern befreundeten Jungen und ein vom Himmel gefallenes Mädchen bewirten zu dürfen.

Eine lebhafte Unterhaltung war im Gange. Die Vorfreude auf den bevorstehenden Aufbruch hatte die Erschöpfung der Zirkusartisten verscheucht. Sie hatten den ganzen Vormittag damit zugebracht, das große Zelt abzubauen und es für die abschließende

Inspektion auf der Wiese auszubreiten. Jedes Seil, jede Stange und jeder Ringbolzen war nachgezählt worden, und die kleineren Kinder waren barfuß über die Plane getappt und hatten nach Rissen und losen Säumen Ausschau gehalten. Man hatte sämtliche Löcher geflickt und alle zerschlissenen Seile ersetzt, man hatte die Flaschenzugrollen geölt und auf Rost untersucht. Schließlich hatte man das ganze Gebilde zusammengepackt und auf drei langen Lastwagen verstaut, die es fortan von Stadt zu Stadt befördern würden.

Auch die Tiere wurden schon unruhig. Sie waren ihr Leben lang unterwegs gewesen und spürten, dass sie bald wieder in ihre sauber ausgespritzten Wagen gebracht und noch vor Sonnenaufgang zu ihrer eigenen wundersamen Reise durch die Gerüche und Geräusche der taubenetzten Landschaft aufbrechen würden.

„Abendrot!“ Gila wedelte mit einem Kotelett in Richtung Fenster.

„Schön Wetter droht, stimmt's?“, fragte Miles.

„Kommt drauf an“, erwiderte Little. „Abendrot bedeutet, dass der Rat des Lichts eine Sitzung abhält. Das nachfolgende Wetter hängt vom Verlauf der Sitzung ab. Meistens einigen sich die Teilnehmer, dann gibt es natürlich einen strahlenden Himmel. Endet die Sitzung aber in Zorn und Zwietracht, gibt's hinterher ein Gewitter.“

„Dann wollen wir hoffen, dass diese Sitzung friedlich verläuft“, sagte Lady Partridge feierlich und klopfte mit dem Messer an ihr Glas, was ein paar Katzen aufweckte, die auf der Anrichte gedöst hatten. „Lasst uns auf den Zirkus Bolsillo anstoßen! Möge der Erfolg der Tournee alle Erwartungen übertreffen.“

Sie hoben die Gläser und stießen klirrend miteinander an.

„Darauf trinke ich gern“, sagte Fabio.

„Ich trinke auf alles“, sagte Umor.

„Ich habe euch übrigens heute auch eingeladen“, wandte sich Lady Partridge an Fabio, „weil ich euch bitten möchte, gut auf Miles und Little aufzupassen.“

„Wir können selber auf uns aufpassen, Lady Partridge“, widersprach Miles.

„Das könnt ihr“, erwiderte die Lady, „und besser als viele Erwachsene, wie ihr bereits bewiesen habt. Aber dass dieser widerliche kleine Cortado wieder auf freiem Fuß ist, beunruhigt mich. Ihr habt ihn zwar seinerzeit überlistet, doch das ist für ihn bestimmt nur ein Grund mehr, sich zu rächen. Erst gestern stand im *Wochenboten*, er sei in Shallowford gesichtet worden. Auch wenn ich nicht viel auf dieses Käseblatt gebe, ist mir wahrhaftig nicht sonderlich wohl bei der Vorstellung, dass ihr unterwegs seid, solange er frei herumläuft.“

„Wenn er hier in der Gegend gesehen wurde, ist es vielleicht ganz gut, dass wir eine Weile verschwinden“, wandte Miles ein.

„Vielleicht.“ Lady Partridge klang nicht recht überzeugt.

„Sie brauchen sich keine Sorgen um die beiden zu machen, Lady P.“, beschwichtigte Umor sie.

„Wir passen auf die beiden fast so gut auf wie auf unsere Geldkassette“, versicherte ihr Gila.

„Außerdem sind wir dieser halben Portion ja wohl gewachsen.“

„Auch wenn wir selber bloß Viertelportionen sind.“

„Macht zusammen ’ne ganze.“

Lady Partridge schmunzelte. „Vielen Dank, Jungs. Jetzt geht’s mir schon viel besser.“

Es klopfte zaghaft. Ein kleiner Junge im Schlafanzug steckte den Kopf ins Zimmer. „Da ist ein Mann an der Haustür, der will was abliefern“, verkündete der Junge. Er sah ganz verschlafen aus.

„Vielen Dank, Marcus“, sagte Lady Partridge.

Der Kleine nickte und wollte wieder gehen, doch im selben Augenblick flog die Tür richtig auf und Fowler Pinchbucket drängte sich an ihm vorbei. Mit der großen Kiste, die er trug, hätte er den Jungen beinahe umgeschubst. „’tschuldigen Sie die Störung!“, nuschelte er und machte Anstalten, die Mütze zu ziehen, wobei er allerdings vergaß, dass er die Hände voll hatte. Er hielt die Kiste gerade noch fest und stellte sie mit einem Knall auf die Anrichte, worauf die Katzen die Flucht ergriffen. „Importware!“, verkündete er, als erklärte das alles.

„Was um Himmels …?“, setzte Lady Partridge an und plusterte sich drohend auf.

„Ein Geschenk für Lady Pinchpartridge vom Rattenloch.“ Lady Partridges herrischer Blick hatte Fowler sichtlich eingeschüchtert. Er nahm noch einen Anlauf: „Eine Aufmerksamkeit für Lady Partridge von den Inhabern der Listigen Ratte.“

„Ich erwarte keine Lieferung – und ganz gewiss nicht um diese Zeit“, sagte Lady Partridge abweisend.

„Ja, schon“, erwiderte Fowler, „’tschuldigung noch mal. Unsereiner im Import-Export-Geschäft hat etwas unübliche Arbeitszeiten. Als wir hörten, dass Sie den kleinen Wednesday und auch unsere anderen ehemaligen Skla…, äh, unsere Waisenkinder aufgenommen haben, bestand Mrs Pinchbucket, meine Frau, darauf, dass ich Ihnen das hier als Ausdruck unserer Anerkennung vorbeibringe. Wenn Sie verstehen, was ich meine.“

Lady Partridge beobachtete den Schwitzenden misstrauisch, als er die Kiste öffnete und eine wuchtige Kaminuhr heraushob. Die Uhr hatte ein schwarz lackiertes, gewölbtes Gehäuse und war ansonsten völlig schmucklos. Das Zifferblatt war mit römischen Zahlen bemalt und die Zeiger standen auf eine Minute vor Mitternacht.

„Hübsch", sagte Fabio in das allgemeine Schweigen hinein.

„Mit dem Ding auf dem Kaminsims kann Ihr Haus wenigstens nicht weggepustet werden", sagte Umor.

„Ja ... vielen Dank auch", sagte Lady Partridge einigermaßen erstaunt. „Darf ich Ihnen etwas zu trinken anbieten, bevor Sie gehen, Mr Pinchbucket?"

„Nein danke." Fowler legte die Hand an den Mützenschirm. „Ich werd am Zapfhahn gebraucht."

Als er sich zum Gehen wandte, gab die Uhr ein Surren von sich und alles wandte die Köpfe. Die Uhr fing an zu läuten. Aber wie! Der Klang war so hell und rein, wie die Uhr unförmig und schwer war. Das Geläut plätscherte durch den von Kerzen erleuchteten Raum und trug einen Hauch von fernen Ländern mit sich, der so stark war, dass man ihn beinahe riechen konnte. Niemand rührte sich, niemand wagte zu atmen, bis auch der letzte Nachhall verklungen war. Sogar Fowler Pinchbucket stand da wie verzaubert, eine Hand auf der Türklinke, und ein Lächeln spielte auf seinem verdrießlichen Gesicht.

„Nein, wie wunderschön!", hauchte Lady Partridge.

„Wie 'ne einbetonierte Lerche", kommentierte Gila. „Was sagst du dazu, Himmelskäferchen?"

„Mir gefällt es“, erwiderte Little. „Wer das geschaffen hat, lebt am Wasser und hat den Singvögeln gut zugehört.“

„Will das noch jemand?“, erkundigte sich Fowler Pinchbucket und deutete auf das letzte Kotelett auf der Servierplatte.

5. Kapitel

Ein großes Geheimnis

Der dösende, in einen Schal gehüllte Miles Wednesday saß auf dem Kutschbock neben Fabio, der den Wohnwagen der Bolsillo-Brüder in gemächlichem Tempo die Straße zum fernen Gebirge entlanglenkte. Die Vögel erwachten in den Bäumen und der Horizont hellte sich schon auf. Fabio sprach leise auf die beiden schwerfälligen Kaltblüter ein. Miles, der noch nicht wach genug für eine Unterhaltung war, hörte in behaglichem Schweigen zu. Er versuchte zu verstehen, was Fabio sagte, aber die Worte waren ihm unbekannt und mit kleinen Schnalzern und Pfiffen durchsetzt, die gar nichts zu bedeuten schienen.

Die drei langen Lastwagen mit dem großen Zelt waren schon viel früher losgefahren und längst vom orangefarbenen Klecks der aufgehenden Sonne verschluckt worden. Gleichzeitig waren auch die Zeltburschen, der Kraftmensch K2 und die beiden fleißigen Elefanten der Bolsillo-Brüder, Tembo und

Mamba, aufgebrochen. Sie würden Shallowford vor den anderen erreichen und alles so weit vorbereiten, dass das Zelt unverzüglich aufgebaut werden konnte.

Miles hatte man die Rerservekoje im Wagen der Bolsillo-Brüder zugewiesen. Er hatte sämtliche gepunkteten Socken und knallbunten Perücken herausgeräumt und zwischen den Seilen, Reifen, Schellen, Hupen und der Fettschminke Platz für den kleinen Koffer geschaffen, den Lady Partridge für ihn gepackt hatte. Little musste bei den Toki-Schwestern mitfahren, einem Quartett Schlangenmädchen, das erst vor wenigen Wochen aus dem Fernen Osten eingetroffen war. Miles hatte beim Training beobachtet, wie sie sich zu einem absurden vierköpfigen, vielgliedrigen Geschöpf verknoteten. Es hieß, sie könnten sich wie Liegestühle zusammenklappen oder sich zu Reifen zusammenfügen und anmutig durch die Manege rollen.

Miles lehnte sich weit hinaus und verrenkte sich den Hals, als er nach Little Ausschau hielt. Gleich hinter ihnen fuhr der blau-silberne Wagen des geheimnisvollen Doktor Tau-Tau, dahinter der Käfigwagen mit den Löwen, den die hochnäsige Gräfin Fontainbleau lenkte, und der zerbeulte Kleinbus des Zauberers Stranski, gefolgt vom Pferdetransporter der Familie Zipplethorpe. Der Wagen der Toki-Schwestern blieb noch vom Morgennebel verhüllt.

„Wann hat sich Doktor Tau-Tau euch eigentlich angeschlossen?“, fragte Miles.

„Kurz nach Weihnachten“, antwortete Fabio.

„Er war viele Jahre in Übersee“, sagte Gila.

„Und davor ist er bei Barty Fumbles Truppe aufgetreten“, sagte Umor.

„Und warum verlässt er seinen Wagen nie?“

Fabio zuckte die Achseln. „Wer weiß?“

„Das geht uns nichts an“, sagte Gila.

„Man geht aus ganz verschiedenen Gründen zum Zirkus“, sagte Fabio.

„Und es ist nicht immer klug, danach zu fragen.“

„Der Wohnwagen eines Artisten ist seine Burg.“

Miles zog den Mantel enger um sich, weil er fror. Es schien ihm wenig angebracht, den drei Brüdern von dem Zwiegespräch in Doktor Tau-Taus Wagen zu erzählen, denn das Bruchstück, das er belauscht hatte, besagte für sich genommen eigentlich nicht viel. Wie viele Geheimnisse der Zirkus wohl noch auf seiner Reise quer durchs Land mit sich tragen mochte? Womöglich schlummerte in einem der bunten Wagen noch ein Hinweis auf das Verschwinden seines Vaters! Aus unerfindlichen Gründen stellte sich Miles den Wohnwagen seiner Eltern immer mit einem prächtigen Tigerkopf bemalt vor, auch wenn es seines Wissens im ganzen Zirkus Bolsillo keinen solchen Wagen gab.

„Welcher Wagen hat denn meinen Eltern gehört? Gibt’s den noch?“

Fabio räusperte sich. „Ja.“
„Und nein“, sagte Gila.
„Die beiden meinen, dass die Wagen die Besitzer wechseln“, ergänzte Umor aus dem Wageninneren.
„Sie werden übermalt.“
„Und neu eingerichtet.“
„Sie heiraten und trennen sich wieder.“
„Manchmal bauen wir auch aus zwei alten einen neuen.“
„Ich hab mal versucht, einen umzukrempeln“, sagte Gila, „aber ich hab das Ding nicht durch seine Tür gekriegt.“
Miles wartete, bis die drei fertig waren. „Welcher war’s denn nun?“, wiederholte er seine Frage.
„Der von Tau-Tau.“ Fabio schaute stur geradeaus.
Miles lehnte sich wieder hinaus und verrenkte sich den Hals. Tau-Taus Wagen fuhr dicht hinter ihnen, und nun erblickte er endlich Doktor Tau-Tau persönlich. Er saß auf seinem Kutschbock und hatte einen zerbeulten türkischen Fes auf dem Kopf, eine Kappe aus rotem Filz mit einer schwarzen Quaste dran.
Der Wahrsager hatte ein rundes, rotes Gesicht und an seinem Kinn baumelte ein kleiner Bartzipfel, wodurch er wie ein Ziegenbock im Mantel aussah. Miles versuchte, sich seine Mutter und Barty Fumble auf dem Kutschbock vorzustellen. Es gelang ihm zwar, ein Bild seines Vaters entstehen zu lassen –

einen kräftigen Mann mit breiter Brust –, seine Mutter aber blieb verschwommen wie ein Gespenst am helllichten Nachmittag.

Er drehte sich wieder zu Fabio um. „Wie hieß meine Mutter eigentlich?“ Jahrelang hatte er nichts über seine Eltern gewusst. Erst vor ein paar Monaten hatte er erfahren, dass seine Mutter bei seiner Geburt gestorben war und sein Vater anschließend den eigenen Zirkus bei Nacht und Nebel verlassen hatte. Nun war er zu dem Schluss gekommen, dass es an der Zeit war, die bis dahin ungekannte innere Leere auszufüllen, die er seitdem verspürte.

„Da vorn ist ein Dorf“, verkündete Gila.

„Müsste Hayding sein“, rief Umor von drinnen.

„Dort gibt's einen netten kleinen Gasthof“, sagte Gila.

„Mit vernünftigen Preisen“, sagte Umor.

Fabio sagte nichts und hielt den Blick auf die breiten Pferderücken gerichtet.

„Ihr habt gesagt, ihr habt meine Eltern gut gekannt.“ Miles gab sich Mühe, möglichst beherrscht zu klingen. Den Bolsillo-Brüdern eine vernünftige Antwort zu entlocken, war so, als wollte man mit der bloßen Hand einen Fisch fangen, das hatte er längst herausgefunden. Man brauchte viel, viel Geduld, und es gab keine Erfolgsgarantie.

„So gut wie jeder andere, Meister Miles“, entgegnete Fabio.

„Ich weiß aber überhaupt nichts über meine Mutter“, wandte Miles ein.

Fabio seufzte. „Deine Mutter hieß Celeste und kam aus dem Süden, von jenseits des Meeres.“

„Ihr Haar war mitternachtschwarz“, sagte Gila.

„Ihre Augen auch“, ergänzte Fabio.

Umor steckte von drinnen den Kopf durch die Vorhänge. „Sie duftete immer nach warmen Kokosnüssen.“

„Und wenn Barty lachte, lächelte sie bloß“, sagte Gila.

„Als würde sie ein großes Geheimnis hüten“, sagte Umor.

„Celeste hütete nämlich alle Geheimnisse, die’s überhaupt gibt, Meister Miles“, sagte Fabio.

„Habt ihr vielleicht irgendwelche Fotos von den beiden?“, fragte Miles.

„Von deinem Vater schon“, erwiderte Fabio.

„Deine Mutter mochte keine Fotoapparate“, erwiderte Gila.

„Oder die Fotoapparate mochten sie nicht“, erwiderte Fabio.

„Celeste wollte sich nicht auf einem Foto einfangen lassen.“ Umor steckte abermals den Kopf aus dem Wagen und hielt Miles ein kleines, schwarz gerahmtes Foto hin.

Miles nahm das Foto beklommen entgegen, weil er fürchtete, dass es womöglich nicht seinen Erwartungen entsprach. Es war ein vom Alter bräunlich verfärbtes Schwarz-Weiß-Foto. In der Mitte hatte es ein paar zerlaufene hellgelbe Flecken wie Riesenamöben. Neben den Flecken blickte ein hochgewachsener, breitschultriger Mann aus dem Bild, das Kinn stolz nach vorn gereckt und freundlich lächelnd. Allerdings verdeckte der buschige schwarze Bart fast völlig seinen Mund. Er trug eine Zirkusdirektorenlivree mit einer Doppelreihe glänzender Knöpfe und prächtigen Schultertressen. Hinter ihm erkannte Miles einen Zirkuswagen, der mit einem sich aufbäumenden Tiger bemalt war, fast genauso, wie er ihn sich vorgestellt hatte.

Der Mann auf dem Foto, der fraglos Barty Fumble war, hatte den Arm um eine schlanke Frau in einem dunklen Kleid gelegt, aber der größte gelbe Fleck saß ausgerechnet dort, wo ihr Kopf hätte sein sollen. Darunter erahnte man noch eine Halskette, von den Gesichtszügen war nichts mehr zu erkennen. Miles starrte so angestrengt auf das Bild, als könnte er das Antlitz seiner Mutter durch reine Willenskraft heraufbeschwören. Er kam sich betrogen vor.

„Barty ist super getroffen“, meinte Gila.

„Aber deine Mutter sieht sich nicht besonders ähnlich“, meinte Umor.

„Was ist denn mit dem Bild passiert?“, fragte Miles.

Fabio zuckte die Achseln und schnalzte den Pferden zu.

„Wer weiß?“, sagte er.

„Sie war sowieso dagegen“, sagte Umor.

„Aber Barty bestand darauf.“

„Das Foto ist einwandfrei entwickelt aus dem Labor gekommen.“

„Aber die Woche war noch nicht um, da war Celestes Gesicht futsch.“

„Als Barty das sah, hat er bloß gelacht und das Bild weggeschmissen.“

„Aber wir haben es aufgehoben.“

„Und jetzt ist es deins“, sagte Gila. „Wenn du’s haben willst.“

„Danke“, erwiderte Miles. Er betrachtete noch einmal seinen Vater, und der lachte ihn an, als würden sie sich gegenüberstehen. Dann steckte Miles das Bild in die Tasche und spürte, wie Mandarine sich zusammenrollte, um Platz zu machen.

„Habt ihr meinen Vater je gesucht?“, wandte er sich wieder an Fabio.

Fabio schwieg, Gila sprang auf und schlüpfte nach hinten in den Wagen, um Umor bei irgendetwas zu helfen.

„Hat ihn überhaupt irgendwer gesucht?“, bohrte Miles weiter. „Er kann sich doch nicht in Luft aufgelöst haben!“

Fabio blickte stumm geradeaus. Sie rumpelten über die Brücke in das Städtchen Hayding, wo Miles und Little letzten Herbst auf ihrer langen Reise zum

Palast des Lachens Rast gemacht hatten. Als der Gasthof Zum Grantigen Huhn in Sicht kam, drehte sich Fabio mit unergründlichem Blick nach Miles um.

„Dein Vater ist tot." Diesmal blieb das Echo von seinen beiden Brüdern drinnen im Wagen aus.

„Woher ... woher wollt ihr das wissen?" Miles spürte, dass ihm die Tränen kamen. Er riss sich zusammen. „Ihr habt doch bloß gesagt, dass er verschwunden ist!"

„Glaub's mir, ich weiß es einfach. Barty Fumble ist tot und begraben."

Fabio rief den Pferden etwas zu. Sie hielten auf dem Parkplatz vorm Grantigen Huhn, um noch ein letztes Mal vor der Fahrt durch den dunklen, schweigenden Wald zu rasten.

6. Kapitel

Unter geklautem Namen

Der spatzenhirnige, nur noch halb ausgestopfte Bär Mandarine spürte die Hand seines Herrn in die gemütliche Tasche greifen, in der er wohnte. Er drückte zärtlich Miles' Finger und die Finger erwiderten den Druck. Miles hatte sich angewöhnt, zwischendurch immer mal wieder nach Mandarine zu tasten. Erstens, um sich zu vergewissern, dass er noch da war, und zweitens, um ihn davon abzuhalten herauszukrabbeln, wenn sie nicht allein waren. Ein Teddybär, der laufen und tanzen konnte, fiel meistens den verkehrten Leuten auf. Als Miles nun in einem Winkel des Grantigen Huhns an einem groben Holztisch saß, tastete er noch öfter als sonst nach seinem Freund. Schließlich hatte er den Bären hier schon einmal verloren und keine Lust, diese Erfahrung zu wiederholen.

Der Gasthof, in dem sonst am frühen Morgen kaum etwas los war, platzte heute vor Zirkusleuten aus allen Nähten. Die Wirtin und ihre Tochter eilten zwischen Schlangenmädchen, Löwenbändigern und Schwertschluckern hin und her und balancierten gefüllte Teller und dampfende Kaffeepötte über die Köpfe hinweg. Am Tresen saß eine kleine Schar Bauern, die sich ein ordentliches Frühstück einverleibten, ehe sie an die schwere Arbeit gingen, die vor dem Mittagessen zu erledigen war. Sie begafften die Ankömmlinge mit unverhohlener Neugier.

„Ich bin am Verhungern“, verkündete Little und rutschte mit einsatzbereitem Besteck neben Miles auf die Bank. „Die Toki-Schwestern haben die ganze Zeit übers Essen geredet. Meistens ging es um irgendwelche Gerichte, von denen ich noch nie etwas gehört habe, aber Hunger hab ich trotzdem bekommen.“

Auch Miles verspürte eine innere Leere, aber er wusste nicht recht, ob vor Hunger oder von der tiefen Enttäuschung über Fabios beharrliche Behauptung, dass sein Vater tot sei. Fabio würde ihm bestimmt nicht offen ins Gesicht lügen, dennoch hatte Miles den Eindruck, dass ihm die Brüder nicht die volle Wahrheit erzählt hatten. Er gab sich Mühe, nicht mehr an seinen Vater zu denken, als zwei riesige Teller erschienen, gefolgt von Doktor Tau-Tau, dessen Frühstück sich so hoch stapelte, dass es beinahe umkippte. Tau-Tau nahm vorsichtig Platz, damit der Tisch nicht wackelte. Sein Gesicht war vom Wetter rotbraun gegerbt und seine hervortretenden Augen musterten Miles und Little, während er genüsslich eine pralle Wurst aufspießte.

„Doktor Tau-Tau, Hellseher und Magister der Naturheilkunde!", stellte er sich mit vollem Mund vor und streckte die Hand aus. „Du bist bestimmt Stranskis neuer Bursche und du die kleine Kapellmeisterin." Ein Goldzahn funkelte durch sein halb zerkautes Frühstück, und der verblichene rote Fes saß ihm ein wenig schief auf dem grau melierten Schopf. Es hatte den Anschein, als hätten sowohl er als auch der Hut viele Jahre in der Sonne verbracht.

„Stimmt", erwiderte Miles. „Ich heiße Miles, und das ist Little."

Miles war einigermaßen erstaunt, dass ihn der Wahrsager so herzlich begrüßte, wo dieser doch, seit Miles und Little sich dem Zirkus angeschlossen hatten, noch kein einziges Mal in Erscheinung getreten war. Vielleicht, dachte er, hebt das Unterwegssein seine Laune.

Doktor Tau-Tau zeigte mit der Gabel auf die beiden und kaute nachdrücklich, um Platz für mehr Worte zu schaffen. „Ich kann in eurer Vergangenheit lesen!", nuschelte er schließlich wurstgedämpft. „Und eure Zukunft ist für mich ein offenes Buch."

Da Miles nicht sicher war, ob diese erstaunliche Behauptung, vorgebracht mit starkem ausländischem Akzent, eine Erwiderung erforderte, beschränkte er sich darauf, seinen Hunger zu bekämpfen. Auch

Little aß etwas, ohne jedoch den strahlend blauen Blick von Doktor Tau-Taus Gesicht zu wenden.

Der Wahrsager schlürfte geräuschvoll seinen Tee und beugte sich über den Tisch. „Die Wirklichkeit ist ein Schleier“, verkündete er, „und die Wahrheit schwimmt dahinter wie ein Goldfisch mit Augen wie Rubinen und Flossen wie ... irgendwas Silbriges. Es ist nur wenigen gegeben, diesen Schleier zu lüften, aber ich besitze diese Gabe. Jawohl, meine lieben jungen Mitreisenden, ich besitze sie.“

„Schwimmt der Schleier denn im Wasser?“, erkundigte sich Little und wischte ihren Teller mit einem Stück Brot sauber. „Oder kann der Fisch fliegen?“

Doktor Tau-Tau lachte und lehnte sich wieder zurück. „Du bist ein kluges kleines Mädchen. Im Wasser gibt es verschiedene Arten von Schleiern. Da wäre zunächst der ... äh ... der Wasserschleier.“ Er überlegte kurz. „Und selbstverständlich kann der Fisch der Wahrheit fliegen ...“ Er verstummte, als ginge ihm soeben etwas ganz anderes durch den Kopf. Dann setzte er sich unvermittelt kerzengerade hin und wandte sich wieder an Miles. Er legte die Fingerspitzen an die Schläfen. „Stell mir eine Frage!“, forderte er den Jungen auf und fixierte ihn mit seinen Glupschaugen, wobei er dem Fisch der Wahrheit nicht unähnlich sah. „Irgendeine.“

Miles überlegte. „Na schön“, sagte er dann, denn ihm war eben wieder eingefallen, woher er den Namen des Wahrsagers kannte. „Haben Sie Dr. Tau-Taus Stärkungsmittel erfunden?“

Der Wahrsager rang nach Luft. „Das ist eine dreiste Unterstellung! Ich habe mit dem Teufelszeug nichts zu tun. Hoffentlich hat nie ein Tropfen davon deine Lippen benetzt, junger Mann!“

Mit bebender Hand rückte er seinen Fes zurecht. „Jemand hat mir meinen Namen geklaut, wenn du’s unbedingt wissen willst, und zwar ein Schurke namens der Große Cortado. Er hat mich aus seinem Zirkus gejagt und mein ganzes Hab und Gut einbehalten! Meine Bücher, meine Kräuter und Arzneien, sogar meinen Namen hat er für sein schändliches Gebräu missbraucht. Es blieb mir nichts anderes übrig, als in fernen Ländern noch einmal von vorn anzufangen, mit nichts als den Kleidern, die ich auf dem Leib trug.“ Er trank einen großen Schluck Tee, worauf er seine Fassung einigermaßen wiedererlangte. „Und natürlich mit meiner außergewöhnlichen Begabung“, setzte er hinzu.

„Sie gehörten doch früher zu Barty Fumbles Truppe, stimmt’s?“, fragte Miles.

Doktor Tau-Tau nickte. „Das ist lange her. Damals ging ich bei einer Wahrsagerin namens Celeste in die Lehre. Was sie mir beigebracht hat, bildet die Grundlage meiner überragenden Kenntnisse der Wahrsagekunst. Sie hat mich auch viel über die uralten Heileigenschaften der Pflanzen gelehrt. Dank meines angeborenen Talents war ich in der Lage, aus ihren bescheidenen Hausmittelchen eine ganze Reihe ausgezeichneter Elixiere und Arzneien zu entwickeln. Doch leider haben diese, im Gegensatz zu jenem tückischen Gebräu, nur im Ausnahmefall gebührende Beachtung erfahren."

„Was für Arzneien haben Sie denn erfunden?", mischte sich Little wieder ein.

„Nun, da wäre zum einen mein höchst wirkungsvoller Schlaftrunk, der auch den zappeligsten Menschen beruhigt und vierundzwanzig Stunden lang tief und fest schlummern lässt. Zum anderen habe ich ein Mittel gegen Magenschmerzen komponiert, und meine Bärtige-Dame-Tinktur ist überhaupt ein noch unerprobtes Wunder."

„Eine Bärtige-Dame-Tinktur?"

„Ganz recht." Tau-Tau schluckte den Rest seiner Wurst hinunter. „Zwei Tropfen davon aufs Kinn der zartesten Dame, und ihr sprießt im Handumdrehen ein Bart von allererster Güte. Stell dir nur vor, wie viel Geld ein unternehmungslustiges Mädchen in den Pausen der Zirkusvorstellung damit verdienen könnte! Es ist mir unbegreiflich, dass es bis jetzt noch niemand ausprobieren wollte."

„Das ist wirklich komisch", pflichtete ihm Miles bei, auch wenn er entschieden mehr an seiner Mutter, die Tau-Tau erwähnt hatte, interessiert war als an dessen unerprobten Wundermitteln. Er stellte die

Frage in beiläufigem Ton, obwohl er insgeheim vor Neugier platzte. „Wie war sie denn so?“

„Nun, leider bin ich besagter mutiger ... ich meine, unternehmungslustiger junger Dame ja noch nicht begegnet“, erwiderte der Wahrsager bekümmert.

„Ich rede doch von Celeste.“

„Ach so!“ Tau-Tau machte zum ersten Mal eine längere Pause, seit er sich zu ihnen gesetzt hatte. Wie vorhin schien er ganz woanders zu sein. „Große Hellseher kommen nicht alle fünf Minuten des Wegs, junger Mann“, erwiderte er schließlich. „Ich bin zweifellos der größte lebende Wahrsager und Wunderheiler, auch wenn ich mich nicht gern selbst rühme. Aber Celeste war zu ihrer Zeit sicherlich eine Ausnahmeerscheinung. In ihrer Gegenwart kam man sich ganz gläsern vor, als könnte sie mitten in einen hineinschauen.“

„Und wie sah sie aus?“

„Wie sie aussah?“ Abermals war Tau-Tau eine ganze Weile still, nur in seinem Magen löste sich ein lauter Rülpser, ohne jedoch des Doktors Gedankengang zu stören. „Sonderbar, dass du danach fragst“, sagte er dann. „Ich kann mich gut an sie erinnern, aber ihr Gesicht ist mir beim besten Willen nicht mehr präsent. Beim besten Willen“, wiederholte er, „ist mir ihr Gesicht nicht mehr präsent.“

„Dann haben Sie doch bestimmt auch Barty Fumble gekannt“, sagte Miles. Was für ein Hellseher war das eigentlich, dem nicht auffiel, dass er mit dem Sohn seiner eigenen Lehrmeisterin sprach? Aber vielleicht war es klüger, jetzt nicht näher darauf einzugehen.

„Aber sicher!" Doktor Tau-Tau erwachte aus seinem Tagtraum. „Ein großer, übergewichtiger Bursche. Ohne seinen Tiger war er ein Niemand."

Miles war zu überrascht, um verärgert zu sein. Sonst sprachen alle immer voller Zuneigung und Hochachtung von seinem Vater. „Es war nicht sein Tiger", widersprach er kurz angebunden. „Einen Tiger kann man nicht besitzen."

„Soso!" Doktor Tau-Tau tippte sich an die Nase und sah ausgesprochen selbstzufrieden aus. „Du wirst noch feststellen, dass du dich in diesem Punkt irrst. Ich kenne viele Geheimnisse der gestreiften Katzen. Das, worauf es ankommt, ist nicht in Bilderbüchern zu finden, mein Junge."

„Ich glaube, Ihr Fisch ist hinter Ihren Vorhang entwischt", entgegnete Miles aufgebracht. „Ich bin nämlich mit einem Tiger befreundet und er hat mir das selbst gesagt."

Little ließ ihr Besteck auf den abgegessenen Teller fallen, dass es nur so schepperte. „Die anderen brechen auf", sagte sie. „Lass uns wieder zu den Wagen gehen, Miles."

Miles und Doktor Tau-Tau fixierten einander noch einen Augenblick, dann reckte sich der Wahrsager und entblößte breit grinsend seinen Goldzahn. „Entschuldige bitte, mein Junge! Jemand so Begabtem wie mir passiert es gelegentlich, dass sein eigener Ruhm ihn blind macht. Du bist tatsächlich ein Tigerfreund – jetzt erkenne ich es." Er langte über den Tisch und nahm freundschaftlich Miles' Hand. „Vielleicht möchtest du den Rest des Weges bei mir mitfahren. Eine solche Gabe ist selten, und es wäre mir eine Ehre, mehr über deine Freundschaft mit der großen Katze zu erfahren."

„Eigentlich möchte ich nicht darüber sprechen", erwiderte Miles ausweichend. Er merkte sehr wohl, dass Little ihn von dem Wahrsager weglotsen wollte, gleichzeitig war er unwillkürlich geschmeichelt, dass dieser solches Interesse an ihm bekundete. Er selbst vergaß manchmal fast, wie außergewöhnlich es war, mit einem sprechenden Tiger befreundet zu sein.

„Gewiss, gewiss", lenkte Doktor Tau-Tau rasch ein. „Wie du willst, mein Junge. Trotzdem würde ich mich freuen, wenn ihr beide bei mir mitfahrt. Wir sind monatelang unterwegs, da sollten wir einander besser kennenlernen."

„Vielen Dank, aber ich habe den Toki-Schwestern schon versprochen, ihnen bei ihren Kostümen zu helfen", lehnte Little den Vorschlag ab und warf Miles einen vielsagenden Blick zu. „Die vier können jede Hilfe brauchen."

Miles zuckte die Achseln. „Ich kann leider nicht gut nähen." Ihm war eben wieder eingefallen, dass der Wagen, in dem Tau-Tau reiste, einst seinen Eltern gehört hatte, und es lockte ihn, einen Blick hineinzuwerfen. „Wir sehen uns dann in Shallowford." Als sie in den kalten Morgen hinaustraten, raunte er Little noch zu: „Mach dir keine Sorgen. Ich halte ihn für harmlos."

„Der Mann, der ihn gestern Abend in seinem Wohnwagen besucht hat, kam mir aber gar nicht harmlos vor", erwiderte Little. „Pass auf, dass du ihm nicht zu viel erzählst." Damit sprang sie hinten auf den Wagen der Toki-Schwestern, der sich soeben in Richtung Landstraße in Bewegung setzte.

Miles nahm neben Doktor Tau-Tau auf dem Bock des kleinen blauen Wohnwagens Platz. Von dem reichlichen Frühstück war er angenehm gesättigt, und die hölzernen Räder schaukelten den Wagen gemütlich hin und her.

„Ein echter Tiger ...", sagte Doktor Tau-Tau wie im Selbstgespräch. „Und er hat sich tatsächlich mit dir unterhalten? Das ist ein hervorragendes Omen. Aber wenn du nicht darüber reden magst, dann tu's auch nicht. Mit keiner Silbe, mein Freund."

7. Kapitel

Ein halbierter Junge

Der satte, durchgewärmte Miles Wednesday schloss die Augen und ließ sich vom leisen Widerhall des Beifalls und der lieblichen Musik durchströmen. Die erste Vorstellung der Tournee war vorüber, die Städter waren nach Hause gegangen, die Tiere waren versorgt und in ihren Koppeln und Käfigwagen untergebracht. Nun saßen die zweibeinigen Zirkusmitglieder um ein großes Lagerfeuer inmitten ihres Wanderdorfes, aßen zu Abend und lachten über die kleinen Missgeschicke und großen Triumphe des Abends.

Die Vorstellung war ein durchschlagender Erfolg gewesen. Es hatte den Anschein gehabt, als hätten sich jeder Mann, jede Frau und jedes Kind aus Shallowford in das große Zelt gequetscht, bis sich die Plane beulte. In Wirklichkeit waren die meisten gekommen, weil sie Doktor Tau-Taus Namen auf seinem Zirkuswagen gesehen hatten. Darauf hatte sich wie ein Lauffeuer das Gerücht verbreitet, während der Vorstellung werde Dr. Tau-Taus Stärkungsmittel ausgeteilt. Die Shallowforder hatten alles stehen und liegen lassen und waren zur Zirkuswiese gelaufen, wo sie einander knufften und schubsten, um auch ja noch eine Eintrittskarte zu ergattern.

Kaum im Zelt, hatten sie sich auf den Sitzplätzen gedrängt, sich sogar in die Gänge gehockt und gespannt nach den grünen Fläschchen Ausschau gehalten – ihrem einzigen Trost in der Trübsal, die sie überkommen hatte, seit sie im Palast des Lachens der heimtückischen Hypnose des Großen Cortado verfallen waren.

Natürlich wurde im Zirkus Bolsillo kein Wundermittel ausgeteilt. Dennoch vergaßen die Städter schon bald ihren sehnlichen Wunsch danach, denn stattdessen wurde ihnen eine so märchenhafte, liebevoll zusammengestellte und heitere Vorstellung geboten, dass sich ihre vergrämten Gesichter tatsächlich ein wenig aufzuhellen schienen. Die Tiere waren kräftig, vorbildlich gepflegt und meisterhaft dressiert, die Akrobaten flogen wie Vögel durch die Luft, und die Clowns legten die ganze Seele in ihre Kunst. Sie verulkten die traurigen, lustigen und fragwürdigen Eigenschaften des menschlichen Charakters und entlockten den Zuschauern ein Lachen, das vom rechten Fleck kam, nämlich von Herzen.

Aber das Allerschönste war die Musik. Eine solche Musik hatte man in Shallowford seit Menschengedenken nicht gehört! Sie war fremd und fröhlich, sie plätscherte wie ein gurgelndes Glücksbächlein, glättete die angespannten Mienen und erhellte die schweren Gemüter, bis die Leute vor lauter Entzücken loslachten, wie sie seit einer wahren Ewigkeit nicht mehr gelacht hatten. Die Melodie war sogar jetzt noch nicht ganz verhallt, denn ab und zu griff einer der Musikanten am Feuer zur Trompete oder Flöte, um sie noch einmal erklingen zu lassen, und dann konnten die anderen nicht widerstehen und stimmten ein.

Little lächelte still. Sie saß in ihrem glitzernden Kostüm neben Miles und hüllte sich in seinen alten Mantel. Zusammen mit den beiden schwarzhaarigen Trapezakrobatinnen Henna und Etoile hatte sie eine Nummer einstudiert, bei der Little auf dem Hochseil balancierte, während die beiden anderen Artistinnen durch die Luft wirbelten. Miles hatte den Auftritt durch einen Spalt im Kulissenvorhang beobachtet und bei Littles Anblick den Atem angehalten. Ihr Kleid schimmerte im Scheinwerferlicht, und sie spazierte so hoch über dem Publikum wie an dem Abend, als er sie zum allerersten Mal im Zirkus Oscuro erlebt hatte.

„Du warst toll!“, sagte er jetzt. „Hattest du denn ohne deine Flügel keine Angst so hoch oben?“

Little schüttelte den Kopf. „Es war herrlich und wir haben viel trainiert. Hattest du denn Angst?“

Miles zuckte die Achseln. „Eigentlich nicht", schwindelte er. „Stranski hat bis jetzt noch niemanden durchbohrt. Jedenfalls nicht, dass ich wüsste."

Ihm war immer noch ganz warm von dem Applaus, der Stranski und ihn begrüßt hatte. Es war eine bis dahin ungekannte Erfahrung gewesen. Miles schloss die müden Augen, um diesen triumphalen Moment noch einmal zu durchleben.

Bei der Vorführung war er mit angezogenen Knien in eine mit Sternen bemalte Kiste gesperrt gewesen, sodass nur sein Kopf herausschaute, während Stranski in der Manegenmitte stand und eine lange Säge hochhielt, damit alle Shallowforder sie betrachten konnten. Das Sägeblatt funkelte, als der Zauberer die Säge im Scheinwerferlicht hin und her drehte, dann machte er unvermittelt auf dem Absatz kehrt und fing an, die Kiste energisch entzweizusägen. Der Menge stockte der Atem, und Miles musste sich beherrschen, um nicht zusammenzuzucken, als sich das Sägeblatt ins Holz fraß.

Stranski fuhr die beiden Hälften der Kiste, die auf ein Rädergestell montiert war, auseinander, um auch dem letzten Zweifler zu demonstrieren, dass der Junge halbiert war. Miles wusste, dass aus der anderen Hälfte ein Paar strampelnde Schuhe ragten, aber Stranski hatte nicht einmal ihm verraten, wem die Füße gehörten oder wie sie zum Leben erweckt wurden. Als die Kiste wieder zusammengefügt und Miles daraus befreit war, nickte Stranski knapp. Das war das größte Lob, das er seinem Gehilfen bis dahin hatte zukommen lassen. Miles breitete strahlend die Arme aus und drehte sich einmal um sich selbst, Beifall brandete durch die Manege.

Miles fuhr aus seinem Tagtraum hoch, denn von irgendwo außerhalb des Feuerscheins vernahm man plötzlich einen dumpfen Schlag und ein Keuchen, dann schrie eine Frau und ein Mann brüllte: „Das haben Sie wohl nicht vorhergesehen, Herr Ich-offenbare-Ihnen-die-Zukunft, hä?"

Fabio und Umor sprangen auf und verschwanden in der Nacht. Im Vorbeilaufen tippte Fabio dem hünenhaften Kraftmenschen K2 auf die blinkende Glatze, und K2 erhob sich und stapfte hinterher. Die drei waren im Nu wieder da. K2 ließ sich auf seinen Platz auf einem umgestürzten Baumstamm plumpsen, worauf Gila, der auf dem anderen Ende hockte, eine Handbreit in die Luft hüpfte.

„Was war denn los?", fragte Little, als Fabio sich wieder neben sie setzte.

„Die Zukunft vorherzusagen ist ein riskanter Beruf."

„Vor allem, wenn ein hübsches Mädchen die Kundin ist", kicherte Umor.

„Tau-Tau hat ihr prophezeit, dass sie sich im Frühjahr wieder verlieben wird", erklärte Fabio.

„Was ist denn so schlimm daran?"

„Dass der Ehemann draußen stand und gelauscht hat“, antwortete Umor.

„Und er fand das gar nicht komisch.“

Gila holte seine Mundharmonika aus der Tasche und stimmte eine lustige Melodie an. Andere Kapellenmitglieder fielen ein, und der Jongleur Tariq zog drei brennende Äste aus dem Feuer und warf sie in die Luft, dass sie knisternde Flammenbögen in den Nachthimmel malten. Miles sah zu, genoss die Wärme im Gesicht und seufzte zufrieden. Er war an einem sonderbaren Ort gelandet, in Gesellschaft von noch sonderbareren Leuten, und er hatte sich noch nie so heimisch gefühlt.

„Du hast Heimweh“, sagte jemand an seinem Ohr, „aber das geht vorbei.“ Es war Doktor Tau-Tau. Er sprach ein wenig pfeifend, weil er eine Zahnlücke hatte.

„Gar nicht“, widersprach Miles.

„Du brauchst dich nicht zu verstellen. Du weißt doch, dass du für mich ein offenes Buch bist.“ Seine Glupschaugen glänzten im Feuerschein, und er trank mit kleinen Schlucken aus einer henkellosen Porzellanschale. Aus einer Silberkanne, die er zwischen den Füßen abgestellt hatte, füllte er immer wieder nach. Auf seinem geschwollenen Kinn breitete sich ein großer Bluterguss aus.

„Das tut doch bestimmt weh“, meinte Miles mitfühlend.

„Ach was“, erwiderte Doktor Tau-Tau wegwerfend, „wahre Größe hat eben ihren Preis.“

Miles dachte an den schimpfenden Ehemann. „Hätten Sie das nicht vermeiden können?“

„Du meinst, indem ich in meine eigene Zukunft schaue?“ Tau-Tau schüttelte den Kopf. „Mitnichten. Das hat mich Celeste als Allererstes gelehrt. Ein Hellseher kann anderer Leute Schicksal so deutlich erkennen wie die Adern in einem Blatt, aber seine eigene Zukunft bleibt ihm verborgen. Und das aus gutem Grund.“

„Wieso denn?“

„Weil man sonst wahnsinnig würde. Jawohl, wahnsinnig, mein junger Freund. Stell dir vor, du könntest sämtliche Fallgruben deines Lebens vorhersehen, bis hin zu deinem Tod. Du würdest nur noch Haken schlagen wie ein gehetztes Tier. Aber das Schicksal lässt sich nicht überlisten, es holt einen unweigerlich ein. In die eigene Zukunft schauen zu können, würde einen der Gegenwart berauben.“

Er trank noch einen Schluck und seufzte tief. „Masala-Tee!“, verkündete er, leckte sich die Lippen und verzog schmerzgepeinigt das Gesicht. „Noch immer das beste vom Menschen ersonnene Mittel, um sanft in die Nacht zu gleiten.“

„Riecht gut“, befand Little.

„Und schmeckt sogar noch besser. Ich würde dich ja gern mal kosten lassen, aber ich bin leider erkältet und will dich nicht anstecken, und meine anderen Tassen sind alle im Wagen."

„Ich kann ja welche holen", sagte Miles rasch. Er hatte schon die ganze Zeit nach einem Vorwand gesucht, sich in Tau-Taus Wohnwagen umzusehen, aber auf der Fahrt nach Shallowford hatte sich dazu keine Gelegenheit ergeben.

„Vielleicht ein andermal", wehrte der Wahrsager ab.

„Ich mache auch bestimmt keine Unordnung", versicherte ihm Miles. „Sie brauchen mir nur zu sagen, wo die Tassen stehen."

„Na schön." Tau-Tau angelte einen Schlüssel aus seiner Tasche. Daran war ein Band geknotet, an dem eine kleine geschnitzte Figur mit verfilzten Haaren und winzigen Muschelaugen hing. „Im lila Schrank, gleich rechts, wenn man reinkommt."

Miles stand auf und verschwand in der Nacht, wobei er sich erst einmal orientieren musste, wo Tau-Taus Wohnwagen eigentlich stand. „Und fass sonst nichts an, mein Freund", rief ihm der Doktor noch nach.

Als er sich ein Stück vom Feuer entfernt hatte, konnte Miles die Sterne erkennen, die wie Kristalle aus Raureif am mondlosen Himmel glitzerten. Das Gras knirschte unter seinen Schritten. Hier und da brannte eine Laterne unter dem Vordach eines Zirkuswagens, aber Miles vertraute mindestens genauso auf seine Nase wie auf das wenige, was er sehen konnte. Er ließ den muffigen Dunst des Löwenkäfigs rechts liegen und kam an dem öligen Geruch vorbei, den der Lamastall verströmte. Soweit er sich erinnerte, war Tau-Taus Wagen der dritte nach dem Sumpfaroma aus dem Krokodilbecken.

Als er davorstand, glaubte er erst, sich geirrt zu haben, denn er hörte, wie drinnen Schubladen aufgezogen wurden, dazu ertönte leises Gebrummel. Miles verharrte unschlüssig auf der kleinen Treppe, den Schlüssel schon in der erhobenen Hand. Er lehnte sich zurück und las noch einmal die im Dunkeln nur schwach erkennbare Beschriftung des Wagens. Dort stand: „Doktor Tau-Tau offenbart Ihnen die Zukunft". Er wartete noch einen Augenblick ab, doch die Geräusche waren verstummt. Er hörte nur noch das leise Gelächter und die Musik vom Lagerfeuer. Er zuckte die Achseln. „Das kam wahrscheinlich aus einem anderen Wagen", sagte er leise zu Mandarine und ärgerte sich, dass er keine Laterne mitgenommen hatte. Mandarine schien ebenfalls die Ohren zu spitzen. Miles holte tief Luft und öffnete die Wohnwagentür.

Etwas huschte vorbei, dann hörte man eine Flasche zerschellen. Miles glaubte, jemanden durch das offene Fenster schlüpfen zu sehen. Im nächsten Moment sprang eine zweite Gestalt auf das Fensterbrett, wo sie sich kurz umdrehte und Miles ansah.

Vor dem sternfunkelnden Himmelsviereck erkannte der Junge einen zotteligen Umriss, nicht größer als ein sechsjähriges Kind. Die Gestalt bewegte sich flink und ruckartig wie ein Vogel. Die schwarzen Augen blinkten matt im Schein des Lagerfeuers. Miles hatte das eigenartige Gefühl, dass er, wenn er den Wagen betrat, in einen Traum einträte, und blieb wie angewurzelt auf der Schwelle stehen. Er hörte die Füße des Geschöpfs auf dem Fensterbrett scharren, dann ließ es sich nach draußen fallen und war im nächsten Moment verschwunden.

Miles stand da und rührte sich nicht. Die Dunkelheit im Wageninneren schien ihn schweigend anzugähnen. Ob dort wohl noch mehr dieser Geschöpfe lauerten? Er tastete hinter den Kleidungsstücken, die an der Innenseite der Tür hingen, nach einem Lichtschalter. Der Drang, die Tür einfach wieder zuzuschlagen und wegzulaufen, wurde fast übermächtig, da fand er den Schalter.

Der Wagen wurde von mattem rotem Licht erhellt, und Miles fand sich nicht gleich zurecht. Es machte den Eindruck, als sei ein wütender Wirbelsturm durch die kleine Behausung gefegt. Ein runder Tisch lag umgekippt in einem Meer verstreuter Briefumschläge. Alle Schränke waren durchwühlt, alle Schubladen herausgezogen und auf dem Teppich ausgekippt. Unzählige Fläschchen waren über den leicht abschüssigen Boden gerollt und häuften sich in einer

Ecke. Die Bilder hingen schief, und an der hinteren Wand ragte die Matratze halb aus dem Bett, als hätte sie die Flucht ergreifen wollen, wäre aber von den zerknüllten Laken daran gehindert worden. Über dem ganzen Chaos hing der schwache Duft von Doktor Tau-Taus Masala-Tee.

Ein Rascheln ließ Miles zusammenfahren, aber es war nur ein kleiner Vogel, der vom Boden auf die Gardinenstange flatterte. Der Vogel war grau mit schwarzem Kopf und Schwanz, und er beobachtete den Jungen. In der Ecke, aus der er aufgetaucht war, sah Miles einen kleinen, sperrangelweit offenen Holzkäfig liegen. Er bahnte sich einen Weg zum Fenster und machte es zu. Neben dem umgestürzten Tisch lag ein kleiner Bücherstapel, der umkippte, als er daran vorbeiging. Es waren allerlei Bände über Numerologie und Geomantik, dazu zwei ledergebundene Notizbücher. Sie waren alt und abgegriffen, mit Flecken übersät und an den Ecken abgestoßen. Aus einem war ein loses Blatt herausgefallen. Miles hob es mit spitzen Fingern auf, als könnte es bei der kleinsten Berührung zerfallen.

Das Blatt war dünn und spröde wie eine Zwiebelschale und über und über mit winziger Schrift und komplizierten Zeichnungen bedeckt. Miles betrachtete es neugierig, aber die verschnörkelten Linien schienen im Zwielicht zu verschwimmen und sich über die Seite zu schlängeln. Er wurde beim besten

Willen nicht schlau daraus. Er schlug das eine Notizbuch auf und legte das lose Blatt behutsam hinein.

Ihm war gar nicht wohl dabei, in dem verwüsteten Wagen knöcheltief in Doktor Tau-Taus persönlicher Habe zu stehen. Es kam ihm vor, als wäre er ohne anzuklopfen hereinspaziert und hätte den Doktor in Unterhosen überrascht. Bei dieser Vorstellung musste er unwillkürlich lachen. Im selben Augenblick wurde die Tür aufgerissen und der Besitzer des Wagens kam herein.

Auf dem roten Gesicht des Hellsehers stand verhaltener Ärger geschrieben. Er wollte schon etwas sagen, da erblickte er das Durcheinander auf dem Fußboden. Die lädierte Kinnlade fiel ihm herunter und er zuckte vor Schmerzen zusammen. Mit zwei langen Schritten war er bei Miles und entriss ihm das Notizbuch. Miles machte sich auf eine Ohrfeige gefasst, aber der Doktor bedachte ihn nur mit einem tief enttäuschten Blick und steckte das Notizbuch in die Westentasche.

„Warum nur, Junge?", fragte er heiser.

Miles verschränkte entrüstet die Arme. „Das war ich nicht! Das war …" Wie sollte er die Eindringlinge am besten beschreiben, ohne dass es nach einer faustdicken Lüge klang? Doktor Tau-Tau würde ihm wohl kaum glauben, dass irgendwelche zotteligen Geschöpfe wie Äffchen durchs Fenster entwischt waren.

Doktor Tau-Taus Augenbrauen verschwanden unter seinem Fes. Er wartete auf eine Erklärung.

„Hier drin waren irgendwelche zotteligen Geschöpfe, und sie sind wie Äffchen durchs Fenster entwischt“, sagte Miles. „Es war kein Licht an und ich hab nur eins ganz kurz gesehen. Ich glaube, es waren insgesamt zwei.“

„Äffchen, hast du gesagt?“ Doktor Tau-Tau musterte Miles mit einer ganz sonderbaren Miene, als sei ihm ein unliebsamer Gedanke gekommen.

„Unsere Affen können es aber nicht gewesen sein“, sagte Miles, „denn die sind alle in ihrem Käfig. Ich habe den Schlüssel in der Hosentasche.“

„Bist du sicher …“, Doktor Tau-Tau beugte sich vor und hüllte Miles in seinen orientalischen Atem, „… dass es nicht dein Freund, der Tiger, war?“

Was sollte Miles auf so eine absurde Frage antworten? Er wollte eben zurückfragen, was ein Tiger wohl für ein Interesse daran haben sollte, den Wohnwagen zu durchsuchen, da fiel sein Blick auf den kleinen grauen Vogel, der ihn vorhin erschreckt hatte. „Da!“, sagte er, froh über die Ablenkung. „Ihr Vogel ist nicht mehr im Käfig!“

Doktor Tau-Tau drehte sich um. „Satu! Was treibst du da, du gefiederte kleine Schurkin?“

Der Vogel hüpfte über die kleinen rotgoldenen Umschläge, die auf dem Teppich lagen. Dann machte er unvermittelt halt und zog mit dem kräftigen roten

Schnabel einen Umschlag heraus, hüpfte weiter und setzte sich schließlich auf Doktor Tau-Taus bestickten Pantoffel.

Der Doktor bückte sich und hielt ihm die Hand hin, der Vogel hüpfte hinauf. Der Wahrsager nahm den Umschlag und öffnete ihn, als hätte er Miles ganz vergessen. Er zog ein vergilbtes Kärtchen heraus und las es mit gerunzelter Stirn. „Ausgeschlossen!“, sagte er leise. Er blickte zu Miles hinüber, dann noch einmal auf das Kärtchen, und schließlich steckte er es wieder in den Umschlag.

„Was steht denn auf der Karte drauf?“, erkundigte sich Miles.

„Ach, nichts, gar nichts. Die Karten sind heruntergefallen und Satu hat einen Schreck bekommen. Da kann man sich schon mal irren.“ Er holte eine Handvoll Körner aus der Hosentasche und fütterte das Tier damit, dann tappte er mit knirschenden Schritten durch seine verstreuten Besitztümer, stellte den Käfig wieder richtig hin und setzte den Vogel vorsichtig hinein.

„Wie hat sie sich denn geirrt?“, hakte Miles nach. Er hätte zu gern gewusst, was auf dem Kärtchen stand, denn angesichts des Gelesenen hatte sich Tau-Taus Ärger plötzlich verflüchtigt.

„Vergessen wir's einfach, ja?“ Der Hellseher lächelte gezwungen. „Es war die verkehrte Karte. Sie kann sich nicht auf dich beziehen. Wie wär's, wenn du gleich morgen Früh wieder herkommst und mir beim Aufräumen hilfst, hm?“ Er steckte den kleinen Umschlag in die Westentasche zu dem Notizbuch, und Miles fiel auf, dass seine Hand zitterte.

8. Kapitel

Ein Flügelpaar

Der barbrüstige, eingeölte Tariq Ali Mohammed III. riss den Mund auf und spuckte einen so gewaltigen Feuerball, dass er einen Drachen beschämt hätte. Das Publikum rang staunend nach Luft – ja, einige Zuschauer duckten sich gar, und er spie noch einen Feuerball, damit der Effekt nicht verpuffte. Sonst sah Miles Tariq gern zu, aber gerade jetzt hatte er keine Zeit. Er half hinter dem Vorhang den anderen Jungs, die großen runden Podeste herbeizuschaffen, auf denen Tembo und Mamba den Einwohnern von Nape ihre Kunststückchen vorführen sollten.

Tosender Applaus verriet ihm, dass sich Tariq zum Abschied verbeugte. Als der Feuerschlucker durch den Vorhang gestapft kam und den letzten Schluck Petroleum ausspuckte, drängte sich Miles mit einem großen Rechen an ihm vorbei in die Manege. Er harkte schnell die Sägespäne glatt, während die anderen Helfer herauskamen und die schweren

Podeste wie Hula-Hoop-Reifen neben sich herrollten. Miles lief wieder durch den Vorhang und duckte sich unter Tembos Rüssel hindurch. Der Elefant kam gerade von der abendlichen Wiese herein, geführt von Gila in einer grünen, mit goldenen Borten besetzten Livree.

„Immer mit der Ruhe, Meister Miles!“, sagte Gila.

„Wirf die Elefanten nicht um“, setzte Umor hinzu, der mit Mamba dicht hinter Tembo herging.

„Werd mir Mühe geben“, erwiderte Miles.

„Kannst du mir mit den Flügeln helfen, Miles?“, bat Little. Sie trug ihr Glitzerkostüm und weiße Ballettschuhe, auf ihrem Rücken baumelte ein schiefes Flügelpaar. Delia Zipplethorpe, die Pferdedompteuse, hatte die Flügel liebevoll aus Gänsefedern angefertigt. Sie hatte sich große Mühe gegeben. Trotzdem konnte keine noch so geschickte Handarbeit die schimmernde Pracht der echten Flügel ersetzen, die Littles Schultern einst geziert hatten. Nur ein paar hauchdünne, geschwungene Linien auf ihrem Rücken erinnerten noch daran, was sie alles geopfert hatte, um Miles aus dem tödlichen Griff des Zero zu befreien. Sie hatte ihren richtigen Namen gesungen, worauf sie für immer auf der Erde bleiben musste.

Miles zog die elastischen Riemchen zurecht. Der Handgriff machte ihn irgendwie traurig. Wie schmerzlich musste es erst für Little sein! „Willst du die Dinger wirklich tragen?“

„Klar. Hast du das Programmheft nicht gelesen? Ich bin Little, die geflügelte Akrobatin."

„Weiß ich ja. Aber müssen musst du nicht. Ich kann Fabio jederzeit bitten, den Text zu ändern." Miles trat einen Schritt zurück, um den Sitz der künstlichen Flügel zu überprüfen.

Little drehte sich ganz um, schlang Miles die Arme um die Hüfte und sah lächelnd zu ihm auf. „Danke, Miles. Ja, meine Flügel fehlen mir, aber es macht mir nichts aus, die hier zu tragen. Wir sind hier beim Zirkus und sollen das Publikum zum Staunen bringen, nicht wahr?"

Die nächste Beifallswoge verabschiedete Tembo und Mamba. Die beiden Elefanten kamen aus der Manege und schoben sich durch den Vorhang. Sie wussten, dass sie ihre Sache gut gemacht hatten, und waren gespannt, welche Leckerei sie wohl heute zum Abendbrot erwartete. Als sie in den sternklaren Abend hinaustrabten, kam die schlanke schwarzhaarige Akrobatin Etoile herein und tätschelte ihnen im Vorbeigehen die Rüssel. Ihre Schwester Henna kam auf Stöckelschuhen hinterdreingestolpert.

Obwohl sie einander zum Verwechseln ähnlich sahen, hätten Henna und Etoile nicht verschiedener sein können. Etoile war zu jeder Tageszeit tadellos gekleidet und geschminkt. Sie war stets höflich und pünktlich, und trotz der strengen Arbeitsmoral im Zirkus schien sich niemand daran zu stören – ja, es schien gar niemandem aufzufallen –, dass sie sich nie die Finger schmutzig machte.

Henna dagegen sah man für gewöhnlich nur im Overall und mit einer Zigarette im Mundwinkel, und ihre Frisur machte den Eindruck, als nisteten die Aras darin. Sie kümmerte sich viel um die Tiere, striegelte und beschlug die edlen Araberpferde der Familie Zipplethorpe und putzte den Wagen, den sie mit ihrer Schwester teilte, von innen und von außen. Dabei vergaß sie regelmäßig, sich rechtzeitig für ihren Auftritt fertig zu machen. Noch auf dem Weg zur Manege trug sie die letzte Schicht Wimperntusche auf, aber kaum trat sie durch den sternenbestickten Vorhang, war sie wie ausgewechselt. Es war, als könnte sie die Eleganz und Anmut, die ihre Schwester ununterbrochen zur Schau trug, wie ein Kostüm überwerfen. Wenn die beiden jungen Frauen dann nebeneinander im Scheinwerferlicht standen, konnte man sie kaum noch auseinanderhalten.

„*Vite, chérie!*“, rief Etoile Little zu.

„Zum Tratschen haben wir jetzt keine Zeit!“, fügte Henna hinzu und richtete die Träger ihres Kostüms.

„Bis nachher“, verabschiedete sich Little von ihrem Freund, trat zwischen die beiden, die Kapelle stimmte eine fröhliche Melodie an und die drei Akrobatinnen schritten in stolzer Haltung in die Manege. Dort schlüpften die schwarzhaarigen Schwestern aus ihren hochhackigen Schuhen und machten sich bereit.

Miles und die anderen Hilfskräfte legten unterdessen die Gitterwände des Löwenkäfigs so aufeinander, dass sie in der Pause schnell zusammengebaut werden konnten. Gräfin Fontainbleau und ihre Löwendressur eröffneten den zweiten Teil der Vorstellung. Der Käfig musste innerhalb von zwanzig Minuten zusammengesetzt werden, in denen die Zuschauer nach einer Tüte Popcorn anstanden, von der sie anschließend die Hälfte zwischen die Sitzreihen fallen ließen. Bei der Arbeit vergaß Miles das flaue Gefühl im Magen, das immer stärker wurde, je näher sein eigener Auftritt mit dem Zauberer Stranski rückte. Der an- und abschwellende Beifall brandete gegen den Vorhang wie Wellen an den Strand. Wenn Miles den Blick hob, konnte er die Schatten der Akrobatinnen über die Zeltkuppel huschen sehen.

Die letzte Beifallswoge schwemmte Henna und Etoile wieder aus der Manege, gefolgt von Little, deren Gesicht im Zwielicht schimmerte. Henna zog eine Zigarette aus dem Kostümärmel und steckte sie in den Mund. Der Clown Papaya gab ihr Feuer, als er in übergroßen Schlappschuhen vorbeiwatschelte.

„Wie ist es gelaufen?“, wandte sich Miles an Little.

„Gut“, antwortete Little. „Einmal bin ich auf dem Seil ein bisschen abgerutscht, aber ich glaube, wenn so was vorkommt, findet das Publikum die Nummer nur noch spannender."

„Da bist du ja, Little!" Die gräfliche Löwenbändigerin brachte einen Schwall kalter Luft von draußen herein. „Hast du mit meinem Perseus geredet?"

„Ja", erwiderte Little, die ihr Ohr für die Musik der Tiersprache nicht eingebüßt hatte, „und Sie hatten Recht. Er hat tatsächlich Zahnschmerzen."

Gräfin Fontainbleau, die einen frisch gebügelten roten Frack mit Goldlitzen, eine enge goldene Hose und rosa Flauschpantoffeln trug, seufzte theatralisch. „Dann kann ich nur mit Nestor und Eunice auftreten, und Nestor ist immer so verdammt faul, wenn Perseus nicht da ist und ihn in den Hintern beißt."

„Das klappt schon", beruhigte Little sie. „Perseus hat gemeint, er kann heute Abend auftreten, wenn Sie dafür sorgen, dass der Zahnarzt sich nach der Vorstellung sein Maul ansieht."

Das Gesicht der Gräfin hellte sich auf und ihre überhebliche Miene wich einem Lächeln. „Vielen Dank, meine kleine Prinzessin!" Sie warf Little eine Kusshand zu und stolzierte in Richtung Manege.

„Ach übrigens, Gräfin!", rief Little.

Die Gräfin blieb stehen und drehte sich um. Das Licht betonte ihren langen Hals und die hohen Wangenknochen. „Ja bitte?"

„Perseus lässt Ihnen ausrichten, Sie möchten heute

lieber nicht den Kopf in seinen Rachen stecken. Es sei denn, Sie wollten Ihren Kopf sowieso loswerden."

Die Gräfin lachte wiehernd und verschwand.

„He, Meister Miles!", schimpfte Fabio. „Wo sollst du jetzt eigentlich sein?"

Miles überlegte. „Bei den Elefanten. Umor und Gila helfen."

„Dann schwing die Haxen, bevor du Wurzeln schlägst!", rief Fabio und verschwand ebenfalls hinter dem Vorhang.

„Ich komme mit", sagte Little. „Ich will noch mal kurz mit Mamba sprechen, ehe sie schlafen geht."

Draußen bahnten sie sich einen Weg durch den kunterbunten Wirrwarr aus Tieren, Artisten und Requisiten. Man war eifrig dabei, den zweiten Teil der Vorstellung vorzubereiten und die Requisiten aus dem ersten Teil wieder wegzupacken. Miles und Little wichen dem peitschenden Schwanz eines Krokodils aus, das von seinem Dompteur Gila in eine fahrbare, mit Schnitzereien verzierte Kiste bugsiert wurde. Die Elefanten mampften in der kleinen Koppel um ihren Transporter die letzten Äpfel.

„Da ist er ja!", sagte Umor.

„Mir kam's auch vor, als ob an der Schaufel irgendwas fehlt", sagte Gila.

Er hielt Miles den Schaufelgriff hin. Miles wollte den kleinen Mann in die Nase zwicken, aber Gila war mit einem Satz außer Reichweite.

„Daneben, Meister Miles!“, rief er spöttisch.

„Das kann ja jede Schnecke besser“, gab Umor seinen Senf dazu.

„Und die hat noch nicht mal Finger.“

Miles packte seufzend die Schaufel und machte sich daran, die Elefantenknödel aufzuschippen und in die bereitstehende Schubkarre zu laden.

„Hat Doktor Tau-Tau eigentlich inzwischen rausgefunden, wer in seinen Wagen eingebrochen ist?“, erkundigte sich Little. Miles wollte eben antworten, da kam ihm Umor zuvor.

„Natürlich nicht!“

„Da gibt's nämlich nichts rauszufinden“, ergänzte Gila.

„Das waren irgendwelche Jugendlichen aus der Stadt“, setzte Umor hinzu.

Miles schüttelte den Kopf. „Das waren keine Jugendlichen. Ich habe die Einbrecher gesehen. Sie waren ganz zottelig.“

Gila tunkte einen Schrubber in einen Eimer Seifenwasser und fuhr damit über Mambas runzlige Haut. „Die Jugendlichen heutzutage sind ja auch zottelig.“

„Schlechte Erziehung“, pflichtete ihm Umor bei.

„Ganz meine Meinung.“ Gila unterbrach sein Geschrubbe. „Wieso eigentlich?“

„Männer mit Bart, Frauen mit langen Haaren …“ Umor leerte seinen Eimer in eine Ecke. „… und schon nimmt das Unheil seinen Lauf.“

„Entweder das oder zu viele Vitamine."

„Vitamin H!", rief Umor. „Das ist der Übeltäter!"

Miles dachte an die sonderbare kleine Gestalt mit den vogelähnlichen Bewegungen, die ganz kurz auf dem dunklen Fensterbrett gehockt hatte. „Das waren keine Jugendlichen", wiederholte er, „und auch keine Affen."

„Ist doch dasselbe", meinte Umor.

„Jugendliche – Affen", meinte Gila. „Alles eins."

„Die Schubkarre ist übrigens voll", meinte Umor, „und außerdem wartet jemand sehnsüchtig darauf, dich entzweizusägen."

Miles zuckte die Achseln und hob die schwere Karre an. Mit einiger Anstrengung schob er sie durch den Schlamm in Richtung Mistlaster. Little ging nebenher, ohne Spuren zu hinterlassen.

„Die Frage hat ihnen nicht gepasst, oder?", sagte sie, als sie außerhalb der Hörweite der beiden Clowns waren.

„Schwer zu sagen bei den Bolsillos. Doktor Tau-Tau wollte auch nicht mit der Sprache heraus. Er hat andauernd das Thema gewechselt und mich nach dem Tiger gefragt." Miles nahm Anlauf, trabte die Rampe zur Ladefläche des Lasters hoch und kippte die Schubkarre aus.

„Sei bloß vorsichtig", sagte Little.

„Mir tut Tau-Tau ein bisschen leid. Die meisten anderen Artisten reden nicht mit ihm."

„Vielleicht haben sie ja ihre Gründe.“ Little hüpfte über das Seil, an dem K2 eine bunt bemalte Kanone in Richtung Zelt zog. Auf dem Kanonenrohr hockte der Affe Hector. Als er Miles erblickte, sprang er ihm auf die Schulter und schnatterte ihm leise ins Ohr.

„Was hat er gesagt?“, fragte Miles.

Little lachte. „Er sagt, du sollst heute Abend besser aufpassen, wenn er jemandem die Brieftasche klaut. Stranski ist auf dich angewiesen. Er kann seine Augen nicht überall haben.“

„Frag ihn doch bitte, warum er sich jedes Mal irgendwelche Zuschauer raussucht, die nach billigem Parfüm riechen.“ Miles kraulte den Affen hinterm Ohr. Hector und Little schwatzten eine Weile miteinander, dann sprang der Affe, als sie an Stranskis Wagen vorbeikamen, von Miles' Schulter und hüpfte die Treppe hoch.

„Er hat gesagt, wenn du mit jemandem zusammenleben müsstest, der so stinkt wie Stranski, würdest du dir auch einen Zuschauer raussuchen, der ein bisschen besser riecht. Anfangs hatte er noch die Hoffnung, dass Stranski den Wink mit dem Zaunpfahl kapiert, aber das hat leider nicht geklappt. Jetzt genießt Hector einfach nur den Parfümduft, der an den Geldbörsen hängt.“

Miles kramte in seiner Hosentasche nach dem Schlüssel, denn der Wohnwagen der Bolsillo-Brüder kam in Sicht, und dort bewahrte er sein Kostüm auf.

„Ich traue Tau-Tau nicht zu, dass er irgendwas Böses im Schilde führt."

„Vielleicht hast du ja Recht", sagte Little. „Sein Lied ist nicht böse, er scheint nur nicht in der Lage zu sein, die Lieder von anderen zu hören. Ich höre Silverpoint noch sagen: ‚Ich traue diesem Tau-Tau nicht. Er hat einen Riecher für den verkehrten Weg.'"

„Bei den sieben Hügeln des Hades!", rief da jemand. „Habe ich so einen nachteiligen Eindruck hinterlassen?" Doktor Tau-Tau kam um den Wagen herum, den verblichenen Fes schief auf dem Kopf und angestrengt lächelnd. Er machte den Eindruck, als könnte er seinen Ärger nur mit Mühe bezähmen. „Und wer ist bitte schön dieser Silverpoint, der so eine schlechte Meinung von mir hat?"

Little richtete den strahlend blauen Blick auf sein rotes Gesicht und erwiderte: „Silverpoint ist ein Freund von uns. Er ist nicht von hier und er hat niemandem getraut. Es liegt einfach daran, dass Sie so ... geheimnisvoll sind."

Doktor Tau-Tau richtete sich hoch auf und strich sein Jackett glatt. „Nun ja, das bin ich wohl." Er lächelte nicht mehr, aber er wirkte mit einem Mal äußerst zufrieden. „In der Tat", wiederholte er, „ich bin ausgesprochen geheimnisvoll."

9. Kapitel

Im Schlafanzug

Der schlaftrunkene, gänsehäutige Miles Wednesday setzte sich jäh in seiner Koje auf. Die Überbleibsel eines Traums klebten noch an ihm wie Spinnweben. Die Nacht war schwarz wie Krähenaugen und ein ruppiger Wind schaukelte den gefederten Wohnwagen. Stranski war in seinem Traum vorgekommen, hatte stumm den Mund auf- und zugeklappt, als müsste er ihm etwas ungeheuer Wichtiges mitteilen. Auch der Tiger war lautlos durch seinen Schlaf geschlichen. Miles hörte Pferdegewieher und Hufgetrommel und begriff, dass diese Laute nicht zu dem verblassenden Traum gehörten. Daraufhin zog er den Vorhang auf und schaute in die Nacht hinaus, wo er gerade noch die Baumwipfel erkennen konnte, die vor dem blauschwarzen Himmel heftig hin und her schwankten.

Die Pferde der Zipplethorpes waren in Panik geraten und es hörte sich an, als würden sie ihren Transporter jeden Augenblick zu Kleinholz zertrampeln. Miles sah Darius Zipplethorpe und seinen Sohn Dulac in Morgenmänteln und Hausschuhen noch halb schlafend aus ihrem herrschaftlichen Wohnwagen tappen. Dulac war so alt wie Miles und eine Miniaturausgabe seines Vaters, klein und untersetzt mit strohblondem Schopf und hellen Augenbrauen, die es erschwerten, seine Miene zu deuten. Er konnte auf dem Rücken eines trabenden Pferdes Handstand machen, aber Miles hatte ihn noch nie lächeln sehen.

Dulac und sein Vater rannten zum Pferdehänger, um die verängstigten Tiere zu beruhigen. Die Lampe, die sonst unter dem Vordach brannte, hatte der Wind ausgepustet, die Messingwindspiele klingelten wie verrückt. Miles' Atem ließ die Scheibe beschlagen. Als er mit dem Ärmel einen Halbkreis blank wischte, sah er Delia Zipplethorpe ebenfalls aus dem Wohnwagen eilen. Sie trug eine Laterne und versuchte sie mit ihrem Schultertuch vor dem böigen Wind zu schützen.

Als die Zipplethorpes im flackernden Laternenschein die obere Hälfte der zweigeteilten Transportertüren entriegelten, sah Miles, wie sich hinter ihnen ein Stück vom Schatten des Wagens selbstständig machte, dann noch eins und schließlich ein drittes. Die drei zotteligen kleinen Silhouetten huschten geduckt unter den Wohnwagen entlang und verschwanden zwischen den sturmgepeitschten Bäumen am Rand der Wiese, wo der Wald anfing.

Miles hielt unwillkürlich den Atem an, als könnte er sie auf diese Weise wieder ans Licht holen, um sie näher zu betrachten. Sie bewegten sich genauso flink wie die dreisten Plünderer in Doktor Tau-Taus Wagen, und er zweifelte nicht daran, dass es sich um dieselben Geschöpfe handelte oder zumindest um enge Verwandte. Oder träumte er doch noch?

Ein Ruf lenkte seine Aufmerksamkeit wieder auf die Zipplethorpes und ihre Pferde. Die Hängertür war aufgeflogen und die gescheckte Stute kam herausgestürmt wie beim Start zu einem Hürdenrennen. Sie bockte, als wäre sie ein Rodeopferd, und als Dulac sie beruhigen wollte, bäumte sie sich auf und schlug aus, worauf er der Länge nach ins Gras fiel. Seine Mutter schrie auf, ließ die Laterne fallen und lief zu ihm. Das Licht flackerte noch einmal und verlosch. Miles sprang aus dem Bett, warf seinen alten Mantel über und stolperte durch den unbeleuchteten Wohnwagen. Er war noch nicht an der Tür, da wurde sie aufgerissen und ein Windstoß jagte herein, als Fabio Bolsillo in die finstere Nacht hinauslief.

Dulac Zipplethorpe lag reglos am Boden, seine Mutter beugte sich über ihn. Ihr Schultertuch stand steif ab und knallte im Wind wie eine Peitsche.

„Hat er sich was getan?“, rief Miles. Der Wind riss ihm die Worte vom Mund und verschlug ihm den Atem.

Delia Zipplethorpe drehte sich um. Tränen liefen ihr über die Wangen. „Bitte hilf ihm!“, flehte sie Fabio an. Der kleine Mann kniete sich hin und untersuchte die klaffende Stirnwunde des Bewusstlosen. Ein dunkler Blutfleck verklebte Dulacs strohblondes Haar. Jetzt kam auch Darius dazu. Er hatte die Stute wieder eingefangen. „Ich hole einen Arzt“, rief er und verschwand.

„Gib ihm deinen Mantel, Meister Miles!“, rief Fabio über die Schulter. „Ich gehe einen Schluck Schnaps holen!“

Miles holte Mandarine aus der Tasche und verstaute ihn in seinem Schlafanzug, dann wand er sich aus dem dicken Mantel und legte ihn über Dulac, wobei er ihm den Kragen bis zum Kinn hochzog. Der Junge war totenbleich. Delia Zipplethorpe brach in leises Gejammer aus, nahm die schlaffe Hand ihres Sohnes und wiegte sich hin und her, als habe sie es aufgegeben, dem Wind Widerstand zu leisten. Da wurde Miles erst bewusst, dass Dulac womöglich sterben würde. Eine unbestimmte Angst stieg in ihm auf. Sollte er loslaufen und Little holen? Aber was konnte die schon tun?

„Wisch ihm das Blut aus den Augen, Junge“, sagte jemand. Erschrocken drehte Miles sich um und erblickte Doktor Tau-Tau. Der Wahrsager war im Schlafrock und sah ihn mit seinen vortretenden Augen so eindringlich an, als sei er und nicht Dulac der

Patient. „Das Blut!“, wiederholte Tau-Tau. „Wisch es weg.“

Miles drehte sich verwirrt nach Delia Zipplethorpe um, aber die war ganz auf die schwindenden Lebensgeister ihres Sohnes konzentriert. Daraufhin machte er sich daran, das Blutrinnsal abzutupfen, das Dulac von der blassen Stirn ins Auge tropfte. Der Wind, der ihm die ganze Zeit immer wieder ins Gesicht gefahren war, ließ auf einmal nach. Die Nacht wurde merkwürdig still. Miles atmete tief durch. Ihm war schwindlig und er fühlte sich so leicht, als könnte ihn der Wind jederzeit wegwehen. Die Brust wurde ihm ganz weit und die kalte Luft schien ihm bis in die Fingerspitzen zu schießen. Dulacs Stirn war verblüffend warm, und als Miles das klebrige Blut abwischte, wurde ihm schwarz vor Augen. Er schloss die Augen und ließ sich ins Gras fallen.

Als er die Augen aufschlug, sah er zu seiner Verblüffung, dass Dulac, gestützt von seiner Mutter, aufrecht und mit starrem Blick dasaß. Er hatte schon wieder ein bisschen Farbe. Fabio kniete vor ihm und hielt ihm ein kleines Glas an die Lippen. Dulac verzog das Gesicht, als ihm der Schnaps im Hals brannte.

Seine Mutter packte ihn unter den Achseln, er stützte sich auf Fabio und stand schwerfällig auf. Als sich das Trio zum Wohnwagen der Zipplethorpes aufmachte, drehte sich Fabio noch einmal nach Miles um. „Gut gemacht, Meister Miles.“ Dann schaute er über Miles’ Kopf hinweg und sagte: „Bring ihn zum Wagen, Tau-Tau. Umor soll ihm was Warmes zu trinken machen.“

„Nicht nötig, nicht nötig“, erwiderte Doktor Tau-Tau. „Ich habe schon Tee aufgesetzt. Hoch mit dir, mein Junge.“ Er streckte die Hand aus und strahlte Miles so stolz an, als hätte er ihn soeben höchstpersönlich aus Wollresten gehäkelt.

Der windzerzauste, schlafanzuggestreifte Miles Wednesday ließ sich in Doktor Tau-Taus warmem Wohnwagen erleichtert in einen Sitzsack sinken. Mit seinen puddingweichen Beinen hätte er nicht weiter als die paar Meter laufen können. Jetzt war der Wind ausgesperrt, und auch sein Zittern ließ allmählich nach. Der immer noch strahlende Tau-Tau drückte ihm eine Tasse heißen Masala-Tee in die Hand. Er glotzte ihn an und strahlte und strahlte und glotzte ihn an, während er in seinem Durcheinander herumwurstelte, bis Miles sich entschieden unwohl fühlte.

„Du bist noch ein bisschen neben der Spur, aber das geht vorbei“, verkündete der Wahrsager, zündete ein paar Räucherstäbchen an und stellte sie in einen Messinghalter auf dem Waschbeckenrand. „Du hast einen kleinen Schock erlitten.“

Miles nickte. „Ich dachte, Dulac stirbt.“

„Unsinn“, erwiderte Doktor Tau-Tau. „Seine Zeit

war noch nicht gekommen. Das hätten mir die Karten gesagt.“ Er nahm geistesabwesend den Stapel Umschläge und mischte sie. Seine Selbstsicherheit irritierte Miles. Er dachte an das Kärtchen, das der Vogel nach dem Einbruch in den Wagen ausgewählt hatte, und wie der Wahrsager sich geweigert hatte, ihm zu verraten, was draufstand. Ein Lächeln huschte über sein Gesicht, das er jedoch mit Gähnen überspielte. „Das ist doch alles bloß Theater, stimmt's?“

Tau-Tau hielt im Mischen inne und blickte Miles skeptisch an. „Was denn?“

„Na ja, das Getue mit den Karten und dem Vogel. Sie denken sich das alles bloß aus, oder?“

„Ausdenken?“ Tau-Tau war empört. „Mitnichten! Die Hellseherei ist eine hohe Kunst und kann nur durch viel Übung und jahrelange Praxis vervollkommnet werden.“

„Dann haben Ihnen die Karten doch bestimmt auch offenbart, dass Barty Fumble mein Vater war.“

Doktor Tau-Tau schien verdutzt. „Du? Du bist Barty Fumbles Sohn?“ Seine Augen traten noch weiter hervor und er räusperte sich rasch. „Aber gewiss doch, mein Junge! Das habe ich sofort erkannt. Die Karten können mir nichts verheimlichen. Außer meiner eigenen Zukunft natürlich.“ Er holte den Vogelkäfig vom Schrank. „Stell mich auf die Probe. Du darfst mich alles fragen.“

„Was wurde aus Barty Fumble?“, fragte Miles.

„Was aus …“ Tau-Tau wirkte einen Augenblick lang verunsichert, aber dann legte er geschäftig die Karten vor dem Käfig aus. „Das haben wir gleich! Das haben wir im Handumdrehen, nicht wahr, meine kleine gefiederte Prognostikerin?“ Er brummelte jetzt wie im Selbstgespräch, schielte nur zwischendurch zu Miles hinüber, als könnte sich der Junge jederzeit in Luft auflösen. „Wollen doch mal schauen“, brummte er, „was unser kleines Orakel uns offenbart.“ Er öffnete die Käfigtür. Die rot geschnäbelte Vogeldame hüpfte über die ausgebreiteten Umschläge und zog einen heraus. Tau-Tau nahm ihr den Umschlag ab und schüttelte vorsichtig das Kärtchen heraus. Seine Brauen wanderten himmelwärts, sein Blick schweifte von Miles wieder zu dem Kärtchen. „Es ist also wahr“, sagte er leise und strich sich das Ziegenbärtchen, während Miles ihn mit wachsender Neugier beobachtete.

„Darf ich die Karte mal sehen?“, bat er schließlich.

Über dieses Ansinnen schien Doktor Tau-Tau erst eingehend nachdenken zu müssen, doch schließlich hielt er dem Jungen das zerknitterte Kärtchen mit Daumen und Zeigefinger hin, sodass dieser es betrachten konnte. Es war mit einem komplizierten Schnörkelmuster bedeckt, das mit einem Pinsel gemalt schien. Miles hatte eigentlich nichts Bestimmtes erwartet, trotzdem war er ein bisschen enttäuscht. „Ich kann’s nicht lesen“, sagte er.

„Natürlich nicht, mein Junge, und zwar aus zwei Gründen." Tau-Tau steckte das Kärtchen wieder in den Umschlag. „Aus zwei Gründen", wiederholte er. „Erstens sind die Karten auf Chinesisch beschriftet, eine uralte Sprache, mit der du höchstwahrscheinlich nicht vertraut bist. Zweitens dürfen nur solche Ausnahmetalente wie ich erwarten, die eigentliche Bedeutung zu erfassen."

„Aber was steht denn jetzt drauf? Ist es dieselbe Karte, die Satu schon mal gezogen hat?"

„Allerdings, mein Junge." Tau-Tau zog sich einen niedrigen Hocker heran und ließ sich ächzend darauf nieder. „Und es betrifft tatsächlich deinen Vater, Barty Fumble."

Miles stockte das Herz. Die Hoffnung, seinen Vater eines Tages wiederzusehen, war ihm stets gegenwärtig, und er fürchtete, dass der kleine Vogel diese Hoffnung ein für alle Mal zunichtemachen könnte. Er zwang sich, dem Wahrsager in die Augen zu sehen. „Ja und?"

Der Doktor goss sich noch eine Tasse Masala-Tee ein und auch eine für Miles. „Es war dumm von mir, dass ich der Karte nicht schon beim ersten Mal geglaubt habe." Er senkte die Stimme, als lauerten Verschwörer hinter den Vorhängen. „Es sieht ganz so aus, als ob der alte Schwindler die ganze Zeit am Leben war!"

„Sind Sie sicher?", flüsterte Miles.

„Das Orakel ist sich sicher, mein Junge, und das genügt mir vollauf. Noch besser, ich habe eine Idee, wo wir anfangen könnten, nach ihm zu suchen."

Miles kämpfte sich aus dem Sitzsack und sprang auf. Ihm war überhaupt nicht mehr schwindlig, und in seiner Aufregung fiel ihm kaum auf, dass Tau-Tau gar nicht freundlich von seinem Vater sprach. „Wo denn?", fragte er eifrig. „Können wir gleich los?"

Zu seiner Überraschung sprang auch der Doktor auf. „Oh ja!", erwiderte er strahlend, „aber erst müssen wir dir etwas zum Anziehen suchen. Ein Schlafanzug ist unpassend für eine Unterredung mit Herrschaften von königlichem Geblüt, mein Junge. Für eine Unterredung mit so hohen Herrschaften", wiederholte er und sah sich zerstreut in seinem vollgestopften Wohnwagen um, „ist ein Schlafanzug unpassend."

10. Kapitel

Höllenrachen

Der feshütige, reisfinkhörige Doktor Tau-Tau stapfte erstaunlich zügig durch die Nacht. Miles musste fast rennen, um mit ihm Schritt halten zu können. Trotz der bevorstehenden Zusammenkunft mit irgendwelchen Herrschaften von königlichem Geblüt war er noch im Schlafanzug. Darüber trug er jedoch einen bestickten Schlafrock, den ihm der Wahrsager geborgt hatte, damit er nicht gänzlich fehl am Platz wirkte. So hatte sich Tau-Tau jedenfalls ausgedrückt und darauf bestanden, unverzüglich aufzubrechen, ohne irgendwem Bescheid zu geben. Er gestattete Miles nicht einmal, sich im Wohnwagen der Bolsillos etwas Vernünftiges zum Anziehen zusammenzusuchen oder wenigstens seinen Mantel aus dem Wohnwagen der Zipplethorpes zu holen.

„Ich kapiere immer noch nicht, warum Little nicht mitkommen darf", keuchte Miles. „Sie würde bestimmt niemandem ein Sterbenswörtchen verraten, und sie ist immer nützlich, wenn es irgendwie brenzlig wird."

„Kommt nicht infrage", rief Tau-Tau über die Schulter. „Dort, wo wir hinwollen, ist Besuch nicht erwünscht. Es wird alle meine überragenden Verhandlungskünste erfordern, die erhoffte Auskunft zu erhalten. Ein weiterer Klotz am Bein würde die Sache nur zehnmal schwerer machen."

„Wen besuchen wir denn eigentlich?"

Doktor Tau-Tau blieb stehen und löste eine Dornenranke aus seinem Schlafrock. „Frag mir jetzt bitte kein Loch in den Bauch!", sagte er gereizt. „Es ist schon etliche Jahre her, dass ich zuletzt dort war. Wenn du mir weiter auf die Nerven gehst, marschieren wir irgendwann im Kreis."

Sie liefen eine Weile schweigend weiter. Es stürmte immer noch und manchmal kam Miles kaum voran. In der mondlosen Nacht beleuchtete nur das schwache Licht der Sterne den Weg. Zu ihrer Rechten machte Miles das dunkle, bucklige Gebirge aus, aber hauptsächlich blickte er zu Boden, um zu sehen, wo er hintrat. Die Landschaft war hügelig und mit niedrigen Bäumen bewachsen, deren knorrige Wurzeln hervorragend geeignet waren, jemanden zu Fall zu bringen. Obendrein stolperten sie ab und zu, wenn sie versehentlich in den Eingang eines Kaninchenbaus traten. Trotz des kalten Windes begann Miles in dem dicken Schlafrock zu schwitzen. Seine Kehle war wie ausgedörrt, und der Wind trug ihm das Schnaufen des dicken Doktors zu.

„Ist es noch weit?“, rief Miles, denn es kam ihm vor, als seien sie schon eine Ewigkeit unterwegs.

Doktor Tau-Tau ging nicht darauf ein, aber wenig später blieb er unter einem hohen Felsen stehen, der sich auf einem Hügel erhob. „Das reicht erst mal“, flüsterte er heiser, als Miles ihn eingeholt hatte. „Wir verschnaufen einen Augenblick.“

Miles ließ sich ins hohe Gras fallen und tastete nach Mandarine. Er hatte ihn in die Schlafrocktasche gesteckt, als Tau-Tau gerade nicht hinschaute. Der Bär schien zu frösteln, und Miles ließ die Hand in der Tasche, um ihn zu wärmen. „Sind wir bald da?“, fragte er.

Doktor Tau-Tau legte den langen Finger auf die Lippen. „Pst! Schrei nicht wie ein Schuljunge am Wandertag!“

„Aber wir sind hier doch mitten in der Pampa“, wandte Miles im Flüsterton ein. „Hier ist weit und breit kein Mensch.“

„Da wäre ich mir nicht so sicher“, entgegnete Tau-Tau. Seine Froschaugen glänzten matt im Dunkeln. Er holte eine Thermosflasche aus dem Schlafrock und genehmigte sich einen Becher Masala-Tee. Als er ausgetrunken hatte, goss er den Becher noch einmal voll und reichte ihn Miles. Jetzt, wo sie nicht mehr in Bewegung waren, spürten sie die bittere Kälte wieder, und Miles trank den Tee dankbar und mit großen Schlucken.

„Sie haben gesagt, wir wollen uns mit irgendwelchen hohen Herrschaften unterhalten“, flüsterte er.

„Nun ja, sozusagen.“ Tau-Tau goss sich selbst noch eine Tasse ein und schlürfte lautstark. Offenbar hatte er ganz vergessen, dass sie leise sein mussten. „Die Bewohner dieser Gegend lebten schon vor Urzeiten hier, als unsere Vorfahren längst noch nicht bis hierher vorgedrungen waren. Das heißt, deine Vorfahren, meine nicht“, berichtigte er sich. „Ich stamme nämlich aus einem fernen Land, von dem du wahrscheinlich noch nie gehört hast.“

„Kommt drauf an, mit welchem Buchstaben es anfängt.“

Der Wahrsager schnaubte verächtlich und verschluckte sich prompt an dem Tee, der ihm beim Schnauben in die Nase gestiegen war.

„Ich mein’s ernst“, sagte Miles. „Ich arbeite Lady Partridges Lexikon durch. Ich bin schon beim ‚R‘.“

„Meine Heimatstadt fängt leider mit ‚S‘ an“, stieß Doktor Tau-Tau hustend hervor.

„Vielleicht kenne ich ja wenigstens das Land“, erwiderte Miles, der die Abbildungen ferner Landstriche in Lady Partridges reich bebildertem Nachschlagewerk immer spannend gefunden hatte.

„Das fängt auch mit ‚S‘ an“, entgegnete Tau-Tau barsch. „So, und wenn wir uns jetzt nicht ranhalten, geht die Sonne auf und wir kommen womöglich nicht mehr rein."

Miles rappelte sich hoch. Es war immer noch dunkel, nur hinter ihnen im Osten wurde der Horizont allmählich heller. Sie kamen nun in eine eigenartige Landschaft aus kleinen Senken und steilen Hügeln, auf denen sich immer mehr solcher zerklüfteter Felsen erhoben wie jener, in dessen Schutz sie gerastet hatten. Im Dunkeln erinnerten sie an riesengroße Zähne. Manche standen schief und krumm da, und der kaum erkennbare Pfad wand sich dazwischen hindurch und senkte sich immer wieder in eine der vielen Kuhlen. Der Wind pfiff den beiden Wanderern um die Ohren und wurde von den Felszähnen in jähe Böen und Wirbel zerpflückt, die aus allen Richtungen über sie herfielen und ebenso jäh wieder verebbten. Doktor Tau-Tau ging jetzt langsamer, blieb zwischendurch immer wieder stehen und schaute in ein abgewetztes Notizbuch, das er aus seiner Schlafrocktasche holte. Miles hielt sich dicht hinter ihm.

„Wo sind wir hier?", fragte er leise.

„Die Einheimischen nennen es den Höllenrachen", raunte Tau-Tau. „Hier wird schon seit Tausenden von Jahren in der Erde geschürft, was zum Teil die Kuhlen erklärt. Aber vor allem haben Wind und Regen die Landschaft geprägt."

„Schwer vorstellbar, dass hier irgendwelche hohen Herrschaften leben", erwiderte Miles.

Doktor Tau-Tau blieb so unvermittelt stehen, dass Miles beinahe in ihn hineingelaufen wäre. Er drehte sich bedächtig um und beugte sich so tief herunter, dass sein Gesicht fast Miles' Nase berührte. „Wir sind nur deinetwegen hier, mein Junge", raunte er heiser, „und wir sind gleich da. Darum sei so gut und behalte dein pausenloses Geplapper für dich!" Er richtete sich wieder auf und stapfte lautlos weiter.

Wenn du schon mal beim Zähneputzen vor dem Waschbecken gestanden hast und auf einmal das Gefühl hattest, dass hinter dir jemand steht und dich beobachtet, dann kennst du das Gefühl, das Miles beschlich, als er Doktor Tau-Tau weiter durch den Wald der Riesenzähne folgte. Vielleicht lag es an seinem Aufzug in Schlafanzug und Schlafrock, aber er konnte sich des Eindrucks nicht erwehren, dass ihn irgendjemand beobachtete. Je stärker dieser Eindruck wurde, desto entschlossener war Miles, sich zu beherrschen und sich nicht umzudrehen. Er bekam allmählich Zweifel, ob der mitternächtliche Ausflug eine gute Idee gewesen war. Immer wieder musste er sich ins Gedächtnis zurückrufen, dass ihn sein eigener Entschluss, seinen Vater zu suchen oder wenigstens mehr über dessen Schicksal zu erfahren, an diesen unheimlichen Ort geführt hatte.

Sie kamen an eine Senke, die steil ins Dunkel abzufallen schien. Vorsichtig stiegen sie bergab, rutschten aber immer wieder im nassen Gras aus. Unten angekommen, blieb Doktor Tau-Tau stehen und bedeutete Miles, ganz still zu sein. Er holte sein Notizbuch heraus, schaute kurz hinein und knipste eine winzige Taschenlampe an. Sie verströmte einen kläglichen gelben Lichtstrahl, der kurz aufflackerte und im Handumdrehen wieder erlosch. Tau-Tau brummte etwas Ungehöriges und versuchte, die Lampe durch kräftiges Schütteln zu reparieren.

Aus unerfindlichen Gründen war es dieser Versuch, die Finsternis zu durchdringen, der Miles zu guter Letzt doch noch die Beherrschung verlieren und sich umdrehen ließ. Ehe er recht begriff, was er sah, hatten sich die unzähligen Schatten schon in Bewegung gesetzt. Ein Schwarm kleiner Gestalten schlitterte die steile Senke hinunter wie zottelige Verbannte aus hundert verdrängten Träumen.

„Doktor Tau-Tau!“ Miles zupfte den Wahrsager am Ärmel.

„Gleich, Junge!“, wehrte der in sein Notizbuch vertiefte Tau-Tau ab. Als er wieder auf dem Schalter seiner Taschenlampe herumdrückte, tauchte neben seinem Ellbogen eine kleine zottelige Gestalt auf und entriss ihm blitzschnell die Lampe. Doktor Tau-Tau fiel vor Überraschung die Kinnlade herunter, worauf eine zweite kleine Gestalt leichtfüßig hochhüpfte und ihm ein dickes Grasbüschel in den Mund stopfte, ehe der Hellseher noch einen Laut von sich geben konnte.

11. Kapitel

Zweihundert Könige und zwölf

Der schlafberockte, umzingelte Miles Wednesday stand in einem wogenden Kreis kleiner zotteliger Gestalten, von denen ihm keine auch nur bis zum Kinn reichte. Es war immer noch dunkel und die Gestalten trugen weder Fackeln noch Laternen, aber aus der Nähe konnte man sie wenigstens ein bisschen erkennen. Sie hatten lange, verfilzte Mähnen, und die Gesichter hinter den struppigen Bärten waren kaum zu sehen. In den Nasen trugen sie Messingringe. Ihre Kleidung bestand aus zusammengeflickten Fellen. Sie selbst waren derart behaart, dass man nicht sagen konnte, wo die Kleidung aufhörte und wo ihr natürlicher Pelz anfing. Sie stießen und schubsten einander, um den Jungen besser in Augenschein nehmen zu können, und manche pikten ihn gar mit spitzen Stöcken oder kniffen ihn in den Arm, um zu sehen, wie er beschaffen war.

Miles schielte zu Doktor Tau-Tau hinüber, der sich

gegen den Griff der Männlein wehrte, weil er das Grasbüschel im Mund loswerden wollte, aber die kleinen zotteligen Wesen waren ausgesprochen drahtig und kräftig. Außerdem waren es viel zu viele, sodass es aussichtslos war, sich gegen sie zu verteidigen. Miles war zwar weder gefesselt noch geknebelt worden, hielt es aber für das Beste abzuwarten, was als Nächstes geschehen würde. Er war sicher, dass die nächtlichen Einbrecher in Tau-Taus Wohnwagen zu diesen Männlein gehörten, und der abenteuerliche Überfall stachelte seine Neugier nur noch an.

Die Wichte schoben und stießen sie jetzt durch die Senke, deren gegenüberliegende Seite in tiefster Dunkelheit verborgen lag. Miles sah Doktor Tau-Tau vor sich herstolpern, umringt von den rempelnden Gestalten. Kurz danach wurde auch er durch dichtes Gestrüpp geschoben. Dann war Tau-Tau auf einmal verschwunden. Doch ehe Miles sich wundern konnte, wo der Doktor geblieben war, verlor er den Boden unter den Füßen. Was wie eine weitere Kuhle ausgesehen hatte, entpuppte sich als geröllbedeckter Abhang, den Miles mehr oder weniger hinunterkullerte. Es war jetzt stockfinster, aber vor sich hörte er den Doktor ächzen, fluchen und weiterstolpern. Man hatte ihm den Grasknebel herausgenommen, und er schimpfte und spuckte abwechselnd, weil er den Mund voller Erde hatte.

Als Miles den unterirdischen Abhang hinunterstolperte, hörte er ein leises metallisches Klingeln und das Tappen unzähliger ledriger Sohlen. Er stellte sich vor (und lag damit, wie sich zeigen sollte, durchaus richtig), wie das kleine Heer zotteliger Männlein links und rechts von ihm bergab rannte und hüpfte, ohne auf irgendwelche Taschenlampen oder auch nur Streichhölzer angewiesen zu sein. Er fühlte sich schon wie ein einziger blauer Fleck, da stürzte er auf den beleibten Doktor, der schwer atmend am Fuß des Abhangs lag.

„Runter!“, schimpfte Tau-Tau, tastete im Dunkeln umher und befühlte Miles' Gesicht. „Ach, du bist's“, sagte er vorwurfsvoll, als hätte Miles ihn hierhergebracht und nicht umgekehrt. Miles richtete sich unbeholfen auf und griff prüfend in seine Tasche, Mandarine fasste zaghaft nach seinem Finger. Das Bärchen zitterte, aber es wusste genau, dass es sich mucksmäuschenstill verhalten musste.

Miles spürte, wie knochige Hände seine beiden Ellbogen packten. Doch diesmal gingen die Männlein nicht ganz so unsanft vor. Offenbar war ihnen bewusst, dass sich die Gefangenen im Stockfinstern nicht zurechtfanden. Miles wunderte sich, dass sie kein Licht anmachten, aber offenbar hatten sie das nicht nötig.

„Pfoten weg!“, hörte er Tau-Tau schimpfen. „Ich will den König sprechen! Wer von euch haarigen kleinen Teufeln ist der König?“

Gekicher wallte auf, dann hörte Miles die Männlein in einer unverständlichen Sprache plappern und diskutieren. Nicht zum ersten Mal wünschte er sich Little herbei. Bis jetzt war ihm noch keine Sprache begegnet, die sie nicht hätte übersetzen können.

Die Männlein an seinen Ellbogen schoben ihn wieder an und weiter ging's über unebenen Fels. Doktor Tau-Tau schimpfte unermüdlich. „Man sieht die Hand vor Augen nicht!“, beschwerte er sich, „dabei haben ja wohl sogar diese plappernden Pygmäen irgendwann rausgefunden, wie man Feuer macht.“

„Sind das denn nicht die Leute, die wir aufsuchen wollten?“, fragte Miles.

„Doch, natürlich“, schnaufte Tau-Tau. Er musste geduckt gehen, damit er sich an der Felsdecke nicht den Schädel einschlug. „Aber ich hätte nicht gedacht, dass ihre Gesandten solche Rüpel sind.“

„Sie haben mir doch erzählt, dass Besuch hier unerwünscht ist. Wer sind diese kleinen Leute denn nun eigentlich?“

„Das habe ich dir doch bereits erklärt. Sie haben schon hier gelebt, bevor deine Vorfahren von Osten hierhergekommen sind. Bei den wenigen, die an ihr Vorhandensein glauben, heißen sie ‚Firbolg‘. Sie sind nicht besonders umgänglich, wie du vielleicht schon gemerkt hast.“

„Und woher sollen sie etwas über meinen Vater wissen?“

„Das ist eine lange Geschichte.“ Tau-Taus Stimme hallte von den Felswänden wider. „Soviel ich weiß, hatte Celeste vor ihrem Tod irgendwie mit ihnen zu tun, aber das würde jetzt zu weit führen. Ich möchte jedenfalls ihren König sprechen und hoffe bloß, dass er inzwischen nicht auch im Kaninchenpelz rumrennt und unverständliches Zeug redet.“

Ein schwacher Lichtschein kam in Sicht. Er wurde immer größer, wenn auch nicht heller. Er tat ihren Augen gut, weil sie nun nicht mehr angestrengt in die pechschwarze Finsternis starren mussten. Jetzt erkannte Miles auch die Umrisse der Firbolg. Weiter vorn verbreiterte sich der Gang, von dort kam auch der Lichtschein.

Sie traten in eine große Höhle voller Stalagmiten und Stalaktiten, die von schwachem rötlichem Licht erhellt wurde. Dort wimmelte es nur so von zotteligen Geschöpfen. Sie plapperten und lachten, aßen und balgten sich, hockten in Grüppchen beisammen und spielten mit Knöchlein irgendwelche Spiele. Hier gab es auch Frauen und Kinder, die noch kleiner als die Männer waren, sich sonst aber von jenen nur dadurch unterschieden, dass sie keine Bärte trugen.

Der fahle Schein kam von einer Art Feuergrube in der Höhlenmitte, die fast vollständig von einem riesigen steinernen Trichter eingefasst war, durch dessen Öffnungen nur wenig Licht, dafür aber Hitze und viel Rauch drangen.

Als Miles und Tau-Tau blinzelnd im verqualmten Dämmerlicht standen, verstummte die Menge. Hunderte Gesichter wandten sich nach ihnen um und betrachteten sie mit schwarz funkelnden Augen.

Die Stille währte nicht lange. Erst hörte man nur das Knistern der Feuerstelle und irgendwo im Hintergrund Wassergetröpfel. Dann schwärmten die Firbolg urplötzlich aus – Männer, Frauen und Kinder –, umzingelten die Gefangenen, schüttelten Fäuste und angespitzte Äste und schrien wüst durcheinander. Miles und Tau-Tau wurden in die Höhle gedrängt und – halb geschubst, halb getragen – quer hindurchbefördert. Doktor Tau-Tau verlor bei dem Gerangel seinen Fes, worauf ihm endgültig der Geduldsfaden riss. Sein Gesicht verfärbte sich bedenklich lila und er drohte seinen zotteligen Peinigern mit der Polizei, der Pest und hundert nie gehörten Flüchen. Die Firbolg verstanden kein Wort.

Miles ahnte, dass Widerstand nicht ratsam war, und ließ sich einfach davontragen. In der felsigen Wand der Höhle gab es etliche Vertiefungen. Manche waren so groß wie ein fürstliches Schlafgemach, andere so klein, dass sich eins der Männlein gerade darin ausstrecken konnte. Ein Schwarm Firbolg hievte den Doktor in eine davon. Der Anblick erinnerte Miles an Ameisen, die Futter in ihre Vorratskammer tragen, was ihn darüber nachgrübeln ließ, wovon sich die kleinen Leute wohl ernährten.

Dann wurde auch er hochgehievt und plumpste neben dem fetten Brocken Tau-Tau auf eine Lage trockenes Gras. Der Doktor war von seinem vielen (und sinnlosen) Geschimpfe ganz außer Atem. „Barbaren …“, schnaufte er. „Gemeine Gnome! … Die wissen wohl nicht, mit wem sie's zu tun haben!“ Er holte wieder das abgegriffene Notizbuch heraus und blätterte darin herum. Dann klappte er es zu und steckte den Kopf aus der Höhle. „Ich … will … den … König … sprechen!“, verkündete er dem Wachtrupp überdeutlich, der sich vor ihrem Gefängnis postiert hatte. Die Männlein sahen einander achselzuckend an. „*On Ree*!“, sagte Tau-Tau. „Holt *on Ree*!“

Die Wachen brachen in schallendes Gelächter aus, dann begann eine von wüstem Gefuchtel begleitete Diskussion. Schließlich bekam einer von ihnen das stumpfe Ende eines zum Spieß angespitzten Astes in den Magen und kletterte murrend bergab.

„Schon besser!“, sagte Tau-Tau. „Es geht doch nichts über eingehende Kenntnisse des einheimischen Dialekts.“ Miles trat neben ihn und spähte in die große Höhle hinaus. „Wollen Sie sich beim König nach meinem Vater erkundigen?“

„Ja, ja, alles zu seiner Zeit. Zunächst gilt es, das Protokoll einzuhalten.“

Sie mussten so lange warten, dass sie schon glaubten, man habe sie vergessen. Tau-Tau kramte geistesabwesend in seiner Schlafrocktasche und holte ein vollgefusseltes Hühnerbein heraus. Er hatte es noch nicht zum Mund geführt, da kam ein zotteliges Männlein angerannt und spießte den Leckerbissen geschickt mit seinem Speer auf. Dem Wahrsager blieb der Mund offen stehen, seine Hände griffen ins Leere, und seine erschütterte Miene ließ die Wachen in ihrem Gezänk um die Beute innehalten und höhnisch lachen.

Schließlich kam jemand den Felshang hochgeklettert. Aus der Nähe erkannte Miles, dass es eine alte Frau war und dass ihr runzliges Gesicht über und über mit dunkelblauen Spiralen und Kringeln tätowiert war. Sie hatte drei Nasenringe, einer größer als der andere. In ihren verfilzten Schopf waren kleine, mit Messingperlen geschmückte Zöpfe geflochten, und in der Hand hielt sie eine Gerte, mit der sie knallend nach links und rechts schlug, um sich einen Weg zu den Gefangenen zu bahnen. Auf ihrem Kopf wippte Doktor Tau-Taus verblichener roter Fes.

Tau-Tau lächelte gezwungen und streckte der Alten die Hand hin. Sie würdigte die Hand keines Blickes. „Ich habe etwas mit dem König zu besprechen“, sagte er höflich.

Die Alte erwiderte etwas und zu Miles’ Verwunderung verstand er sogar ein paar Worte.

„König!“, wiederholte sie breit grinsend. „*Gaw cade dahreig!* Zweihundert Könige und zwölf.“ Sie deutete mit ausholender Geste auf die große Höhle.

„Zweihundertundzwölf? Aber hier drin sind doch bloß an die zweihundert Leute", wandte Doktor Tau-Tau ein.

„Ich glaube, das meint sie", sagte Miles. „Vielleicht gibt es keinen Herrscher."

Die Alte streckte die Hand aus, packte den Jungen am Kinn und drehte seinen Kopf hin und her. „*Fasogue?*", fragte sie amüsiert. „Wo ist dein Bart?"

„Ich habe keinen", antwortete Miles. „Ich bin erst elf."

Die Frau legte den Kopf schief wie ein Vogel und die Ringe in ihren Nasenflügeln klimperten. Dann wandte sie sich wieder Doktor Tau-Tau zu und pikte ihm mit ihrer Gerte in den Bauch.

Tau-Taus Lächeln erlosch. „Euer Anführer!", sagte er laut. „Wo ist euer Anführer?"

„Zweihundert Könige", wiederholte die Alte. „Sprich mit mir. Ich bin Fuat, Tochter der Anust, Tochter der Etar. Ich spreche deine Sprache. Wer bist du und wer war deine Mutter und wer die Mutter deiner Mutter? Was willst du hier?"

Doktor Tau-Tau schielte zu Miles hinüber. „Ich muss dich unter vier Augen sprechen", sagte er zu Fuat, „und du hast übrigens meinen Hut auf."

Die Alte pikte ihn abermals. „Sprich jetzt! Fuats Ohren sind offen. Der Hut ist mein."

Tau-Tau trat unschlüssig von einem Fuß auf den anderen, dann beugte er sich vor und raunte dem

Weib etwas ins Ohr. Miles konnte nichts verstehen, aber was immer der Doktor gesagt hatte, es blieb nicht lange geheim. Die Alte riss die Augen auf und wurde stocksteif, als hätte sie einen Stromschlag bekommen. Dann drehte sie sich um und wandte sich mit erstaunlich kräftiger Stimme an die ganze Höhle: „*Tawn t-Uv Reevoch egge!*“ Ein allgemeiner Aufschrei war die Antwort, und sämtliche Firbolg schwärmten den Hang herauf. Fuat rief noch etwas und alle blieben stehen. Sie schnippte mit den Fingern und winkte den Wachposten, die sofort darangingen, den erschrockenen Doktor zu durchsuchen. Sie kramten in seinen Taschen und zerzausten ihm das Haar. Sie nahmen ihm das Notizbuch und das Monokel ab, zwei Karamellbonbons und etliche benutzte Papiertaschentücher. Alles wurde gründlichst inspiziert. Zwei Wachen rupften ihm sogar die Pantoffeln von den Füßen und schüttelten sie aus.

„Ich doch nicht, ihr behaarten kleinen Einfaltspinsel!“, stieß Tau-Tau hervor. „Der *Junge* hat das Ei im Leib!“

Miles wurde es mulmig. Er hatte keine Ahnung, wovon der Wahrsager sprach, aber ihm war klar, dass man ihn als Nächsten durchsuchen würde. Er steckte die Hand in die Tasche und tastete nach Mandarine. Was würden die Wachen mit dem Bärchen anstellen, wenn sie es entdeckten? Er sah sich rasch um. Die Felswand war löchrig wie ein Riesenkäse. Er fasste ein mandarinegroßes Loch gleich über seinem Kopf ins Auge, vergewisserte sich, dass die Firbolg immer noch mit Tau-Taus Leibesvisitation beschäftigt waren, stellte sich auf die Zehenspitzen und steckte den Bären tief in das Loch. Vielleicht würde Mandarine ja ausnahmsweise einmal dort sitzen bleiben, wo man ihn hinsetzte!

12. Kapitel

Der Schrumplige

Der gepeinigt dreinschauende, die Arme zur Decke reckende Miles Wednesday wand und krümmte sich, als ihn unzählige kleine Hände von Kopf bis Fuß abtasteten. Es fühlte sich an, als würde man von einer Horde Zwerge durchgekitzelt, und trotz seines Ärgers konnte er sich das Lachen kaum verbeißen. Ein bärtiges Gesicht erschien vor seiner Nase und er spürte, wie ihm der Mund aufgezwängt wurde, worauf der Besitzer des Gesichts ihm in den Rachen spähte. Konnten die kleinen Männer bei der schlechten Beleuchtung überhaupt vernünftig sehen? Aber das schien sie nicht zu stören. Sie durchstöberten alle seine Taschen, auch die, in der eben noch Mandarine geschlummert hatte, entdeckten aber nichts.

„Was ist mit meinem Vater?“, rief Miles Doktor Tau-Tau zu, als er keine kleinen Finger mehr im Mund hatte.

„Ja, ja, dazu kommen wir schon noch“, erwiderte

Tau-Tau abwehrend. „Jetzt ist wohl kaum der rechte Augenblick dafür.“ Er schien die Durchsuchung gespannt zu verfolgen.

Miles dämmerte, dass der Wahrsager, warum auch immer er hergekommen war, mitnichten die Absicht hatte, Näheres über Barty Fumbles Verbleib herauszufinden. In seiner aufwallenden Wut versuchte er die verbliebenen Firbolg abzuschütteln und erntete dafür einen nicht allzu freundlichen Rippenstoß mit einem Speergriff.

„Verzeihung, gnädige Frau!“, rief er der kleinen Fuat zu, die im Eingang zur Höhle auf den Fersen hockte. Sie legte vogelartig den Kopf schief.

„Sprich, *a stor.*“

„Kennen Sie jemanden namens Barty Fumble? Ein … Riese mit einem Bart. Wir sind auf der Suche nach ihm.“

Die Frau schüttelte den Kopf.

„Barty Fumble“, wiederholte Miles. „Er war mit Celeste verheiratet. Haben Sie vielleicht Celeste gekannt?“

Die Erwähnung von Celeste hatte eine durchschlagende Wirkung auf die Firbolg, obwohl niemand sonst etwas von dem Wortwechsel verstanden zu haben schien. Die unsanften Fingerchen stellten das Abtasten ein und die zotteligen Köpfe wandten sich wie auf Kommando Fuat zu. Die blieb gelassen hocken, richtete aber den Blick unverwandt auf Miles.

„Celeste mit dem *droch-fiach*?“, fragte sie. „Bist du von ihrem Stamm?“

„Ich weiß nicht, was ein *‚droch-fiach‘* ist.“ Miles gab sich Mühe, das fremde Wort richtig auszusprechen.

„Etwas Geliehenes, was nicht zurückgegeben wurde. Celeste hat sich unser *Uv Reevoch* ausgeliehen – das Ei des Tigers. Wenn du von ihr abstammst, ist es nunmehr an dir, es uns zurückzugeben. *Taw an t-awm cautcha*. Die Zeit ist um.“

Miles wollte eben erwidern, dass er nicht die leiseste Ahnung hatte, wovon sie sprach, da mischte sich Doktor Tau-Tau ein.

„Der Junge ist Celestes Sohn. Er weiß nichts von dem Ei. Wie ich schon sagte, er trägt es im Leib. Wahrscheinlich hat er es als kleines Kind verschluckt.“

„Was für ein Ei?“, fragte Miles. „Ich habe kein Ei verschluckt! Haben Sie mich deshalb hergebracht? Sie haben mir doch versprochen, dass wir meinen Vater suchen!“

„Das machen wir auch, mein Freund“, entgegnete Tau-Tau, „aber vorher müssen wir das Ei herbeischaffen. Mit seiner Hilfe finden wir deinen Vater. Ja, wir können ein ganzes Dutzend Väter für dich finden!“ Er musste immer lauter sprechen, um das anschwellende Geschnatter der Firbolg zu übertönen.

„Halt mal!“, brüllte Miles. „Was soll das überhaupt sein, ein Tigerei? Tiger legen keine Eier!“

„Das Ei ist ein höchst wirkungsvolles Instrument der fortgeschrittenen Wahrsagekunst. Davon verstehst du nichts, und du brauchst dir auch nicht den Kopf darüber zu zerbrechen." Der Doktor wirkte ein wenig nervös, aber das Zwielicht mochte täuschen.

„Das finde ich aber schon!", widersprach Miles. „Wenn ich das Ding angeblich verschluckt habe ..."

„Wir machen den Jungen auf", unterbrach Fuat die beiden und wies mit der Gerte auf ein Männlein mit besonders zotteligem Bart und einem langen Schlachtermesser in der Hand.

„Augenblick!", rief Tau-Tau erschrocken und schlug sein Notizbuch auf, das ihm die Firbolg zurückgegeben hatten, nachdem sie sich davon überzeugt hatten, dass es nichts Ei-Ähnliches enthielt. Eine Handvoll Seiten fiel heraus und trudelte wie welkes Laub zu Boden. Schweißperlen glitzerten auf der Stirn des Wahrsagers, als er die verbliebenen Seiten hastig durchblätterte. Die Firbolg sahen neugierig zu. Und Miles? Miles hielt den Atem an und betete, dass Doktor Tau-Tau etwas Wirkungsvolleres aus dem Ärmel schütteln würde als nur ein buntes Seidentuch.

„Aha!" Tau-Tau blickte auf. „Hab ich's mir doch gedacht! Man darf nichts Metallenes benutzen, um an ein Tigerei heranzukommen. Sonst büßt es die ihm innewohnende Macht ein."

Die Firbolg schauten Fuat erwartungsvoll an. Sie

übersetzte Tau-Taus Worte. Erst war es ganz still, dann lachte die ganze Höhle los. Das Männlein mit dem Messer trat auf Miles zu und fuhr mit dem Daumen über die Klinge. Miles' Gedanken überschlugen sich. Er wünschte sich inbrünstig, dass der Tiger endlich erscheinen und ihm beistehen würde, aber im verqualmten Schummerlicht sah er nur eine Meute zotteliger Männlein, die darauf lauerten, dass er „aufgemacht" würde wie eine Geldbörse mit Reißverschluss.

„Halt!", rief er verzweifelt. „Und wenn ich gar kein Ei verschluckt habe?"

„*Fon, fon nomaid!*", blaffte Fuat. Der Schlächter blieb stehen. Es folgte eine weitere lautstarke Diskussion, an der sich alle beteiligten, sogar die kleinen Kinder, die einfach aus Spaß draufloszubrüllen schienen. „Dein Einwand ist nicht ganz unbegründet", verkündete Fuat schließlich, als sich der Tumult gelegt hatte. „Wenn du das Ei im Leib trägst, ist die Schuld beglichen und damit gut. Wenn wir dich aber aufmachen und nichts finden, wurde dein Blut sinnlos vergossen und die Schuld lastet auf unserem Volk. Wir müssen uns noch einmal vergewissern."

Miles atmete auf. Zwar hatte er keine Ahnung, was nun geschehen würde, aber zumindest schien die unmittelbare Gefahr abgewendet.

Doktor Tau-Tau räusperte sich. „Da bin ich aber froh, dass das geklärt ist."

„Kommt“, sagte Fuat, ohne ihn weiter zu beachten. „Lasst uns den Schrumpligen aufsuchen. Es ist zwar kaum noch Leben in ihm, aber vielleicht rafft er sich noch einmal auf und gibt uns Auskunft. *Ar aigue liv.*“

Die Firbolg nahmen den Doktor und Miles in die Mitte und marschierten los, wobei die Wachen ihre Speere im Takt auf den Boden stießen, um das Tempo vorzugeben. Doktor Tau-Tau war bald wieder ganz außer Atem und schimpfte mit der verbliebenen Puste vor sich hin. Allen voran lief flink wie ein Frettchen die barfüßige, tätowierte Fuat und sang im Laufen ein Lied über die Finsternis, die Gebeine der Erde und ihre vielen, vielen Kinder.

Die nasenberingte, spiralwangige Fuat, Tochter der Anust, Tochter der Etar, machte vor dem Eingang zu einer niedrigen, lang gestreckten Höhle halt, duckte sich und schlüpfte hinein. Miles und Tau-Tau blieben davor stehen und verschnauften erst einmal. Es dauerte nicht lange, da kam Fuat wieder zum Vorschein und winkte Miles hinein. Doktor Tau-Tau wollte ihnen folgen, doch ein Pfeifen von Fuats Gerte war ihm Warnung genug und er ließ sich erschöpft auf den Boden sinken. Als Miles die Höhle betrat, hielt er den Atem an. Ein Geruch nach welkem Laub oder Heu hing in der warmen Luft. Das spärliche Licht aus der Haupthöhle drang kaum bis hierher vor. Fuat packte Miles energisch am Handgelenk und zog ihn hinter sich her. Vor der hinteren Wand blieben sie stehen. Fuat redete leise auf die Wand ein, und ganz allmählich konnte Miles die Umrisse des Schrumpligen erkennen, der im Dunkeln auf einem Felsvorsprung lag.

Der Schrumplige war mit Abstand das älteste Geschöpf, dem Miles je begegnet war – abgesehen von Little natürlich. Sein winziger Schädel war mit papierdünner Haut bespannt, die von tausend feinen Runzeln durchzogen war – eine Runzel für jede Freude und jedes Leid, die das uralte Männlein in seinem langen Leben erfahren hatte. Er war auf ein Lager aus trockenem Gras gebettet. Die schütteren grauen Büschel, die von seiner einst sicher stattlichen Mähne übrig waren, umrahmten seinen Kopf wie ein Heiligenschein. Er hob die knochige Hand und bedeutete Miles näher zu kommen. Dann richtete er sich so mühsam und steif auf, dass Miles schon glaubte, er würde gleich entzweibrechen wie ein morscher Ast. Der Schrumplige legte das papierene Ohr auf Miles' Bauch und lauschte. Miles hielt die Luft an und wagte nicht, sich zu rühren. Schließlich sank der Greis wieder auf sein Lager, wobei es vernehmlich knisterte. Kam das von seinen morschen Knochen oder von dem trockenen Gras?

„*Neel aon Uv air bi, inyeen*", raunte er. „*Ach taw ruddee a raw lom.*"

Fuat wandte sich an Miles. „Da ist kein Ei und er will dir etwas sagen."

Miles beugte sich vor. Der Greis sprach so kurzatmig und leise, dass man kaum etwas verstand. „Du hast die strahlenden Hände, *buhall*", hauchte er, „und die schauenden Augen, aber du hast sie noch nicht geöffnet." Er atmete rasselnd und regelmäßig, und Miles wartete gespannt, ob er weitersprechen würde. Nach einer Weile flüsterte der Schrumplige: „Du hast vergessen zu gehen, *a vic*."

Nach dem Besuch in der finsteren Behausung des Schrumpligen kam es Miles in der verqualmten, schummrigen großen Höhle beinahe taghell vor. Doktor Tau-Tau hockte in seinem zerknitterten Schlafrock auf dem Boden, immer noch ohne Fes. Als er Miles erblickte, stand er schwerfällig auf. „Und?", fragte er.

„Und was?", fragte Miles zurück.

„Das Ei!", tuschelte Tau-Tau. „Hast du's verschluckt oder nicht?"

„Nicht."

Vor Überraschung wurden die Glupschaugen des Doktors groß wie Untertassen. „Haben sie das wirklich gesagt?"

Miles nickte.

„Da sind wir aber froh, was?", brummte Tau-Tau. Er schien enttäuscht. Er beugte sich vor und raunte verschwörerisch: „War doch gut, dass ich mir das mit dem Metall ausgedacht habe, dass das Ei sonst seine Macht einbüßt, hm?"

Miles sah den rotgesichtigen Wahrsager nur stumm an. Der Doktor hatte beinahe seinen Tod verschuldet, strahlte ihn aber an, als hätte er ihm soeben das Leben gerettet. Offenbar hatte Tau-Tau sein Versprechen, ihm bei der Suche nach Barty Fumble zu helfen, völlig vergessen. Miles merkte, wie sich seine Finger zur Faust ballten, und wandte sich ab, ehe diese womöglich auf der Knollennase des Doktors landete. Hinter ihm ertönte jetzt eine Art Pfeifen wie von einem Wasserkessel, das sich zu schaurigem Geheul steigerte. Die Firbolg drehten sich wie auf Befehl nach der Höhle des Schrumpligen um und stimmten einer nach dem anderen ein, bis die Höhle von ihrem Geschrei widerhallte. Miles wusste sofort Bescheid. Der Greis, leicht und empfindlich wie eine Feder, hatte sein Leben ausgehaucht, und der zweihundertstimmige Chor sang eine Totenklage.

Miles wandte den Kopf um und sah hinter dem verdutzten Tau-Tau die alte Fuat am Eingang zur Höhle des Verstorbenen stehen. Ihr tätowiertes Gesicht glänzte im schwachen Feuerschein vor Tränen. Sie hob die Hände und das Geheul wurde leiser. Dann rief sie den Wachposten etwas zu, worauf die sich auf den Doktor stürzten und ihn an beiden Ellbogen packten.

„Was soll das?“, versuchte Tau-Tau den Lärm zu übertönen. „Pfoten weg! Ich bin der berühmte Hellseher Doktor Tau-Tau, ihr bärtigen Strolche!“

Abermals stießen die Speere rhythmisch auf den Boden und der Doktor wurde davongeschleift. Miles blieb unbehelligt, aber er lief freiwillig hinterher, weil er nicht allein zurückbleiben wollte. „Wo wollen wir hin?“, rief er Fuat zu.

„Zum Höllenschlund!“

„Was ist das?“, fragte Miles beklommen.

„Der Höllenschlund tut die Wahrheit kund. Wenn es eine gibt“, lautete die mysteriöse Antwort.

Der finstere Gang, den sie entlangliefen, verbreiterte sich, und sie blieben stehen. Die Wände verströmten hier ein mattes Leuchten, sodass Miles sich einigermaßen orientieren konnte. Sie standen in einer riesigen Höhle auf einem schmalen Felsvorsprung, und zu ihren Füßen gähnte ein bodenloser Abgrund, bei dessen Anblick es Miles sofort schwindlig wurde.

„Bei Beelzebubs Tante!“, keuchte Doktor Tau-Tau. „Hier gehört dringend ein Geländer hin, sonst bricht sich noch jemand das Genick!“ Miles wagte sich einen Schritt vor und spähte in die Tiefe. Die gegenüberliegende Felswand führte abwärts, so weit das Auge reichte. An manchen Stellen schien sie von der Hitze, die aus dem Erdinneren emporstieg, zu flimmern.

„*Anish*“, sagte Fuat in die Stille hinein. „Der Junge hat kein Ei noch weiß er davon. Du hast ihn hergebracht, rotgesichtiger Mann. Wenn an dem, was du sagst, auch nur ein Funken Wahrheit ist, musst du sie nun offenbaren."

„Es tut mir furchtbar leid ...", erwiderte Doktor Tau-Tau. Die Stimme versagte ihm. Er nahm noch einen Anlauf: „Es tut mir leid! Offenbar war das Ganze ein schrecklicher Irrtum." Die Wachen drängten ihn Schritt für Schritt vorwärts. Seine Stimme stieg um eine Oktave an. „Ich dachte, die Eltern des Jungen hätten ihn das Ei verschlucken lassen, als er noch ganz klein war", quiekte er. „Eine solche List hätte seinem Vater ähnlich gesehen. Der Junge sieht tatsächlich Tiger, ich schwör's! Ich konnte doch nicht ahnen, dass er nur geträumt hat!"

„Wo ist das *Uv Reevoch* jetzt? Wo ist unser Ei des Tigers?", fragte Fuat scharf.

„Das weiß ich nicht!" Doktor Tau-Tau brach in Tränen aus.

„Er weiß es wirklich nicht", kam ihm Miles zu Hilfe. Er hatte einen derart trockenen Mund, dass er nicht sicher war, ob man ihn verstehen konnte. „Lasst ihn in Ruhe. Ich glaube nicht, dass er euch etwas verschweigt."

Fuat, Tochter der Anust, ließ zur Erwiderung nur ihre Gerte schnalzen. Ehe Miles eingreifen konnte, hoben die kleinen Männer Doktor Tau-Tau hoch und warfen den kreischenden Wahrsager hinab in den Höllenschlund.

13. Kapitel

Das Ei des Tigers

Der wie angewurzelt dastehende, vor Schreck wie gelähmte Miles Wednesday schaute der um sich strampelnden, schreienden, stürzenden Gestalt ungläubig nach. Doch das, was er sah, ergab plötzlich keinen Sinn mehr. Es war, als stünde die Zeit still und Doktor Tau-Tau bliebe mitten in der Luft hängen, während gleichzeitig der Abgrund in unzählige strudelnde Kringel zerbarst wie die Spiralen in Fuats Gesicht. Nach dem ersten Schrecken ging Miles ein Licht auf. Sie standen gar nicht am Rand eines Abgrunds. Der sogenannte Höllenschlund war einfach nur die Spiegelung der hohen Höhlendecke in einem breiten, flachen Teich, der fast den ganzen Höhlenboden einnahm. Da hier tief unter der Erde kein Windhauch die Oberfläche kräuselte, war der Teich spiegelglatt und der Vorsprung, auf dem sie standen, war schlicht und einfach das schmale, felsige Ufer.

Doktor Tau-Tau hockte in einem Netz aus konzentrischen Wellen wie das Frühstück einer Spinne. Als auch ihm aufging, dass er nicht in einem tödlichen Abgrund, sondern nur in einem knöcheltiefen, eiskalten Tümpel gelandet war, stellte er sein Gestrampel und Geschrei ein. Er schluchzte nur noch leise vor Schreck und Erleichterung. Aber nicht einmal jemand dicht neben ihm hätte ihn hören können, denn als er mit dem Po voran ins Wasser geklatscht war, waren die Firbolg in geradezu hysterisches Gelächter ausgebrochen.

Sie johlten und gackerten hemmungslos. Sie schlugen sich auf die Knie, hielten sich die Bäuche und ließen ihre Spieße fallen. Ihr Gelächter wurde von den Höhlenwänden zurückgeworfen, und Fuat, Tochter der Anust, Tochter der Etar, lachte am allerlautesten. „Das hätte dem Schrumpligen gefallen, mögen die Götter ihm neuen Lebenssaft schenken!", keuchte die Alte. Tränen liefen ihr über die Wangen, und sie schlug einem ihrer zotteligen Begleiter so kräftig auf den Rücken, dass er hinfiel.

Miles war ein bisschen übel. Er setzte einen Fuß in den Teich, froh, dass die Spiegelung des vermeintlichen Abgrunds immer noch von Wellen gekräuselt war. Das Wasser war eiskalt. Er watete bis zu Doktor Tau-Tau und half ihm auf die Beine. Der benommene Wahrsager schlurfte schniefend neben ihm her, bis sie wieder auf dem Trockenen standen. Falls er überhaupt mitbekam, wie prächtig sich die Firbolg amüsierten, ließ er es sich nicht anmerken. Er sträubte sich nicht, als Miles ihn durch den finsteren Gang führte, immer dem Gekicher nach.

Sie wurden wieder in ihre Vertiefung verfrachtet, wo sich der zitternde Tau-Tau in einen Winkel verkroch. Fuat sprach kurz mit den Wachen und wandte sich dann zum Gehen. „Warte!“, sagte Miles. „Warum haltet ihr uns hier fest? Ihr wisst doch jetzt, dass wir nicht haben, wonach ihr sucht.“

Die Alte bleckte grinsend die spitzen Zähnchen. „Wenn es Morgen wird, lassen wir dich frei, aber den *far rua* nicht.“

„Meinst du Doktor Tau-Tau? Mit dem könnt ihr doch gar nichts anfangen.“ Miles’ Wut auf den Wahrsager war verflogen, er tat ihm nur noch leid. „Er hat schon genug durchgemacht.“

Fuat legte den Kopf schief. „Er hatte kein Recht herzukommen, darum hat er auch kein Recht, wieder zu gehen.“

„Und wieso lasst ihr mich dann laufen?“

„Du hast noch eine Schuld zu begleichen. Du musst uns Firbolg das Ei des Tigers zurückbringen.“

„Ich weiß doch nicht mal, worum es geht!“ Miles überlegte rasch. „Ohne Doktor Tau-Tau finde ich das Ei nie.“

Die Alte lachte. „Der findet ja nicht mal seine eigene Nase, wenn er sich ins Gesicht greift. Aber den Weg in den Kochtopf, den findet er. Morgen feiern wir nämlich die letzte Reise des Schrumpligen. Es war ein langer Winter, wir wollen uns endlich mal wieder die Bäuche vollschlagen."

„Ihr dürft ihn nicht fressen!", widersprach Miles im Flüsterton. Er dachte fieberhaft nach. „Wenn ihr ihn umbringt, macht ihr euch gegenüber seiner Familie schuldig!"

„Das stimmt zwar, *cyart go lore*", entgegnete Fuat, „aber diese Schuld können wir im Frühjahr mit ein paar Kaninchen sicher begleichen." Sie drehte sich um und schnalzte mit der Gerte nach den Wachen, die Miles wieder in seinen Kerker schubsten.

„Wir haben seit Stunden nichts gegessen und getrunken!", rief Miles der Alten nach.

„*Amoroch*", erwiderte die. „Morgen gibt es reichlich zu essen." Damit verschwand sie.

Miles sah zu Doktor Tau-Tau hinüber, aber der kauerte in der Ecke und starrte auf den Boden. Miles vergewisserte sich, dass auch die Wachen nicht hersahen, und langte in die Felsspalte, in der er Mandarine verstaut hatte. Er atmete auf, als er ihn gleich fand. Das Bärchen kletterte in seine Hand, Miles hob es behutsam heraus und steckte es wieder in seine Schlafrocktasche. „Jetzt müssen wir nur noch rauskriegen, wie wir hier wegkommen", flüsterte er. Mandarine, dessen Stärke eher das Zuhören als das Rauskriegen war, drückte seinem Herrn stumm, aber ermutigend die Hand.

Miles hockte sich neben Doktor Tau-Tau auf den Boden. Der Wahrsager schlotterte in seinem nassen Schlafrock. Seit seinem unfreiwilligen Bad wirkte er irgendwie kleiner, und Miles glaubte zu erkennen, dass sein Haar von weißen Strähnen durchzogen war. Er wollte den Ärmsten gern von seinem schrecklichen Schicksal ablenken.

„Sind die Firbolg eigentlich irgendwie mit dem Zero verwandt?“, fragte er.

Doktor Tau-Tau setzte sich gerade hin. „Wie kommst du denn darauf?“

„Weil sie so zottelig sind.“

„Pah! Sowohl Ameisen als auch Antilopen haben Beine, deswegen sind sie noch lange nicht miteinander verwandt. Außerdem“, setzte der Wahrsager rasch hinzu, „habe ich noch nie von einem Zero gehört. Ich weiß gar nicht, was du meinst.“

Miles seufzte. Wieso war es bloß so schwer, von einem Erwachsenen eine vernünftige Antwort zu bekommen? Er probierte es noch einmal. „Die Einbrecher in Ihrem Wohnwagen, das waren Firbolg, stimmt's?“

„Kann sein“, erwiderte Tau-Tau ausweichend.

„Wonach haben sie gesucht?“

„Nach dem Ei des Tigers, wonach sonst?“

„Wenn ich uns hier rausbringen soll, müssen Sie mir mehr darüber erzählen“, sagte Miles.

Darüber musste der Wahrsager erst nachdenken.

„Das Ei ist eine Rarität“, entgegnete er schließlich, „ein kostbarer Stein, in den eine Tigerseele eingeschlossen ist. Angeblich gibt es nur noch ein einziges Exemplar, und das befand sich in Celestes Besitz, jedenfalls eine gewisse Zeit lang. Ich bin schon seit Jahren auf der Suche danach, bisher vergeblich.“

„Wie kommt denn die Tigerseele in den Stein?“

„Dazu bedarf es eines mächtigen Schamanen. Der Schamane raubt einem lebendigen Tiger die Seele und schließt sie in den Stein ein. Solange seine Seele dort bleibt, kann der Tiger nicht sterben. Er wird eine Art wandelnder Geist und muss dem Besitzer des Eis zu Diensten sein wie ein gestreifter Flaschengeist.“ Der Wahrsager hielt nachdenklich inne. „Ja, wie ein Flaschengeist“, wiederholte er dann, „ein gestreifter.“

„Aber wozu raubt jemand einem Tiger die Seele?“, fragte Miles verwundert.

„Ein Tigerei ist sehr, sehr mächtig.“ Tau-Tau setzte sich noch aufrechter hin. „Es birgt die Weisheit, den Mut und die Stärke des betreffenden Tigers. Aber sein Besitzer muss schon im Vorhinein stark und weise sein, um damit umgehen zu können. Manche behaupten sogar, das Ei mache seinen Herrn unsterblich.“

„Hat das Ei meiner Mutter den Firbolg gehört?“

„Celeste hat sich das Ei von den Firbolg für die Dauer von einundzwanzig Jahren ausgeliehen, als Lohn für irgendeinen Dienst, den sie ihnen erweisen sollte. Worum es dabei ging, konnte ich leider nicht herausfinden. Und nun ist die Frist um."

„Und Sie haben mich hergebracht, weil Sie das Ei zurückgeben wollten?"

„Unsinn!", erwiderte Tau-Tau in aufgebrachtem Flüsterton. Die Hintergrundgeräusche aus der großen Höhle waren verebbt. Anscheinend hatten die Firbolg beschlossen, sich schlafen zu legen. Bei dieser Vorstellung wurde Miles auf einmal hundemüde. Ihm knurrte der Magen und die Augen wollten ihm zufallen.

„Dann verstehe ich nicht", raffte er sich noch einmal auf, „was wir hier wollen."

„Das ist alles ein unseliges Missverständnis." Der Doktor klang ziemlich kleinlaut. „Anfangs hatte ich Zweifel, dass du mir die Wahrheit über deine Begegnung mit einem Tiger erzählt hast. Ich hielt es für ausgeschlossen, dass du ein Tigerei besitzt, ohne es zu ahnen. Aber die Karten haben mir das Gegenteil offenbart. So wie sie mir auch offenbart haben, dass du Celestes und Bartys Sohn bist", ergänzte er rasch. „Da kam ich zu dem Schluss, dass du das Ei als kleines Kind verschluckt hast, und war sicher, dass die Firbolg eine harmlose Methode kennen, es aus dir herauszuholen. Sobald ich es in den Händen gehalten hätte, wäre ich mit dir geflohen."

„Aber das Ei würde Ihnen trotzdem nicht gehören. Es gehört doch den Firbolg, oder nicht?"

Doktor Tau-Tau schüttelte den Kopf. „Es wäre bei diesen primitiven Zottelköpfen nicht gut aufgehoben. Cortado würde früher oder später Wind davon bekommen."

Miles war überrascht. „Meinen Sie den Großen Cortado? Woher weiß der denn von dem Ei?"

Der Wahrsager zuckte die Achseln. „Keine Ahnung. Aber wenn es ihm in die Hände fällt, macht der Tiger Hackfleisch aus uns. Wenn ich Cortado nicht zuvorkomme, bin ich meines Lebens nicht mehr sicher. Das gilt auch für dich."

„*Ich* wäre meines Lebens nicht mehr sicher, wenn der Große Cortado das Ei bekommt?" Miles war entrüstet. „Sie selber hätten mich fast umgebracht!"

„Niemals!" Tau-Tau lächelte gezwungen. „Die Firbolg hätten dich sowieso nicht aufgeschlitzt. Ich hatte alles im Griff."

„Das sah mir aber gar nicht so aus, als Sie in den Höllenschlund geplumpst sind!", konterte Miles hämisch. Es tat ihm sofort leid, aber er konnte es nicht mehr zurücknehmen.

Doktor Tau-Tau fuhr zusammen. „Das war jetzt gemein", sagte er und fügte nach kurzer Überlegung hinzu: „Aber ich hab's verdient. Sogar ein berufsmäßig vorausschauender Mensch wie ich irrt sich bisweilen. Und jetzt verschimmeln wir wahrscheinlich in diesem Loch, denn es ist eher unwahrscheinlich, dass uns jemand hier herausholt."

„Die Firbolg haben gemeint, sie lassen mich morgen Früh laufen."

Doktor Tau-Tau saß mit einem Mal kerzengerade da. „Du bist doch noch ein Kind, ein Zeltbursche! Und ich?"

Miles seufzte ergeben. „Ich lasse Sie schon nicht allein."

„Du musst aber!", rief Tau-Tau entrüstet. „Du musst Hilfe holen! Wie soll sonst jemand erfahren, wo ich bin?"

Sein Jammerton erinnerte Miles an das Gespräch, das er und Little seinerzeit unter der Lardinger Tamarinde belauscht hatten. Endlich begriff er, wem damals die andere Stimme gehört hatte. „*Sie* haben Cortado von dem Ei des Tigers erzählt!"

„Wovon redest du?", tat der Wahrsager unschuldig. „Mit diesem kleinen Schurken habe ich nichts zu schaffen."

„Er hat Sie in Larding in Ihrem Wohnwagen besucht", widersprach Miles. „Ich habe Sie beide zufällig gehört, als ich vorbeigekommen bin."

„I-Ich ... a-aber ...", stotterte Tau-Tau, dann versagte ihm die Stimme und er schlug die Hände vors Gesicht. „Er hat mich erpresst", sagte er erstickt. „Als ich aufwachte, hatte ich ein Messer an der Kehle und dieser Irre hockte auf meiner Brust. Ich musste ihn irgendwie zufriedenstellen, damit er mich verschont. Das Ei des Tigers war das Erste, was mir einfiel."

„Und warum wollte der Große Cortado Sie umbringen?", fragte Miles misstrauisch.

„Das ist eine längere Geschichte. Cortado hatte Celeste von jeher im Verdacht, eine gewisse Macht über den Tiger auszuüben, aber er wusste nicht, wie sie es anstellte. Nach ihrem Tod wollte er, dass ich ihn in das Geheimnis einweihe. Ich behauptete, Celeste hätte nie mit mir über den Tiger gesprochen, aber er glaubte mir nicht. Er bekam einen Wutanfall und drohte mich umzubringen, wenn ich ihm das Geheimnis nicht verriete. Um mein Leben zu retten, musste ich sofort fliehen. Ich war viele Jahre im Ausland und bin erst zurückgekommen, als ich erfuhr, dass man Cortado in eine Anstalt gesperrt hatte." Er lachte bitter. „Ich hätte mir denken können, dass ihn keine Anstalt der Welt lange aufhalten kann. Nach seiner Flucht machte er sich unverzüglich nach Larding auf, um sich an dem Jungen zu rächen, der ihm seinen Palast des Lachens kaputt gemacht hat. Stattdessen entdeckte er mich, mein Name stand ja groß genug auf dem Wohnwagen."

„Was haben Sie ihm denn alles über das Ei des Tigers erzählt?"

„Bloß das Allernötigste. Ich wollte ihn nur so lange loswerden, bis ich mir etwas überlegt hatte. Ich habe ihm erzählt, das Ei sei wahrscheinlich irgendwo in Larding, wo Barty und Celestes Sohn vermutlich im Waisenhaus gestorben war. Wenn nicht, sei es noch irgendwo im Zirkus versteckt. Daraufhin befahl er mir, weiter beim Zirkus zu bleiben und danach Ausschau zu halten, während er sich in Larding umsehen wollte, wie ich es beabsichtigt hatte.“

„Ich bin aber nicht im Waisenhaus gestorben!“, sagte Miles.

„Das sehe ich, aber so hieß es damals allgemein. Ich hatte keinen Anlass, etwas anderes anzunehmen, bis du ... bis mir die Karten offenbarten, wer du bist.“

Miles lehnte sich an die kalte, feuchte Felswand. „Dann brauchen wir doch nur die Polizei zu verständigen, dass der Große Cortado irgendwo in Larding untergetaucht ist.“

Doktor Tau-Tau fuhr zusammen. Das Weiße seiner Augen blinkte matt im Dunkeln. „Spinnst du?“, zischte er. „Die Dummköpfe liefern ihn doch bloß wieder in die Klinik ein. Was glaubst du wohl, wie lange es dauert, bis er das nächste Mal ausbricht und uns mit einem Messer auflauert? Außerdem wäre das zu kurz gedacht. Er hat ... etwas, was ich brauche.“

„Was meinen Sie damit?“

„Er hat das Notizbuch“, gestand Tau-Tau. „Das Buch, in dem steht, wie man mit dem Ei des Tigers umgeht.“

„Wie? Es gibt eine *Gebrauchsanweisung*?“

„Sozusagen. Eins von Celestes alten Tagebüchern, in denen sie alles niederschrieb, was sie über das Ei in

Erfahrung brachte. Cortado hat es gefunden, als er in meinen Wagen eingedrungen ist. Er hat es mitgenommen, um sicherzugehen, dass ich mich an ihn wende, wenn ich das Ei gefunden habe."

„Die Tagebücher meiner Mutter?", wiederholte Miles erstaunt. „Wieso haben *Sie* die Tagebücher meiner Mutter in Ihrem Wohnwagen?"

„*Das* Tagebuch, mein Junge. Ich hatte nur das eine. Die beiden anderen sind verloren gegangen, als ich das erste Mal vor dem Großen Cortado geflohen bin. Bei meiner Rückkehr habe ich Celestes ehemaligen Wohnwagen übernommen und das dritte Tagebuch hinter einem Sitz entdeckt. Ich habe es überhaupt nur gefunden, weil ich den ganzen Wagen innen und außen frisch gestrichen habe."

„Heißt das, wenn Cortado das Ei des Tigers in Larding findet, sind Sie für ihn überflüssig?"

Doktor Tau-Tau lachte in sich hinein. „Red keinen Unsinn. Nur jemand, der sich ein Leben lang mit derlei Dingen beschäftigt hat, wird aus Celestes Notizbüchern überhaupt klug. Das ist Cortado auch klar. Die Aufzeichnungen sind in einer Mischung aus den verschiedensten Sprachen und Zeichen verfasst, von denen sich Celeste manche ganz offensichtlich selbst ausgedacht hat. Ich hatte gerade angefangen, das eine Buch zu entziffern, als Cortado es mir weggenommen hat. Aber er weiß bestimmt nicht, wie er es benutzen soll. Meine … unsere einzige Hoffnung besteht darin, das Ei des Tigers aufzutreiben und Cortado das Notizbuch irgendwie wieder abzuluchsen.“ Doktor Tau-Tau schien selbst nicht besonders von seinem Plan überzeugt, aber er beugte sich vertraulich vor und sah Miles mit seinen vortretenden Augen eindringlich an. „Wenn ich das Ei erst habe“, raunte er, „kann mir der Schuft nichts mehr tun. Er fürchtet sich vor nichts, außer vor dem Tiger.“ Damit verkroch sich der Wahrsager wieder in seinen Schlafrock und machte die Augen zu.

Miles blieb noch eine Weile sitzen und starrte ins Zwielicht, bis ihm schwarze Pünktchen vor den Augen tanzten. Es war offenkundig, dass ihm Tau-Tau keine große Hilfe bei der Ausarbeitung eines Fluchtplans sein würde. Er musste ganz allein einen Ausweg aus dieser Klemme finden. Doch da übermannte ihn die Müdigkeit endgültig, und er fiel in einen unruhigen Schlaf.

14. Kapitel

Ein Lichtblitz

Der durchgefrorene, ausgehungerte Miles Wednesday erwachte ruckartig von dem inzwischen fast vertrauten Gefühl, dass ihn jemand mit einem spitzen Ast in die Rippen pikte. Er hatte von dem Tiger geträumt. Der hatte ihn aus dem finsteren Loch, in dem er gefangen saß, ausgebuddelt und belustigt auf ihn herabgeblickt, umrahmt vom leuchtenden Blau eines wolkenlosen Himmels. Miles seufzte, als er begriff, dass er immer noch im Finstern hockte und dass der Einzige, der ihn belustigt beobachtete, einer der zotteligen kleinen Wachposten war. Schlimmer noch, er war eingeschlafen, ehe er auch nur den Ansatz eines Fluchtplanes hatte austüfteln können. Nun war der Morgen angebrochen, das nahm er jedenfalls an, und man weckte ihn, weil er freigelassen werden sollte. Allerdings konnte er sich nicht entsinnen, diesem Wachposten schon begegnet zu sein.

„*Arrye liv!*“, verkündete der Firbolg und pikte ihn noch einmal.

Doktor Tau-Tau wurde genauso unsanft geweckt und war auf den Beinen, ehe er die Augen richtig offen hatte. „Hä?“, machte er blinzelnd. „Sind wir immer noch hier?“

„Wo ist Fuat?“, fragte Miles. „Ich muss sie sprechen.“

Der Wächter ließ sich nicht anmerken, ob er ihn verstanden hatte, sondern scheuchte ihn und Tau-Tau nach draußen, wo die übrigen Wachposten schon warteten. Die meisten schienen ebenfalls gerade erst aufgestanden zu sein. Sie schnatterten miteinander und zwei stritten sich um ein Fläschchen, wobei sie einen Großteil des Inhalts auf den Boden verschütteten, ehe einer das Behältnis an den Mund setzen konnte. Der unbekannte Posten fuhr sie schroff an, und ein neuerlicher Streit brach aus, bei dem eifrig gestikuliert wurde und alle durcheinanderredeten.

Schließlich einigten sich die Zankenden, standen widerstrebend auf und versetzten ihre Gefangenen in den üblichen Trab, vorbei an Knäueln noch schlummernder Firbolg, die hier und dort auf dem abschüssigen Boden lagen. Dann kamen sie wieder in den stockfinsteren Gang vom Vortag. Im Laufen überlegte Miles verzweifelt hin und her, aber ihm wurde bald klar, dass jeder Versuch zwecklos wäre, die Wachen überwältigen zu wollen. Er konnte sie weder sehen noch ihren Spießen ausweichen, und es war unwahrscheinlich, dass er im Dunkeln auf eigene Faust aus dem Berg herausfand. Abgesehen davon schnaufte Doktor Tau-Tau immer mühsamer und wäre vermutlich keine große Hilfe, wenn es zum Kampf käme. Miles konnte bloß inständig hoffen, dass ihr Weg, wo immer sie hinwollten, in Richtung Tageslicht führte.

„Muss ... kurz ... verschnaufen!", keuchte Tau-Tau, als wollte er Miles' Erwägungen bestätigen. „Kann ... nicht mehr."

„Gut", sagte der neue Wächter und wandte sich an die anderen. Sie blieben stehen. Auch Miles war froh über eine Rast, aber irgendetwas störte ihn, und dann wusste er auch, was.

„Du kannst uns verstehen", sagte er in die Richtung, in der er den unbekannten Posten vermutete. „Wo bringt ihr uns hin?"

„Haltet euch die Augen zu!", lautete die Antwort. Der Ton bewog Miles zu gehorchen – und das gerade noch rechtzeitig. Man hörte einen Knall und dann ein Knistern und Fauchen. Der unterirdische Gang war auf einmal von rötlichem Licht erfüllt, so grell, dass es sogar durch Miles' Finger und seine geschlossenen Lider drang. Er rang erschrocken nach Luft und hörte Tau-Tau vor Schreck aufschreien, aber das war nichts verglichen mit der Reaktion der anderen Wachposten. Die bedauernswerten Männlein kreischten, als hätte man sie in kochende Suppe geworfen, und ringsum regnete es Speere auf den Steinboden. Als Miles sich traute, die Augen einen winzigen Spalt zu öffnen, sah er, dass der unbekannte Posten eine Art Mini-Sonne in der Hand hielt. Sie verströmte gleißendes Licht. Der Rest der Wachmannschaft wälzte sich jammernd auf dem Boden oder ergriff robbend die Flucht. Doktor Tau-Tau setzte sich einfach ins Geröll und schlug die Hände vors Gesicht, ein in Flutlicht getauchter Hügel im Schlafrock. Sein weiß gewordenes Haar stand ihm wie Zuckerwatte vom Kopf ab.

„*Gomo leshcule!*", verkündete der Firbolg mit der Supernova. Seine Stimme klang anders als die der übrigen Höhlenbewohner. „Kommt mit", wandte er sich an Miles. „Wir müssen uns sputen."

Damit marschierte er los. Das Licht war schon nicht mehr ganz so gleißend, und Miles half dem benommenen Tau-Tau rasch auf, ehe der rötliche Schein völlig erlosch. Nach einer Weile verbreiterte sich der Gang und führte steil bergauf. Das Licht des Firbolg wurde immer schwächer. Trotzdem bewahrheitete sich Miles Befürchtung nicht, dass es wieder stockfinster würde, denn weiter vorn erkannte er einen schwachen Lichtschein, bei dem es sich unverkennbar um Tageslicht handelte. Es hatte eine kalte, klare Färbung, und nachdem er sich so lange in rötlichem Schummerlicht aufgehalten hatte, kam es Miles vor, als könnte er zum ersten Mal seit Tagen wieder richtig durchatmen.

Oben angekommen, zwängten sich die drei durch das Gebüsch, das den Eingang in die unterirdische Welt verdeckte, und standen blinzelnd im frühabendlichen Glanz eines wolkenlosen Tages. Sie waren in der grasbewachsenen Senke herausgekommen, in der man sie gefangen genommen hatte. Miles konnte sich nicht sattsehen an dem wunderschönen Himmel, der sich von tiefblau über lachsrosa nach blassgelb verfärbte, und sog die kalte, frische Luft tief ein.

„Komm schon, Miles!“, rief die zottelige Gestalt, die den Hang schon halb erklommen hatte. „Wir müssen uns vor Einbruch der Dunkelheit einen kleinen Vorsprung verschaffen.“

Miles traute seinen Ohren nicht. „Bist du das, Little?“

„Ja wer denn sonst?“, antwortete der Firbolg.

Doktor Tau-Tau glotzte verblüfft vom einen zur anderen. „Kommen Sie“, sagte Miles, „wir müssen uns beeilen.“ Er machte sich daran, den Hang zu ersteigen und seine bärtige, vierhundert Jahre alte kleine Freundin einzuholen. Er fühlte sich zwar ganz schwach vor Hunger, aber brennende Neugier beflügelte ihn und er hatte den schwerfälligen Wahrsager bald abgehängt.

„Warte auf mich!“, rief er Little zu.

Sie blieb im Schatten eines hohen Steinzahns stehen. Miles erkannte, dass sie hinter ihrem Zottelbart grinste.

„Was ...?", rief er atemlos, als er vor ihr stand. „Ich meine, wie ...?"

Little legte den Finger auf den Bart. „Pst! Das erklär ich dir nachher. Erst müssen wir Doktor Tau-Tau loswerden."

„Aber wie?", fragte Miles. Jetzt, da er sie aus der Nähe sah, konnte er den Blick nicht von ihr wenden. Dichtes, schmutzig graues Haar wuchs ihr tief in die Stirn und floss ihr wie ein zerzauster Wasserfall vom Kopf bis fast auf die Knie. Der prächtige Bart war stellenweise zu schlampigen Zöpfen geflochten, sonst war sie ganz und gar von verfilztem Haar und Tierfellen bedeckt, die hier und da mit Lederschnüren zusammengehalten wurden. Man erkannte sie nur an den himmelblauen Augen, die unter den buschigen Altmännerbrauen hervorstrahlten.

„Überlass das mir", zischte sie, als der Doktor herankam.

„Was soll das?", schnaufte der Wahrsager, dem die Glupschaugen vor Anstrengung schier aus dem Gesicht sprangen. „Wer ist dieser schmutzige kleine Kerl und was führt er im Schilde?"

„Ich bin's, Doktor Tau-Tau – Little!"

Tau-Tau gaffte die zottelige Gestalt mit offenem Mund an. „Bei den zwölf Säulen der Vernunft! Wo hast du denn das Kostüm her, um Himmels willen?"

„Das ist kein Kostüm. Es ist ein unerprobtes Wundermittel. Jedenfalls, bis ich es ausprobiert hatte."

„Ich kann dir leider nicht ganz folgen", erwiderte der Doktor.

Mit einem Mal dämmerte Miles, wovon Little sprach. „Sie meint Ihre Bärtige-Dame-Tinktur!"

„Stimmt das?", fragte der Doktor ungläubig. Little nickte. „Soll das etwa heißen, dass du meinen Wohnwagen betreten und eine meiner wertvollen Mixturen gestohlen hast?"

„Sie wollte uns befreien!", mischte sich Miles entrüstet ein. Sein Mitgefühl für Doktor Tau-Taus Unterwelttrauma verflog rasch. „Möchten Sie vielleicht lieber im Kochtopf sitzen?"

Doktor Tau-Tau räusperte sich und wandte sich wieder an Little. „Nun ja, unter diesen Umständen können wir wohl ausnahmsweise über dein Vergehen hinwegsehen."

„Danke schön", sagte Little. „Hoffentlich fällt das Fell bald wieder aus."

„Aus? Aber ja, sicher doch. Das ist ruckzuck wieder weg. Ruckzuck", wiederholte der Wahrsager, „und dann bist du überall dort wieder kahl, wo es sich gehört."

„Ihre Tinktur ist wirklich eine geniale Erfindung", sagte Little, „darum sollten Sie lieber so schnell wie möglich das Weite suchen, während Miles und ich die Firbolg ablenken."

„Meinst du?“, fragte Doktor Tau-Tau zweifelnd. „Aber das ist doch bestimmt furchtbar gefährlich. Ich kann nicht dulden, dass ihr euch für mich opfert.“

„Keine Bange, wir lassen uns nicht erwischen. Ihre Sicherheit geht wirklich vor. Es kann nicht angehen, dass der bedeutendste Hellseher und Heilkundler unserer Zeit sein Leben im Kochtopf einer Meute hungriger Höhlenmenschen beschließt.“

„Verstehe.“ Tau-Tau konnte seine Erleichterung kaum verbergen. „Dann mache ich mich am besten gleich auf den Weg. Und ihr beide gebt gut auf euch acht, versprochen?“ Er zog den Gürtel seines bestickten Schlafrocks enger und stapfte eilig in Richtung des fernen Zirkus davon. „Und wenn es doch zu einem Handgemenge kommt“, rief er noch über die Schulter, „dann seid so nett und beschafft mir meinen Hut wieder.“

Kaum war er außer Sichtweite, nahm Little Miles an die Hand. Ihre pelzigen Finger kitzelten, und sie zog ihn um den hohen Felsen herum. Er ahnte es, noch ehe er ihn sah. Dort im Gras lag, in voller Pracht und Lebensgröße, der Königstiger und musterte ihn belustigt mit seinen unergründlichen Bernsteinaugen.

„Na, Fassjunge“, begrüßte ihn die Raubkatze, „so sieht man sich wieder.“

Miles konnte nur nicken, denn er brachte vor Überraschung und Freude kein Wort heraus.

„Die Wahl deines Weggefährten enttäuscht mich", fuhr der Tiger fort. „Der Kerl macht auf mich keinen sonderlich nützlichen Eindruck. Auf einer längeren Unternehmung wäre er allenfalls als Bestandteil der Speisekarte zu gebrauchen."

Als Miles die tiefe Samtstimme vernahm, war er überglücklich. „Das war er ja auch", sagte er, „jedenfalls bis grade eben."

15. Kapitel

Ein Windbeutel

Der von Spießen gepikte, vom Licht errettete Miles Wednesday ließ sich auf einen glatten Stein fallen, der aus dem Gras ragte. Nach dem Marsch durch die Dunkelheit war er ein bisschen benommen, und er konnte sich nicht entsinnen, wann er zuletzt etwas gegessen hatte. „Wie hast du uns gefunden?“, fragte er.

„Ich habe euch nicht gefunden“, erwiderte der Tiger, „weil ich euch nicht gesucht habe. Ich wollte eben an einem friedlichen Fleckchen ein wohlverdientes Nickerchen halten, als mir deine kleine Freundin beinahe auf den Schwanz getreten hätte. Wahrscheinlich hätte ich es nicht mal gemerkt, denn sie wiegt ja nicht mehr als eine leere Papiertüte. Wenn du wissen willst, wer euch aus der Klemme geholfen hat, wende dich an sie. Aber jetzt sitzt erst mal auf, ihr beide. Der Tiger will weiter.“

Miles kletterte hinter Little auf den kräftigen Rücken der Raubkatze. Erst schien es ihm ewig her zu sein, dass er zuletzt dort gesessen hatte. Doch es dauerte nur einen Augenblick, dann fühlte er sich gerade am rechten Platz und jeder Streifen im Fell des mächtigen Tieres leuchtete ihm wie ein alter Bekannter entgegen. Ein frischer Wind kam auf, und Miles hatte in dem seidenen Schlafrock mehr Mühe als sonst, nicht herunterzurutschen. Eine ganze Weile hatte er nur damit zu tun, nicht das Gleichgewicht zu verlieren. Ihm schwirrten jedoch viel zu viele Fragen im Kopf herum, um lange still zu bleiben. „Wie hast *du* uns denn gefunden?“, wandte er sich an Little.

„Am Morgen nach Dulacs Unfall habe ich euch überall gesucht.“ Der Wind fegte die Antwort über ihre Schulter, und Miles musste sich anstrengen, etwas zu verstehen. „Niemand wusste, wo ihr seid, und gegen Abend habe ich mir Sorgen gemacht. Ich habe alle Tiere gefragt, aber nur die Löwin Eunice hat euch aufbrechen sehen. Sie konnte euch noch eine ganze Weile wittern und mir sagen, welche Richtung ihr eingeschlagen hattet. Ich nahm an, dass euer Ausflug geheim bleiben sollte, weil du mich nicht eingeweiht hattest. Darum bin ich allein losgezogen.“

Miles bekam ein schlechtes Gewissen, obwohl er aus den vom Wind zerrupften Sätzen nicht heraushören konnte, ob Little gekränkt war. „T-t-tut mir leid“, rief er mit klappernden Zähnen. „Ich wollte dich ja gern mitnehmen, aber Doktor Tau-Tau war dagegen.“

„Vielleicht war das ganz gut so“, entgegnete Little. „Wenn mich die Firbolg ebenfalls gefangen genommen hätten, wer hätte uns dann befreit? Wie auch immer, jedenfalls bin ich einem Fuchs begegnet, der euch fast den ganzen Weg gefolgt war. Er hatte in Tau-Taus Tasche ein Hühnerbein gewittert und wartete darauf, dass sich der Doktor schlafen legte. Aber dann war der Fuchs auf einmal verschwunden und ich wäre um ein Haar fünf Firbolg in die Arme gelaufen. Sie kamen von der Kaninchenjagd. Zum Glück zankten sie sich gerade um die Beute, sodass ich mich noch verstecken konnte. Sie verschwanden in der Senke und kamen nicht mehr heraus. Also habe ich eine Weile gewartet und bin hinterhergeschlichen. Da bin ich über den Tiger gestolpert.

Ich wollte den Firbolg nachgehen, aber der Tiger meinte, sie hätten keinen besonders freundlichen Eindruck gemacht und ich käme womöglich nicht lebendig wieder. Er bot mir an, einen Firbolg zu fangen und … na ja …“, sie klang verlegen und suchte die rechten Worte, „sein Vorschlag ging mir ein bisschen gegen den Strich.“

„Es war ein ausgesprochen logischer Vorschlag“, warf der Tiger ein. „Wärst du nicht so zimperlich gewesen, hättest du einen Original-Firbolg-Pelz bekommen und ich eine kleine Zwischenmahlzeit.“

„Jedenfalls“, fuhr Little fort, „fiel mir auf einmal Doktor Tau-Taus Tinktur ein, und der Tiger bot mir freundlicherweise an, mich zum Zirkus zu bringen, um sie zu holen."

„Offen gestanden kann ich mich nicht an ein solches Angebot erinnern", unterbrach sie der Tiger. „Es ist eher so, dass ihr jedes Mal, wenn ihr irgendwo auftaucht, über kurz oder lang auf meinem Rücken sitzt und ich mir den Kopf zerbreche, wie das schon wieder passieren konnte."

„Ich bin trotzdem froh, dass du so schnell laufen kannst", sagte Little. „Ohne dich wäre ich nie vor Sonnenaufgang zum Zirkus und wieder zurück zum Höllenrachen gekommen. Außerdem wäre es mir peinlich gewesen, unterwegs jemandem zu begegnen, wenn mir grade überall Haare wachsen, und das so schnell, dass man zugucken kann."

Es wurde jetzt rasch dunkel, und der Tiger raunte ihnen zu, sie sollten leise sein, denn sie kamen soeben an einem einsamen Wanderer vorbei. Es war Doktor Tau-Tau, der mit hängendem Kopf die Landstraße entlangschlurfte. Als der Tiger ihn im Wald am Straßenrand unbemerkt überholte, hörte Miles den Wahrsager Selbstgespräche führen und sah die weißen Zuckerwattehaare im kalten Wind wehen. Der Tiger erhöhte sein Tempo wieder und Doktor Tau-Tau wurde von der Abenddämmerung verschluckt.

„Hoffentlich findet er den Rückweg", sagte Miles.

„Hat er das denn verdient?", fragte der Tiger.

„Niemand hat es verdient, gefressen zu werden", antwortete Miles.

„Was das betrifft, dürften unsere Meinungen deutlich auseinandergehen", entgegnete der Tiger.

Miles schwieg. Er war entsetzlich hungrig und sein Magen fühlte sich wie eine riesige leere Höhle an. Er dachte sehnsüchtig an das abendliche Lagerfeuer im Zirkusdorf und malte sich aus, was für einen köstlichen Braten Umor wohl am Spieß drehen würde, wenn sie dort eintrafen. Dann musste er wieder an das sonderbare kleine Volk denken, das sein Dasein im Finstern unter der Erde fristete, und daran, wie sich die Männlein um ein kaltes, fettiges, mit Fusseln übersätes Hühnerbein gezankt hatten.

„Was hast du den Wachposten erzählt, damit sie uns rauslassen?", wandte er sich abermals an Little.

„Ich habe ihnen weisgemacht, dass mich die Seele des Schrumpligen beauftragt hat, euch ins Freie zu bringen, weil ihr ohne frische Luft sterben müsstet."

„Aber woher weißt du über den Schrumpligen Bescheid?"

„Ich hatte mich den ganzen Tag unter die Firbolg gemischt, um sie kennenzulernen und um herauszufinden, wo sie euch hingebracht hatten. Auf die Weise habe ich mitbekommen, dass der Schrumplige gestorben ist."

„Und wie hast du das mit dem Licht gemacht?"

„Das war eine von den Leuchtkugeln, die der Dicke Dan in seiner Nummer als menschliche Kanonenkugel benutzt. Ich habe sie eingesteckt, als ich wegen der Tinktur noch mal im Zirkus war. Mir war aufgefallen, dass die Firbolg sich für die Kaninchenjagd eine mondlose Nacht ausgesucht hatten, und ich dachte mir, sie vertragen vielleicht kein Licht."

Der Tiger lief langsamer. Der Wind war zu einer sanften Brise abgeebbt. Miles konnte schon die bunten Lichterketten zwischen den Wohnwagen und den rötlichen Schein des Lagerfeuers erkennen, um das sich die Zirkusleute sicher längst versammelt hatten, um gemeinsam zu Abend zu essen und Neuigkeiten auszutauschen. Leise Akkordeonklänge drangen an seine eiskalten Ohren. Ganz kurz wünschte er sich, der Tiger könnte einfach mitkommen und als sein Freund mit dem Zirkus umherziehen, aber er verwarf den Gedanken gleich wieder. Unvorstellbar, dass der König des fernen Dschungels in einen Käfigwagen gesperrt von Stadt zu Stadt fuhr.

„Näher ran gehe ich nicht, Fassjunge", verkündete der Tiger. Miles stieg ab und legte ihm die Hand auf die Flanke.

„Eine Frage hätte ich noch", sagte er.

Der Tiger drehte sich um und sah ihn an. „Hab's mir schon gedacht, aber das heißt nicht unbedingt, dass du eine Antwort kriegst."

Miles holte tief Luft. „Kennst du dich mit Tigereiern aus?"

„So gut wie mit Ziegenflügeln und Elefantenkiemen. Anscheinend sprichst du wieder mal in Rätseln."

„Na ja ...", Miles spähte zu den Lichtern hinüber, „Doktor Tau-Tau hat mir erklärt, ein Tigerei ist eine Art Stein, in den die Seele eines Tigers eingeschlossen ist. Oder so ähnlich." Er bereute es, das Thema angeschnitten zu haben. Der Tiger machte einen Schritt auf ihn zu. Seine Bernsteinaugen hielten Miles' Blick gefangen, und der Junge fühlte sich wie ein schwächlicher, vor Schreck gelähmter Pflanzenfresser.

„Das Einzige, worin die Seele eines Tigers eingeschlossen ist", sagte die prächtige Raubkatze mit Nachdruck, „ist ein Tiger."

„Ich wollte dich nicht kränken", sagte Miles rasch. „Ich wollte bloß fragen, ob du schon mal davon gehört hast."

„Dummheit kränkt den Weisen nicht", erwiderte der Tiger, „aber ich hätte dir mehr zugetraut, als dass du dich von irgendeinem Quacksalber beschwatzen lässt. Nimm dich vor dem Kerl in Acht. Er scheint mir ein rechter Windbeutel zu sein, und mein erster Eindruck ist meistens richtig. Wenn ich mir genug Zeit lasse", sagte er schon halb im Gehen, „mir einen ersten Eindruck zu verschaffen."

„Du kommst doch wieder, oder?", fragte Miles.

Der Tiger blieb stehen und wandte den Kopf. „Höchstwahrscheinlich. Ich finde allmählich Gefallen daran, mich mit solch kleinem Getier zu unterhalten, ohne dass es mir hinterher in den Zähnen hängt." Und als er in der Nacht verschwand, glaubte Miles ihn noch brummen zu hören: „Warum, verstehe ich selber nicht."

16. Kapitel

Das Bärtige Baby

Der pappsatte, schnapsgewärmte Gila Bolsillo kam um seinen bunten Wohnwagen herum und stand unversehens vor Miles und seinem zotteligen Begleiter. Der kleine Clown blieb wie angewurzelt stehen. Er war vom Lagerfeuer aufgestanden, um seine wollene Tibetmütze zu holen, bevor ihm die eiskalten Ohren abfielen. Das Letzte, was er erwartet hatte, waren der vermisste Junge und daneben jemand ungefähr halb so Großes wie er selbst, der von Kopf bis Fuß mit verfilztem Fell bedeckt war. „Wen hast du uns denn da mitgebracht?", raunte er Miles zu.

Miles lachte. „Rate mal!"

„Lieber nicht." Gila schien dermaßen durcheinander, dass er Miles leidtat.

„Das ist doch Little!", verkündete er. „Sie hat eins von Doktor Tau-Taus unerprobten Wundermitteln ausprobiert. Der Doktor hat gemeint, die Wirkung lässt bald wieder nach."

Der staunende Gila nahm Littles bärtiges Gesicht näher in Augenschein. „Da brat mir einer 'nen Storch!", schnaufte er. „Tatsache! Was machst du da drin, Himmelskäfer?"

„Das ist eine lange Geschichte", erwiderte Little, „und Miles hat schrecklichen Hunger."

„Na klar", sagte Gila. „Erst essen, dann reden."

Gelächter und das *Humpta-Hump* einer Tuba wehten vom Lagerfeuer herüber, begleitet von einem Duft nach Braten und Esskastanien. Miles wurde vor Hunger schwarz vor Augen. Gila legte den beiden die Arme um die Schultern und wollte sie zum Feuer führen, aber Little machte sich wieder los. „Ich habe keinen Hunger", sagte sie. „Ich gehe in meinen Wagen."

„Aber sicher hast du Hunger!" Gila packte sie energisch am Ellbogen. „Und keine Sorge wegen der Haare. In diesem kunterbunten Haufen fällt nicht mal ein Bettvorleger mit Beinen auf."

Als sie in den Feuerschein traten, verwandelte sich Gila schlagartig in den Zirkusdirektor. Er reckte das Kinn, drückte die Brust heraus und rief schallend: „Meine sehr verehrten Damen und Herren! Sie haben alle schon einmal von der Bärtigen Dame gehört, aber heute Abend präsentieren wir Ihnen den Traum Ihrer schlaflosen Nächte: das einzigartige, weltberühmte Bärtige ... Baaaabyyy!"

Little wand sich vor Verlegenheit. Die Tuba stellte ihr *Humpta* ein und zwanzig Köpfe drehten sich nach ihnen um. Fabio stand schwerfällig auf und gaffte Little so ungläubig an, als sähe er soeben seine lang verstorbene Großmutter auf dem Einrad vorbeieiern. Auch Umor stand wie hypnotisiert da, bis die Wurst, die er gerade am Stock briet, Feuer fing und er sie auspusten musste.

„Regt euch wieder ab“, sagte Gila. „Es ist nur unser Himmelskäfer.“

„Little?“, fragte Fabio.

„Sie hat sich runderneuern lassen“, sagte Gila.

„Kapier ich nicht“, sagte Fabio.

„Also mir gefällt's“, sagte Umor.

„So kann sie aber nicht aufs Hochseil.“

„Sonst bricht sie sich das Genick.“

„Sie könnte nach der Gräfin auftreten“, schlug Fabio vor, „und vor Stranski.“

„Als Gorillamensch“, sagte Umor.

„Als Wolfskind von Cádiz“, kam es von Gila.

„Ich trete als gar nichts auf!“, bremste Little die drei. „Doktor Tau-Tau hat mir versprochen, dass die Haare in ein paar Tagen wieder ausfallen. Ich habe seine Bärtige-Dame-Tinktur ausprobiert.“

„Ach so.“ Gila klang ein bisschen enttäuscht.

„Bist du sicher?“, fragte Fabio.

„Vielleicht kannst du ja noch mal nachtupfen“, meinte Umor.

„Ich habe die ganze Flasche leer gemacht“, erwiderte Little, „und es gefällt mir nicht, einen Pelz zu haben. Wenn er weg ist, trete ich wieder auf dem Hochseil auf, und zwar als ich selber."

„Damit verbaust du dir eine lange, haarige Karriere", sagte Fabio.

„Und um die Frisur wär's auch schade", sagte Umor.

„Und um alles Übrige", ergänzte Gila.

Miles und Little nahmen ihre Stammplätze am Feuer ein, und Umor reichte ihnen verbeulte, mit dampfendem Essen beladene Blechteller. Die Artisten nahmen ihre fröhliche Unterhaltung wieder auf, als sei es nichts Außergewöhnliches, in Gesellschaft eines von Kopf bis Fuß behaarten, vierhundert Jahre alten Mädchens beim Abendessen zu sitzen. Tatsächlich war es auch nicht außergewöhnlicher als das Leben, das so mancher von ihnen geführt hatte. Hier am Feuer waren so viele abwechslungsreiche, unerhörte Lebensläufe versammelt, dass man damit hundert Bücher hätte füllen können und immer noch nicht alle Rätsel aufgezählt hätte. Zum ersten Mal seit Tagen war Miles wieder warm, zufrieden und gesättigt.

„Nun, Meister Miles", sagte Fabio, als Miles aufgegessen hatte, „willst du uns nicht erzählen, wo du gewesen bist?"

„Ich habe meinen Vater gesucht."

„Deinen Vater." Fabio schwieg einen Augenblick. „Und, hast du ihn gefunden?"

„Bis jetzt noch nicht." Miles wehrte sich gegen die Mutlosigkeit, die ihn wieder überkommen wollte. „Es war eine falsche Fährte", sagte er, „aber deswegen gebe ich noch lange nicht auf."

„Bist du darum mit Tau-Tau losgezogen?", fragte Fabio. Miles nickte. Er hätte Fabio gern von den Firbolg berichtet, aber er war zu müde, um die ganze lange Geschichte vor versammelter Mannschaft auszubreiten. Fabio fragte auch nicht nach, wo sie hingegangen waren, sondern wollte bloß wissen: „Hast du ihn wieder mitgebracht?"

Miles musste sich das Grinsen verkneifen. „Er kommt bestimmt auch gleich."

Little lachte. „Wir haben ihn abgehängt." Fabio drehte sich neugierig nach ihr um.

Doch da tauchte der Wahrsager auch schon höchstpersönlich aus der Nacht auf und ließ sich theatralisch ächzend auf den nächstbesten Baumstamm plumpsen. Als die Gesellschaft ihn nicht gebührend beachtete, ächzte er lauter.

„Bestimmt habt ihr euch schon gewundert, wo ich abgeblieben bin!", wandte er sich an die Versammelten.

„Und?", fragte Etoile höflich.

„Ich habe mir auf der Suche nach unserem Miles und seiner kleinen Freundin die Hacken abgelaufen. Die beiden sind schrecklich leichtsinnig und hätten in arge Schwierigkeiten kommen können, wenn ich nicht ein Auge auf sie gehabt hätte. Auf dem Heimweg konnten sie mit mir nicht ganz Schritt halten, aber meine hellseherischen Fähigkeiten verraten mir, dass sie bald nachkommen. Sie können eben nicht so schnell ...“ Da erblickte er Miles und Little, die mucksmäuschenstill auf der anderen Seite des Feuers saßen, und unterbrach sich mitten im Satz. Er beugte sich vor und rieb sich mit den Handrücken die Augen. „So, so ...“, sagte er. „Wie seid ihr ... nein, wartet, sagt nichts!“ Er machte die Augen zu und legte die Zeigefinger an die Schläfen, als wartete er auf einen Telefonanruf aus einer anderen Welt. „Aha, ich sehe es vor mir! Ihr habt eine Abkürzung genommen. Ganz schön pfiffig.“

„Stimmt“, sagte Little. „Wir haben die Abkürzung genommen, die Sie uns vorgeschlagen haben.“

„Gewiss, gewiss.“ Der Doktor war verunsichert. Doch dann ging ein Schmunzeln über sein Gesicht und er deutete stolz auf das Mädchen. „Na, ist die Bärtige Dame nicht gelungen?“, wandte er sich an das versammelte Publikum. „Eines meiner vielen höchst wirksamen Präparate. Eine hervorragende Tarnung, wenn man unerkannt durch die Gegend ziehen will, findet ihr nicht auch?“

„Ich glaube, ich würde sie erkennen“, erwiderte Umor.

„Kommt immer drauf an“, erwiderte Fabio.

„Worauf?“, fragte Umor.

„Zum Beispiel, ob sie mit einem ganzen Rudel Zwerghyänen umherstreift“, erwiderte Gila.

„Ach so“, sagte Umor.

„Ich geh ins Bett“, verkündete Little und gähnte mit bebendem Bart.

„Ich bringe dich zum Wagen“, sagte Miles, und schon waren die beiden zwischen den Wohnwagen verschwunden. Das schwache Licht der wenigen Laternen unter den Wagenvordächern leuchtete ihnen den Weg. Miles war so müde, als könnte er tagelang schlafen. Sie setzten sich noch einen Augenblick auf die Treppe vor dem Wagen der Toki-Schwestern und schauten ihren Atemwolken nach, bis Little das Schweigen brach. „Glaubst du, die Firbolg hätten Doktor Tau-Tau wirklich gefressen?“

„Keine Ahnung“, sagte Miles, „aber ich bin froh, dass du uns befreit hast, bevor sie Gelegenheit dazu hatten.“

„Zum Glück bin ich dem Fuchs begegnet.“ Little sah Miles mit ihren himmelblauen, von der zotteligen Mähne umrahmten Augen an. „Weißt du noch, wie die Bienen die Blumen besungen haben?“

Miles nickte.

„Die Blumen würden nie ihre Blüten öffnen, wenn sie die Bienen nicht hören könnten, und ohne die Blumen müssten die Bienen verhungern. Das Eine Lied verknüpft auch dich und mich, Miles. Wenn wir Geheimnisse voreinander haben, können wir nicht richtig aufeinander aufpassen, nicht wahr?"

Miles schüttelte den Kopf. „Wahrscheinlich nicht."

Der beflaggte, verpackte, gestiefelte und gespornte Zirkus Bolsillo schlängelte sich in den Wochen, die auf Miles' Begegnung mit den Firbolg folgten, gemächlich weiter südwärts. Die Nächte wurden milder und die Tage länger, während der Zirkus den Frühling in jede Stadt brachte, die er besuchte. Auf Wiesen und Dorfangern bauten sie ihr großes Zelt auf. Jeden Abend füllten sie das Zelt mit Menschen, und die Menschen füllten es mit Lachen und Staunen, wenn Littles Musik und das Genie der Bolsillo-Brüder ihren Zauber entfalteten. Wenn die Artisten morgens wieder ihre Sachen packten, fiel Miles jedes Mal auf, dass die Vorübergehenden mit neuem Elan ausschritten. Und wenn er die Elefanten abspritzte und den arroganten Löwen riesige Steaks servierte, lächelte er stillvergnügt.

Der geschäftige Rhythmus seines unsteten Lebens ließ ihm keine Zeit, jemandem seine Erlebnisse bei den Firbolg ausführlich zu schildern, aber bei der Arbeit ging er das denkwürdige Abenteuer im Geist immer wieder durch. Doktor Tau-Tau äußerte sich nicht mehr dazu und wurde jedes Mal so kleinlaut, wenn Miles darauf anspielte, dass er dem Jungen leidtat und er das Thema wechselte. Auch über den

Großen Cortado mochte Tau-Tau nicht sprechen. Er gab lediglich zu bedenken, dass auch die Bolsillo-Brüder eine Zeit lang im Palast des Lachens für Cortado gearbeitet hatten, und das konnte Miles nicht leugnen.

Seit sie aus Nape abgereist waren, war der Zirkus nicht mehr von den Firbolg heimgesucht worden. Miles überlegte, ob sie sich wohl darauf verließen, dass er das Ei auftrieb und das Versprechen seiner Mutter einlöste. Oder hatten sie sich damit abgefunden, in ständiger Angst vor dem Fremden mit dem blendenden Licht zu leben? Er war fest davon überzeugt, dass die Bolsillos mehr über die zotteligen kleinen Höhlenmenschen wussten, als sie zugeben wollten. Andererseits hatte er die Erfahrung gemacht, dass ein Versuch, die drei auszufragen, meistens ausging wie der Versuch, mit Stäbchen Götterspeise zu essen.

An einem herrlichen Frühlingsnachmittag saß Miles, müde von der schweren Arbeit und der kurzen Nacht, auf dem Kutschbock des Bolsillo-Wohnwagens. Little saß neben ihm, summte vor sich hin und nähte mit winzigen Stichen Ziermünzen auf ein neues Kostüm. Sie sah tatsächlich wieder aus wie vorher, auch wenn es länger gedauert hatte, als Doktor Tau-Tau vorausgesagt hatte. Die Haare waren ihr nach und nach büschelweise ausgefallen. Die verfilzten Klumpen waren etliche Wochen lang über die verschiedenen Lagerplätze geweht, hatten sich an Vorsprüngen verfangen und an die Taue geheftet, während Little selbst sich tagsüber versteckt gehalten hatte, denn sie sah aus wie ein kleiner Yak mit einer ernsten Fellwechselstörung.

Miles schaute zu Fabio hinüber, der auf Littles anderer Seite saß, leise auf die Pferde einsprach und ab und zu mit der Zunge schnalzte. Die Laune des kleinen Zirkusdirektors war stets dann am besten, wenn das Zelt zusammengepackt war und sie unterwegs waren – eine gute Gelegenheit, ihn ein wenig auszuquetschen.

„Sag mal, Fabio", fing Miles an, „hast du schon mal von den Firbolg gehört?"

„Selbstverständlich, Meister Miles."

„Das sind solche pelzigen Männlein aus irgendwelchen Märchen", rief Umor aus dem Wagen.

„Wer hat dir von denen erzählt?", wollte Fabio wissen.

„Ich bin ihnen begegnet", sagte Miles, „als ich mit Doktor Tau-Tau weg war und Little sich einen Bart hat wachsen lassen."

„Ach ja?" Fabio wandte den Blick nicht von der Straße.

„Sie haben uns zwei Tage lang in einer Höhle gefangen gehalten und wollten Doktor Tau-Tau sogar fressen."

„So hungrig kann niemand sein“, brummte Fabio.

„Wahrscheinlich waren es bloß wieder irgendwelche langhaarigen Jugendlichen, die Höhlenmenschen gespielt haben“, sagte Umor.

„Jedenfalls haben sie euch wieder laufen lassen“, konstatierte Fabio.

„Little hat uns befreit“, erwiderte Miles. „Dafür brauchte sie auch die Tinktur.“

Die Kaltblüter trabten weiter, stampften mit den schweren Hufen ein Muster auf die staubige Landstraße. Schließlich fragte Fabio: „Was wollten die Firbolg denn von dir?“

„Ein Tigerei“, antwortete Miles. „Doktor Tau-Tau dachte, ich hätte eins verschluckt.“

Aus dem Wagen erscholl lautes Geschepper. Fabio zügelte die Pferde und der Wagen hielt. Fabio lehnte sich zu Miles hinüber. „Der Kerl hat dir einen Bären aufgebunden. Tiger legen keine Eier.“

„Und Hühner jagen keine Antilopen“, ergänzte Umor aus dem Wagen.

Fabio ließ die Zügel schnalzen und die Deichsel knarrte, als die Pferde sich wieder in Bewegung setzten. Fabio sprach eine Weile leise auf sie ein, und Little nähte weiter, als hätte sie gar nicht zugehört. Miles seufzte. So wie die Brüder reagiert hatten, war er nun fest davon überzeugt, dass sie über das Ei des Tigers Bescheid wussten. Aber wenn er mehr herausfinden wollte, musste er sich gedulden. „Es gibt da noch etwas, was mir ein Rätsel ist", sagte er nach einer Weile.

Fabio verdrehte zwar erst die Augen, schaute Miles dann aber belustigt an. „Das ganze Leben ist ein rätselhaftes, kniffliges Puzzle, Meister Miles."

„Und die Teile, auf die's ankommt, liegen immer irgendwo unter dem Sofa", setzte Umor hinzu.

„Warum hast du ‚Gut gemacht!' zu mir gesagt, als Dulac den Unfall hatte, Fabio?", fragte Miles.

„Weil du ihn wieder hingekriegt hast."

„Aber ich habe doch gar nichts gemacht. Mir ist schwindlig geworden und ich musste mich setzen."

„Du hast die Gabe, Meister Miles."

„Das hast du von deiner Mutter geerbt", ergänzte Umor.

„Tau-Tau hat's geahnt", sagte Fabio.

„Das war vermutlich das Einzige, was er je richtig vorausgesagt hat." Man hörte Gila drinnen im Wagen kichern.

„Der Junge lag in den letzten Zügen."

„Du hast ihm von deiner Kraft abgegeben."

„Was uns ziemlich verblüfft hat."

„Und dich offenbar auch."

Miles dachte daran, wie leer er sich gefühlt hatte, leicht wie ein welkes Blatt. Es war kein angenehmes Gefühl gewesen, aber wenn die Brüder Recht hatten, war es wenigstens nicht umsonst gewesen. Little blickte lächelnd zu ihm auf, dann widmete sie sich wieder ihrer Handarbeit. Miles lehnte sich an die Wagenwand, und als die Sonne kreiselnde Kringel auf seine geschlossenen Lider malte, döste er ein.

„Warst du schon mal am Meer, Meister Miles?“, fragte Fabio wie von weit weg.

Miles schlug die Augen auf. Er fand sich überhaupt nicht mehr zurecht. Wo waren sie? Der Wagen hatte auf einer Anhöhe gehalten. Zu ihren Füßen lag wie ein großer Teppich das Meer. Es war glatt, weit und blau und reichte bis zum Horizont. Ganz, ganz hinten ahnte man eine ferne Küste. Miles hatte schon Abbildungen gesehen, aber die gaben die unermessliche Weite des Meeres ebenso wenig wieder, wie sie ihm den Salzgeruch hatten vermitteln können und das fremdartige, schrille Geschrei der Seevögel, das sein Herz höher schlagen ließ. Er setzte sich auf und holte tief Luft. Auch wenn er es jetzt noch nicht wusste, sog er mit der Seeluft eine Abenteuerlust ein, die ihn bis ans Ende seines Lebens nicht mehr loslassen würde.

Die hügelige Landschaft fiel in sanften Wogen zum klaren Wasser hin ab, und die Hafenstadt Fuera lag wie eine Handvoll Zuckerwürfel in der geschwungenen Bucht. Im Hafen konnte man die rostbraunen Segel der aus dem Osten kommenden Schoner und die Schlote der Dampfschiffe mit ihrer Fracht aus Kohle, Zucker, Juwelen und Seide erkennen. Als die Wagenkarawane die gewundene Straße hinunterrumpelte, schielte Miles zu Little hinüber. Sie hatte ihre Näharbeit weggelegt und blickte mit strahlendem Gesicht aufs Meer hinaus. Und obwohl ihr der Himmel unterdessen verwehrt war, glaubte Miles im Spiegel ihrer Augen ein Stück seiner grenzenlosen Freiheit zu erkennen.

17. Kapitel

Phantomjagd

Der salzlippige, meerbegeisterte Miles Wednesday schwelgte in den Düften und Farben fremder Länder, als er mit Little über den überfüllten Markt von Fuera schlenderte. Über den Dächern der umstehenden Häuser sah man die Mastspitzen der Schoner schaukeln, und auf dem von Palmen beschatteten Platz drängten sich die Buden. Die feilgebotenen Waren waren mittels Wind- oder Dampfkraft aus allen Himmelsrichtungen hierhergelangt. Da gab es Seidenballen und Segeltuch, Taue und Teekisten, Aras und Affen, Räucherwerk und Perlen, Schildkröten, Messinggerätschaften aller Art, geschnitzte Masken, Kaffee und Zimt, Öle, Salben und Gewürze, Töpfe, Messer und Riesenmuscheln, die von der Natur mit den Farben tropischer Sonnenaufgänge geschmückt waren. Andere Waren stammten aus dem Umland: Eier und Gänse, Kübel und Fässer, Pökelfleisch, Gemüse und frischer Fisch. Den hatten morgens die Kutter angeliefert, deren Kapitäne gleich unten an der Strandpromenade wohnten.

Die beiden Kinder kamen an einem Stand vorbei, auf dem lauter weiße und cremefarbene Gewänder mit bestickten Ärmeln und Kragen ausgebreitet waren, als Miles aus dem Augenwinkel etwas Rotes dazwischen leuchten sah. Ganz hinten auf dem Tisch lag ein einzelner scharlachroter Fes. Der Budenbesitzer spürte Miles' Interesse, nahm den Hut und setzte ihn dem Jungen schwungvoll auf den Kopf. Der Fes rutschte ihm über die Augen. „Er ist ein bisschen zu groß, junger Scheich, aber du wächst ja noch. Dreißig Shilling, weil du's bist!", sagte der Mann, wobei sein Spitzbart auf und ab wippte.

„Der Hut ist nicht für mich", entgegnete Miles. „Außerdem habe ich sowieso nicht so viel Geld."

„Er ist von erstklassiger Qualität und hält garantiert dein Leben lang", verkündete der Budenbesitzer und beugte sich vor, als wollte er Miles ein Geheimnis anvertrauen. Sein Atem roch süß und würzig. „Weil ich dich mag, lasse ich ihn dir für zwanzig Shilling."

Miles nahm den Hut wieder ab und schüttelte den Kopf. „Ich kann ihn mir leider nicht leisten, vielen Dank."

Der Budenbesitzer breitete die Arme aus. „Achtzehn Shilling, und wenn's mein Ruin ist! Aber sag's bloß nicht weiter!", rief er schallend.

Little nahm Miles den Hut aus der Hand und besah ihn sich von allen Seiten. „Ein wunderschönes Stück“, sagte sie, als sie ihn dem Händler zurückgab. „Gewiss sind Sie ein ebenso guter wie großzügiger Geschäftsmann. Aber wir können Ihr Angebot wirklich nicht annehmen. Wir wollen Sie nicht ausnutzen.“

Der Budenbesitzer betrachtete sie und seine Züge glätteten sich. „Da hast du Recht, kleine Prinzessin“, sagte er schließlich. „Mein Angebot ist lachhaft und darum möchte ich dir den Hut schenken. Bitte nimm das Geschenk an. Der Hut gehört dir.“ Er warf noch eine Handvoll puderzuckerbestäubter Süßigkeiten hinein, verbeugte sich und überreichte Little den Hut.

„Vielen Dank!“, sagte Little, steckte eine Leckerei gleich in den Mund und gab auch Miles eine ab.

Als sie sich weiter durch die Menge schoben, begegneten sie den Bolsillo-Brüdern. Die drei stritten sich lautstark mit einem hageren Mann, der inmitten einer Miniaturstadt aus Vogelkäfigen stand. In den aus Weidenruten geflochtenen Behältnissen lärmten und scharrten Vögel in allen Regenbogenfarben. Es waren Papageien, Aras, Kakadus und Wellensittiche, die sich in einem wüsten Kauderwelsch aus abgelauschten Vogel- und Menschensprachen unterhielten und zwischendurch gellend kreischten und keckernd lachten.

„Sie ruchloser Halsabschneider!“, sagte Umor gerade.

„Das ist fünfmal so viel, wie die Vögel wert sind“, sagte Fabio.

„Außerdem sind sie halb verhungert“, sagte Gila.

„Wir bieten Ihnen trotzdem an, die Ärmsten von Ihnen zu erlösen, und zwar für vier Shilling pro Stück“, sagte Fabio.

„Dann hätten Sie fünf Schnäbel weniger zu stopfen“, sagte Umor.

Der Vogelverkäufer warf den Kopf in den Nacken und lachte herzlich. Er hatte höchstens noch die Hälfte seiner Zähne im Mund, und davon waren die meisten aus Gold. „Nein danke, meine kleinen Freunde!“, gluckste er. „Diese prächtigen Vögel wurden von den Herrschern am Indus eigenhändig gezüchtet. Sie sind schon einzeln mehr wert als der kostbarste Edelstein und sie können plappern wie ein Harem auf Urlaub.“

Während Gila und Umor weiterfeilschten, drehte sich Fabio um und zwinkerte Miles und Little zu. „Sind alle Tiere gefüttert und versorgt?“, erkundigte er sich. Als Miles nickte, setzte er hinzu: „Dann wird's Zeit, dass wir selber mal was futtern.“

Sie einigten sich mit dem Händler und ließen ihn kopfschüttelnd und mit so kummervoller Miene stehen, als hätte er soeben seine Großmutter für eine Handvoll Vogelfutter verkauft. Der Käfig, den Gila schleppte, war fast so groß wie er selbst. Darin hüpften fünf zerzauste Kakadus verängstigt auf ihren Stangen hin und her. Sie entdeckten einen sonnigen Hof voller Cafétische, und Gila stellte den Käfig in einer schattigen Ecke auf den Boden. Der Kellner schien die Bolsillo-Brüder zu kennen, und bald bog sich der Tisch unter lauter köstlich gewürzten Speisen. Mittendrin thronte eine große silberne Kaffeekanne.

Die Bolsillo-Brüder waren allerbester Laune. An diesem Abend fand keine Vorstellung statt, und die drei Zirkusdirektoren außer Dienst wurden immer fröhlicher, je öfter Umor aus einem Flachmann Kognak in den starken schwarzen Kaffee goss. Gila holte seine Mundharmonika heraus und spielte eine Melodie, die alle zum Lachen brachte. Am Abendhimmel erschien ein bleicher Mond, der nicht abwarten konnte, bis die Sonne untergegangen war.

„Du bist ja so still, Meister Miles“, sagte Umor.

Fabio schmunzelte. „Wahrscheinlich ist er immer noch auf Phantomjagd.“

„Wessen Phantom jagt er denn?“, fragte Umor.

„Das seines Vaters.“ Fabio goss Miles eine Tasse Kaffee ein.

„Ach, das“, sagte Umor.

„Ein ganz schön großes Phantom“, sagte Gila. Er hatte die Mundharmonika weggelegt, aber die Melodie schien noch nachzuhallen.

„Und dann noch das Tigerei-Phantom“, sagte Fabio leise.

„Gibt es das Ei des Tigers überhaupt?“, packte Miles die Gelegenheit beim Schopf.

„Wer weiß?“, antwortete Fabio. „Als deine Mutter damals zu Barty Fumbles Truppe stieß, brachte sie einen prachtvollen Tiger mit, und im Zirkus gedeihen Gerüchte so gut wie Pilze im Keller.“

„Meine Mutter hatte auch einen Tiger?“, fragte Miles verwundert.

Fabio schüttelte den Kopf. „Es gab nur den einen.“

„Varippuli ...“, ergänzte Gila, und Miles glaubte zu sehen, dass der kleine Clown erschauerte.

„Der Tiger hat sich gleichzeitig mit Celeste dem Zirkus angeschlossen“, erläuterte Umor, „aber es war Barty Fumble, der ihn in der Manege vorgeführt hat. Die beiden haben einen gewissen Respekt voreinander entwickelt.“

„Wo kam meine Mutter denn her?“ Miles hatte die Bolsillo-Brüder noch nie dermaßen auskunftsfreudig erlebt und wollte so viel wie möglich erfahren, wenn ihnen die Zungen schon mal so lose saßen.

„Celeste kam von jenseits des Meeres, aus dem Süden“, erwiderte Fabio.

„Mit einem Wohnwagen voller Bücher“, fügte Umor an.

„Und mit dem zweiten Gesicht.“

„Und heilenden Händen.“

„Vielleicht waren das ja zu viele Gaben für einen einzelnen Menschen", ergänzte Fabio.

Die drei Männer saßen eine Weile schweigend da. Hinter Gilas Kopf krabbelte ein Gecko die Mauer hoch, blieb im Lichtkreis einer Lampe hocken und lauerte aufs Eintreffen seines Abendbrots.

„Sie hat sich Bartys Truppe im selben Monat angeschlossen wie wir", fuhr Gila fort.

„Und es dauerte nicht lange, da hatte sie sein Herz gewonnen."

„Igitt!", sagte Umor.

„Ich würde ja lieber eine goldene Uhr gewinnen", sagte Gila.

„Oder einen Satz Kupferpfannen", sagte Umor.

„Die Leute munkelten, sie besäße ein Tigerei", erzählte Fabio weiter, „aber das war bloß Gerede."

„Dummes Zeug."

„Wir reden auch dummes Zeug."

„Aber wahr muss es sein."

„Die Firbolg glauben das auch", wagte Miles zu widersprechen. „Und Doktor Tau-Tau dachte, ich hätte eins, weil ..." Er sah zu Little hinüber und holte tief Luft. „Weil ich ab und zu einem Tiger begegne. Tau-Tau hat behauptet, das passiert nur jemandem, der ein Tigerei besitzt."

Die Brüder sagten nichts. Nur Fabios Blick kam Miles mit einem Mal irgendwie lauernd vor.

„Du bist einem Tiger begegnet?"

Miles nickte. „Ich hab mich ein paarmal mit ihm unterhalten. Und wir durften auf ihm reiten, ich und Little.“

Fabio wechselte einen skeptischen Blick mit Umor. „Demnach war es ein sprechender Tiger?“

Umor zuckte die Achseln. „Das hab ich ja noch nie gehört.“

„Ganz schön aufregend, wenn man so einem Tiger begegnet“, sagte Gila.

„Da macht die Fantasie Überstunden“, sagte Umor.

Fabio rieb sich das Kinn. „Wem hast du noch davon erzählt?“

„Bloß Doktor Tau-Tau. Es ist mir irgendwie rausgerutscht. Aber ich dachte, er glaubt mir sowieso nicht.“

„Behalt es von nun an lieber für dich, Meister Miles“, sagte Fabio.

„Versiegle deine Lippen“, sagte Umor.

„Und mach dir einen Knoten in die Zunge“, setzte Gila hinzu.

Miles nickte. Der Gecko auf der Mauer hatte eine Schnake erwischt. Die zuckenden Hinterbeine hingen der schlingenden Echse noch aus dem Maul, als sie Miles mit ausdruckslosen Glupschaugen ansah, die ihn an Doktor Tau-Tau erinnerten. Miles dachte fröstelnd an sein warmes Bett. Seit er Lady Partridges Haus verlassen hatte, war er nicht mehr zu einer vernünftigen Zeit schlafen gegangen.

„Vielleicht besaß Celeste ja wirklich ein Tigerei“, warf Little ein, „und Miles’ Begegnung mit dem Tiger hängt irgendwie damit zusammen.“

Fabio zuckte die Achseln. „Das ist mir zu hoch.“

„So was fragt man keine Dame“, sagte Umor.

„Vielleicht war es ja bloß eine große, flauschige Miezekatze“, sagte Gila.

„Dann kann ich den Tiger ja nächstes Mal in den Wohnwagen mitnehmen“, sagte Miles, „und ihr setzt ihm eine Büchse Katzenfutter vor.“

Gila bleckte kichernd die spitzen Zähne. Doch Miles entging nicht, dass er sich ängstlich umsah, als er die nächste Runde Kaffee ausschenkte.

18. Kapitel

Donner und Ei

Der stahlrippige, leinwandhäutige Zirkus Bolsillo blieb fast eine ganze Woche in der Hafenstadt Fuera, füllte sein Zelt jeden Abend bis zum Bersten und am Samstag sogar zweimal. Es hatte den Anschein, als hätte jedermann weit und breit die Vorstellung mindestens einmal gesehen, und nicht wenige waren zwei- oder dreimal gekommen. Miles und Little waren noch fleißiger als sonst, damit sie ihre Arbeit bis mittags erledigt hatten. Sie verbrachten die Nachmittage damit, die weiß getünchten Gassen und lauschigen Innenhöfe zu erkunden, bis sie unweigerlich am belebten Hafen herauskamen, wo pfeifende Seeleute die Fallreepe hinauf- und hinunterstapften, schwere Ballen und Fässer auf den Schultern, sodass sich die Planken unter der Last durchbogen. Als die Woche um war, kannten Miles und Little die Stadt wie ihre Westentasche. Trotzdem kam es ihnen vor, als warteten dort noch Tausende Geschichten darauf, erzählt zu werden.

Als der Zirkus am Sonntagvormittag seine Zelte abbrach, schlug das Wetter um. Miles war schon seit dem frühen Morgen auf und half Gila, die Tiere reisefertig zu machen. Zwischendurch ging er den anderen Jungs zur Hand, wenn irgendwo Not am Mann war. Die dunklen Gewitterwolken wälzten sich heran, als die Zeltplane gerade ausgebreitet auf der Erde lag. Alle beeilten sich, damit das Zelt verpackt war, ehe es zu regnen anfing. Als die letzten gefalteten Planen auf dem Lastwagen verstaut waren, fielen die ersten dicken Tropfen. Die Zirkusleute flitzten wie Ameisen über das Gelände und vergewisserten sich, dass auch nichts vergessen worden war.

Über ihren Köpfen schrien klagend die Möwen, kreisten wie verlorene Seelen unter den regenschweren Wolken. Miles stand auf der Ladefläche des Zeltlasters und schaute auf den Hafen hinunter. Die Masten der Schoner schaukelten wild im auffrischenden Wind, und die Seeleute kletterten flink in den Takelagen umher und schauten nach, ob alle Leinen und Segel festgemacht waren. Auf einmal hatte Miles die allergrößte Lust, Little an die Hand zu nehmen, zum Kai hinunterzulaufen und an Bord eines der stattlichen Schiffe zu gehen. Einfach nur um zu sehen, wohin das Glück und die rastlosen Winde sie bringen würden.

„Es geht los, Meister Miles!“, rief Fabio. Miles riss sich zusammen und sprang vom Lastwagen.

„Irgendwann fahren wir mal auf so einem Schiff mit, was hältst du davon?", raunte er Mandarine zu. Was Mandarine davon hielt, werden wir nie erfahren, denn er versteckte sich vor dem Sommergewitter tief in Miles' Tasche.

Als sich der Zirkus Bolsillo wie eine bunte Schlange aus Fuera hinauswand, zuckten bläuliche Blitze über den Himmel. Ein Wolkenbruch prasselte ohrenbetäubend laut auf die Wagendächer und ergoss sich auf die breiten Kruppen der Zugpferde, die mit gesenkten Köpfen und in ihrem üblichen Trott die aufgeweichte Straße entlangstapften.

Miles, Little, Umor und Gila hatten sich in den Wohnwagen der Bolsillos geflüchtet. Der Regen prasselte wie Kieselsteine gegen die kleinen Fenster. Das Geschirr klapperte in den Schränken, als sie über die mit Schlaglöchern übersäte Landstraße rumpelten. Gila spielte leise auf seiner Mundharmonika, und Miles musste an das Lied denken, das Fuat gesungen hatte, als sie den Schrumpligen aufgesucht hatten. Er dachte an die Firbolg, die ihr kärgliches Leben im Dunkeln fristeten und ungeduldig auf die Rückgabe des Tigereis warteten, das sich seine Mutter von ihnen ausgeliehen hatte.

„Haben die Firbolg schon immer unter der Erde gelebt?", fragte er Little und lehnte sich zu ihr hinüber, damit sie ihn trotz des Regens und des unablässigen Donnergrollens verstehen konnte.

„Keine Ahnung“, erwiderte seine Freundin. „Das habe ich sie nicht gefragt. Ich wollte vor allem herausfinden, wo sie euch gefangen halten und wann sie sich schlafen legen.“

„Die Legende besagt“, rief Umor, der so gute Ohren hatte, dass er eine Mücke in einer Glockenfabrik rülpsen hörte, „dass den Firbolg einst das ganze Land von einer Küste zur anderen gehört hat.“

„Es kam zu einer großen Schlacht mit den Völkern aus dem Osten. Die meisten Firbolg sind gefallen oder wurden ins Meer gejagt.“

„Aber eine kleine Schar konnte ins Gebirge fliehen und hat sich in den Höhlen versteckt.“

„Die Kleineren kamen dort am besten zurecht.“

„Und die Behaarteren froren nicht so.“

„Und die Kleinsten und Behaartesten hatten das große Los gezogen.“

„So erzählt es jedenfalls die Legende.“

„Aber wozu hat sich Celeste das Ei des Tigers von ihnen geliehen?“, fragte Miles.

„Apropos Eier“, rief Umor, „es ist höchste Zeit fürs Frühstück!“

„Mein Magen grummelt schon wie der Donner“, sagte Gila.

„Dann bist du wohl auch an den ganzen Blitzen schuld.“ Umor nahm eine Bratpfanne von ihrem Deckenhaken. „Schneid mal Brot auf, Meister Miles, aber gib auf deine Finger acht.“

Miles ließ sich nicht ablenken. „Hat meine Mutter mit euch über das Ei gesprochen?“

Gila hob einen Stapel Teller vom Wandbord und warf sie lässig auf den Tisch, als teilte er Spielkarten aus. Umor ließ geschickt ein Spiegelei auf jeden Teller gleiten, und Little stapelte das von Miles geschnittene Brot in einen Korb.

„Celeste besaß große Heilkräfte“, sagte Umor.

„Und sie las in der Zukunft wie in der Tageszeitung“, sagte Gila.

„Manche Leute glaubten, dass sie ihre Fähigkeiten mittels eines Tigereis noch verstärkte.“

„Mit uns hat sie nie drüber gesprochen, Meister Miles.“

„Wir haben sie auch nie danach gefragt.“

„Sie hat nur erzählt, dass ihre Großmutter das Zweite Gesicht hatte.“

„Und ihre Mutter konnte einem Brett die Astlöcher wegkurieren.“

„Leben die beiden denn noch?“, fragte Miles. Seit er die Bekanntschaft der Bolsillo-Brüder gemacht hatte, war er bemüht, mehr über seine Eltern zu erfahren. Aber er war noch gar nicht auf die Idee gekommen, dass er womöglich auch Großeltern, Tanten und Onkel hatte.

„Das weiß keiner, Meister Miles.“

„Celeste ist nie mehr in ihre Heimat zurückgekehrt.“

„Ich glaube, sie ging im Unfrieden von dort weg", sagte Umor, „aber ich habe sie nur ein einziges Mal darüber sprechen hören."

„Sie hatte eine Zwillingsschwester, die ist jedes Jahr einmal zu Besuch gekommen", ergänzte Gila.

„Aber seit Celestes Tod war sie nicht mehr hier", fügte Umor an.

„Eine Zwillingsschwester? Warum habt ihr mir nie was davon gesagt?" Aber Miles kannte die Antwort schon.

„Weil du uns nie danach gefragt hast", erwiderte Umor schlicht.

Miles setzte sich an den Frühstückstisch. Er war ganz aufgewühlt. Irgendwo auf der Welt lebte eine Frau, die ihm behilflich sein konnte, den weißen Fleck auf Celestes Foto zu füllen, die womöglich genauso lachte, die gleichen Augen hatte und ihre Schwester vielleicht besser gekannt hatte als irgendjemand sonst. Miles kam gar nicht auf die Idee, sich zu fragen, weshalb ihn die Angehörigen seiner Mutter nicht aus dem Pinchbucket-Waisenhaus geholt hatten. Er war dort unter so vielen anderen Kindern aufgewachsen, die von ihren Familien vergessen oder verstoßen worden waren, dass ein solches Schicksal in seinen Augen nichts Ungewöhnliches war.

Er dachte noch einmal über alles nach, was er bis jetzt erfahren hatte, und versuchte, sich daraus ein Bild zu machen. Wenn du schon mal mit Fausthandschuhen ein Puzzle legen wolltest, bei dem die Hälfte der Teile fehlt, und dein Kopf obendrein unter einer Papiertüte steckt, kannst du dir in etwa vorstellen, wie Erfolg versprechend dieses Vorhaben war. Fest stand, dass seine Mutter gestorben war und dass sein Vater den Zirkus kurz darauf verlassen hatte. Nur ein Gerücht war möglicherweise, dass Celeste sich von den Firbolg ein Tigerei geliehen hatte und dass dieser Stein, falls es ihn überhaupt gab, seit Barty Fumbles Verschwinden nicht mehr aufgetaucht war. Weiterhin waren seine Eltern mit einem Tiger namens Varippuli befreundet gewesen, der nach Bartys Weggang vom Großen Cortado erschossen worden war. Und vor nicht mal einem Jahr war ein Tiger ungebeten in Miles' Leben erschienen. Aber warum hatte sein Vater den Tiger zurückgelassen? Hatte er das Ei mitgenommen, und wenn ja, warum hatte er es den Firbolg nicht zurückgebracht? Was hatte seine Mutter seinerzeit mit dem zotteligen Volk ausgemacht?

„Wenn ich das Ei des Tigers finde", sagte Miles laut, „finde ich vielleicht auch meinen Vater. Beziehungsweise, wenn ich meinen Vater finde, finde ich vielleicht auch das Ei."

„Klingt nach einem ausgewachsenen Vater-Ei-Komplex", warf Gila ein.

Umor schüttelte mitleidig den Kopf. „Du hast doch gehört, was Fabio gesagt hat. Dein Vater ist tot und begraben, Meister Miles, du musst dich allein durchs Leben schlagen."

„Deine Schuhspitzen zeigen nach vorn, aber du blickst zurück auf das, was war", sagte Gila.

„Dreh dich lieber um", rief Umor, „sonst binden wir dir die Schnürsenkel zusammen!"

„Das mag ja alles sein", erwiderte Miles, „aber das, was war, hat mich zwei Tage lang in eine finstere Höhle gesperrt und findet immer noch, dass ich ihm eine Tigerseele schuldig bin."

Ein ohrenbetäubender Donnerschlag entlud sich, und der Wohnwagen wurde taghell. Die Bolsillos fuhren zusammen, und Little stand auf, um aus dem Fenster zu sehen. „Oben in den Wolken gibt's Krach", sagte sie kopfschüttelnd. „Hoffentlich muss Silverpoint das nicht ausbaden."

„Hoffentlich macht er bald mal Sendepause", brummte Gila, aber das Getöse übertönte ihn.

19. Kapitel

Horace und Pagi

Der stoßzahnbewehrte, zylinderbekrönte, feuerspeiende Zirkus Bolsillo folgte der sommerlichen Küste entlang einer Route, die schon von Zirkussen befahren wurde, als dein Ururgroßvater noch Windeln trug. Sie hielten in Whelk, Carrig und Twelve Bells, und auch wenn sich Miles am Meer nicht satt sehen konnte, machte keine dieser Städte solchen Eindruck auf ihn wie Fuera. Inzwischen kannte er den Zirkus in- und auswendig: die Lieblingsleckerbissen eines jeden Tieres, die Vorlieben und Abneigungen eines jeden Artisten und sämtliche Bolzen und Flaschenzüge des Zeltungetüms. Er kannte sich damit aus, wie man kranke Papageien gesund pflegte, wie man den Automaten für die Eintrittskarten reparierte, wie man Löwenklauen stutzte und Trapeze überprüfte und mit unzähligen anderen Kleinigkeiten, die den Unterschied zwischen einem Zirkus und einem Affentheater ausmachen. Von der vielen Sonne wurde er dunkelbraun und vom vielen Arbeiten drahtig, stark und allgemein beliebt. Gila meinte schon, er brauche nur noch doppelt so groß zu werden und sich einen Bart stehen zu lassen, dann sei er der leibhaftige Barty Fumble. Miles lachte bloß, aber insgeheim platzte er vor Stolz.

Als sie die Küste schließlich verließen und sich wieder nordwärts wandten, fühlten sich Miles und Little im Zirkus so heimisch, als wären sie dort aufgewachsen. Fabio brachte ihnen das Jonglieren bei und Umor das Kochen. Abends stand Miles vor einer Holzscheibe, auf die sein Umriss gemalt war, während der unverändert mürrische, stumme Stranski ihn mit tödlicher Treffsicherheit mit Messern bewarf und der Affe Hector den ahnungslosen Zuschauern die Geldbörsen mopste. Anschließend kletterte Miles in die mit Sternen bemalte Kiste und das Publikum hielt den Atem an, wenn er fein säuberlich entzweigesägt wurde. Miles wunderte sich nach jeder Vorstellung selbst, dass seine Beine noch dran waren. Little tanzte wie ein Flöckchen Distelwolle über das Hochseil und flog so anmutig durch die Luft, dass man hätte meinen können, die umgeschnallten Flügel seien echt – jedenfalls, wenn man ihr früheres Engelflügelpaar nicht kannte. Tagsüber schien sie überall zugleich zu sein, und die Musik, die sie dirigierte, versüßte den Artisten das Leben, wie ein Löffel Honig ein Glas warme Milch versüßt, auch wenn sich nicht eine Note davon auf Papier bannen ließ.

Sie kamen durch Hamba, Shelduck und Sevenbridge, folgten dem Flüsschen Volte stromaufwärts und wandten sich (zu Miles' Erleichterung) vor der Abzweigung nach Smelt westwärts. Die sonderbare Karawane befuhr dieselbe Straße, über die im vergangenen Herbst der Tiger mit Miles und Little auf dem Rücken zum Palast des Lachens getrabt war. Und eines schönen heißen Nachmittags, als die Äpfel in den Obstgärten reiften, sahen sie vor sich das Dorf Cnoc auf seiner Anhöhe thronen.

„Da wohnt doch der alte Bolzenglas, stimmt's?", fragte Gila, der das Lenken übernommen hatte, weil Fabio im Wagen ein Mittagsschläfchen hielt.

Miles nickte, legte die Hand über die Augen und hielt in dem Labyrinth aus roten Dächern nach Bolzenglas' Haus Ausschau. Er wollte seinen alten Freund überraschen, indem er unangekündigt auf seiner Schwelle stand, obwohl er aus Erfahrung wusste, dass mit dem Forschungsreisenden trotz dessen Blindheit nicht gut Kirschen essen war. „Ich würde ihn gern besuchen, solange wir in der Gegend sind", sagte er.

„Lad ihn doch einfach zur Vorstellung ein."

„Ich weiß nicht, ob er kommen würde, schließlich kann er die Darbietungen nicht sehen."

„Aber die Musik gefällt ihm bestimmt", sagte Little.

„Ganz bestimmt“, bekräftigte Umor.

„Wir können ihn ja hinter einen Mast setzen“, fügte Gila an.

Die Arbeiter waren schon dabei, das große Zelt auf einer Wiese am Dorfrand aufzubauen, als Miles und Little zum Haus des alten Bolzenglas von Arabien hinaufgingen.

Als sie vor der mit dicken Nägeln beschlagenen Tür standen, zog Miles an der Klingelschnur, worauf drinnen im Haus die Töpfe und Pfannen losschepperten. Sie hörten einen Stock auf den Fliesen pochen, dann wurde die Tür ein Stück aufgerissen und Bolzenglas steckte das runzlige Gesicht hindurch. Seine trüben Augen starrten unter der schwarzen Strickmütze ins Leere.

„Was gibt's?“, rief er, ehe Miles und Little den Mund aufmachen konnten. „Was es auch ist, ich hab schon zwanzig Stück und kriege Ausschlag davon! Kommen Sie am Dienstag wieder, wenn ich die Krokodile füttere. Die brauchen immer was zum Kauen.“ Er fuhr unversehens mit dem Blindenstock über den Boden. Little sprang leichtfüßig darüber, aber Miles reagierte nicht schnell genug und wurde am Knöchel getroffen. „Aua!“, sagte er.

Ein zahnloses Grinsen ging über Bolzenglas' Runzelgesicht. „Der kleine Miles!“, rief er erfreut. „Warum hast du denn nichts gesagt? Hört sich an, als wärst du'n halben Kopf gewachsen, oder hast du Stöckelschuhe an? Und Little ist bestimmt auch da, aber die ist zu flink für mich, was?"

Little lachte. „Tag, Mr Bolzenglas. Dürfen wir reinkommen?"

„Nur zu!", erwiderte der Alte. „Die Schwelle ist nicht der rechte Ort für ein Palaver." Er riss die Tür noch weiter auf und fuchtelte bedenklich mit dem Stock, um sie hereinzuwinken. Drinnen im Haus war es kühl und dämmrig wie eh und je. An den Wänden schnitten die Masken ihre Fratzen, dazwischen funkelten Hieb- und Stichwaffen jeglicher Art und Ausführung. Bolzenglas ging ihnen durch die Diele ins Wohnzimmer voran. „Was führt euch an einem Herbstnachmittag vor die Tür eines alten Nomaden?", polterte er.

„Wir sind auf der Durchreise", erwiderte Miles. „Wir sind schon den ganzen Sommer mit dem Zirkus Bolsillo unterwegs."

„Aha, der Zirkus!", sagte Bolzenglas. „Ich hab heute Früh ein Gnu muhen gehört und dachte schon, ich hätte wieder einen Malariaanfall."

„Aber wir haben gar …", setzte Little an, worauf ihr Miles einen Rippenstoß versetzte.

„Haben Sie damals Ihr Apfelgelee noch fertig gekocht?", fragte Miles, als Bolzenglas die Verandatür öffnete.

„Das war zwecklos. Ich hab den entscheidenden Augenblick verpasst, weil ich mich mit Gertrude Partridge rumgetrieben hab. Als ich wieder heimkam, war die ganze Ladung in der Sonne vergoren. Ich hab das Zeug dem alten Julio als Schweinefutter geschenkt. Seine Schweine waren einen geschlagenen Monat besoffen, und jetzt nennen sie mich ‚Onkelchen'. Würden sie jedenfalls, wenn sie sprechen könnten."

„Das glaube ich nicht", raunte Little Miles zu. „Schweine nennen jeden ‚Mama'."

„Wie auch immer, die verflixten Krokodile halten mich so auf Trab, dass ans Geleekochen gar nicht zu denken ist." Sie waren in Bolzenglas' sonnigen Garten hinausgetreten und steuerten die Bank an, die im Halbschatten unter einem Apfelbaum stand. Der Alte tastete nach der Lehne. Als er sie gefunden hatte, setzte er sich mit einem tiefen Seufzer hin und lehnte seinen Blindenstock neben sich an die Bank.

„Was denn für Krokodile?", erkundigte sich Miles interessiert.

„Die da drüben." Bolzenglas nahm den Stock wieder zur Hand und zeigte damit hinter sich. „Horace und Pagi. Hungrige Teufel, alle beide. Wenn man sie füttert, muss man ganz schön auf dem Sprung sein. Daumen sind ihr Leibgericht."

Miles stand auf und drehte sich um. Am Rand des Gartens sah man einen frisch ausgehobenen Teich. Halb im Wasser lag ein Käfig aus Bambusstangen, die mit bunter Schnur zusammengebunden waren. Irgendwelche Krokodile ließen sich nicht blicken.

„Wahrscheinlich sind die Burschen grade untergetaucht“, brummte Bolzenglas, ohne sich umzudrehen.

„Wo haben Sie die Krokodile denn her?“, erkundigte sich Miles.

„Die sind ein Geschenk des Sultans von Abessinien, anlässlich seines Thronjubiläums. Ich war ihm seinerzeit bei einem kleinen Kamelproblem behilflich, aber das ist schon ewig her, als ich noch sehen und beißen konnte. Jedenfalls hat er mir das nie vergessen.“

„Für zwei Krokodile ist der Käfig aber nicht besonders groß“, warf Little ein.

„Natürlich nicht! Darum will ich sie ja auch dem Zirkus vermachen. Ihr habt doch Krokos in euerm Laden, oder nicht?“

„Ja, schon“, erwiderte Miles, „aber die sind auch in Käfigen untergebracht.“

„Pah“, sagte Bolzenglas abfällig, „was sind schon ein paar Gitterstäbe, wenn man dafür in der Welt herumkommt! Wenn sie beim Zirkus sind, können sie wenigstens ihren schuppigen Horizont erweitern. Wenn ich dafür bezahlt würde, dass ich mich auf die Hinterbeine stelle und das Maul auf- und zumache, würde ich flinker als ’ne Eidechse freiwillig in einen Käfig hüpfen und mich dem Zirkus anschließen!“

„Da fällt mir wieder ein“, sagte Miles, „dass mich die Bolsillo-Brüder gebeten haben, Sie zu unserer

Abendvorstellung einzuladen. Das heißt, falls Sie kommen möchten."

„Worauf du Gift nehmen kannst, kleiner Miles!", rief Bolzenglas. „Der Gesang der Trapeze! Das Brutzeln des Popcorns! Der Duft des Leierkastens!" Er sprang auf und fuchtelte mit dem Stock mehr oder weniger in Miles' Richtung. „Wie wär's, wenn wir vorher noch einen Happen essen? Irgendwo in der Speisekammer steht bestimmt noch ein Glas eingelegte Schnecken."

„Vielen Dank, aber wir müssen wieder zurück", lehnte Miles die Einladung ab. „Wir haben noch viel zu tun, bevor es losgeht."

„Dann macht euch gleich auf die Socken!", sagte Bolzenglas. „Fragt eure Vorgesetzten schon mal, ob sie zwei mordlustige Reptilien als Eintritt akzeptieren, dann könnt ihr hinterher mit einem Krokodilbändiger und einem Handwagen vorbeikommen." Er stapfte in Richtung Haus. „Ihr findet allein raus, oder?", rief er über die Schulter. „Die Tür ist immer noch da, wo sie zuletzt war, schätze ich jedenfalls, und je schneller ihr verschwindet, desto schneller seid ihr wieder da."

Der weißbestockte, trübäugige Bolzenglas von Arabien marschierte mitten auf der Straße und fegte mit seinem kräftigen Stock irgendwelche Hindernisse eher aus dem Weg, als ihnen auszuweichen. Er führte einen Umzug an, bei dessen Anblick sich die Einwohner von Cnoc mit unverhohlener Neugier aus den Fenstern lehnten. Hinter dem blinden Forschungsreisenden kam ein von dem Elefanten Tembo gezogener Wagen und darauf stand ein Käfig, aus dem mit grinsenden Mäulern und trägen gelben Augen die beiden Krokodile Horace und Pagi schauten. Rechts und links neben dem Käfig liefen die Krokodilbändiger Gina und Jules. Das Schlusslicht bildeten Miles und Little, die Reklamezettel an die gebannten Zuschauer verteilten.

Bei Einbruch der Dunkelheit war das Zirkuszelt aufgebaut, fest verankert und doppelt und dreifach überprüft. Die unzähligen Lichter flammten auf, die Kapelle stimmte ihre Instrumente und die Sitzreihen füllten sich. Bolzenglas von Arabien hatte in einer Loge Platz genommen und knackte mit den Knöcheln, als machte er sich darauf gefasst, im Falle eines Falles ein, zwei wütende Löwen niederzuringen. Hinter dem Sternenvorhang richtete die Familie Zipplethorpe noch einmal das Zaumzeug ihrer Pferde, die schon unruhig schnaubten und im Sägemehl scharrten, denn sie eröffneten die Vorstellung.

Die Kapelle schmetterte einen Tusch. Fabio Bolsillo begrüßte das Publikum durchs Megafon, während die Zipplethorpes in die Manege galoppierten und die Abendvorstellung ihren Anfang nahm. Miles hatte hinter den Kulissen zu tun, half den anderen

Jungen bei den Handgriffen, die ihm mittlerweile in Fleisch und Blut übergegangen waren und ihm kaum Zeit ließen, sich wegen seines bevorstehenden Auftritts mit dem Zauberer Stranski zu sorgen. Ehe er sichs versah, hatte der zweite Teil der Vorstellung begonnen. Er half dem Affen Hector in seine kleine Livree mit der Innentasche, während draußen die Gräfin Fontainbleau und ihre Löwen das Publikum in Atem hielten.

Miles drückte Mandarine noch einmal, weil das Glück brachte. Als er darauf wartete, dass der Messerwerfer unter der Zeltplane durchgeschlüpft kam, beschlich ihn ein ganz eigenartiges Gefühl. Ein Gefühl, als sei alles, was er sah und hörte, ganz genauso schon einmal passiert. Das widerfuhr ihm nicht zum ersten Mal und er hatte in Lady Partridges Lexikon gelesen, dass man so etwas *Déjà-vu* nannte. Als er Stranskis mit Sternen bemalte Kiste schloss, hallte es wie ein fernes Echo. Im selben Augenblick kam der Löwe Perseus durch den vergitterten Gang, der von der Manege zu seinem Käfig draußen im Freien führte. Miles wusste schon jetzt, wie der Löwe ihn anschauen würde, nämlich als wollte die Raubkatze sagen: „Das kennen wir beide doch schon alles." Eine Trompete trötete und ein lautes „Bravo!" übertönte den allgemeinen Beifall. Miles hätte schwören können, dass er dasselbe Tröten und dasselbe „Bravo!" an einem anderen Abend schon einmal gehört hatte.

Als er dann in der hell erleuchteten Manege vor seiner Scheibe stand und die Messer links und rechts an ihm vorbeisausten, wurde das Gefühl sogar noch stärker. Die Messer bohrten sich so gut wie jeden Abend in die immergleiche Holzscheibe, aber das war nicht der Grund. Sogar Bolzenglas von Arabien, der noch nie eine Vorstellung besucht hatte, schien schon immer auf demselben Logenplatz gesessen zu haben.

Als Miles zum Abschluss in die mit Sternen bemalte Kiste kletterte und Stranski das gewaltige Vorhängeschloss einrasten ließ, war er überzeugt, dass er, wenn er alles andere ausblendete, sogar voraussehen konnte, was als Nächstes geschehen würde. Es war ein sonderbares Gefühl, als stünde er auf einer schwindelerregend hohen Plattform und wartete auf das heranschwingende Trapez. Das laute Raspeln der Säge setzte ein, und er zog die Knie an die Brust. Dabei konzentrierte er sich weiter auf die flüchtigen Bilder, die vor seinem inneren Auge aufblitzten. Auf einmal wusste er, was er gleich erblicken würde. Dort draußen im Halbdunkel, ein Stück hinter und über dem verschwommenen Umriss des blinden Forschungsreisenden, würde ein Mann sitzen, der Miles erschreckend bekannt vorkam. Er spähte an Stranskis blanker Glatze vorbei und ihm wurde ganz flau. Tatsächlich – dort saß der Mann. Er heftete die tief liegenden hellgrauen Augen unverwandt auf Miles.

Mit der Stupsnase und dem vom Bartwuchs bläulichen Kinn sah er dem Großen Cortado zum Verwechseln ähnlich, nur dass der prächtige Schnurrbart fehlte, der den sadistisch lächelnden Mund verdeckte.

20. Kapitel

Besser ausgerüstet

Der von Scheinwerfern angestrahlte, eingesperrte Miles Wednesday konnte sich nicht rühren, als sich Stranskis Säge durch das frische Sperrholz fraß. Jede Bewegung konnte seine letzte sein, so genial Stranskis Konstruktion auch sein mochte. Er hätte sich nicht hilfloser fühlen können. Inzwischen verstellte ihm der Zauberer den Blick auf den Mann im Publikum. Stranski sägte drauflos wie der Teufel und funkelte Miles noch drohender als sonst an. Miles versuchte vergeblich, sich zu entspannen, wie der Zauberer es ihn gelehrt hatte. Als Stranski die Kiste endlich auseinanderschob und beiseitetrat, war dort, wo der Mann mit dem bläulichen Kinn gesessen hatte, nur noch ein leerer Platz.

„Bist du sicher, dass er es war?“, fragte Little, als Miles ihr nach seinem Auftritt davon erzählte.

Miles schüttelte den Kopf. „Ohne Schnurrbart war das schwer zu erkennen. Außerdem konnte ich ihn nicht besonders gut sehen. Es ist bloß …“ Wie sollte er es ausdrücken?

„Was ist bloß?“ Little legte ihre Gänsefederflügel behutsam zusammen und verstaute sie in einem Beutel, den Delia Zipplethorpe eigens dafür genäht hatte.

„Es kam mir vor, als ob ich schon vorher gewusst hätte, dass er dort sitzt. Als hätte ich das Ganze schon einmal erlebt … oder geträumt.“

„Vielleicht war es ja so.“

„Ich kann mich aber an keinen Traum erinnern. Es kam mir einfach alles ganz bekannt vor.“

„Was glaubst du, was er wollte – falls er's wirklich war?“

„Keine Ahnung, aber Tau-Tau weiß es bestimmt. Ich frage ihn bei nächster Gelegenheit danach.“

Rauschender Beifall und eine eigenartig kraftstrotzende Melodie drangen aus dem Zelt. „Das ist K2“, sagte Little. „Die Vorstellung ist gleich aus.“

„Dann gehen wir am besten wieder rüber“, erwiderte Miles. „Ich habe Bolzenglas versprochen, dass ich ihn nach der Vorstellung abhole.“

Der Abend war mild und von Grillengezirp erfüllt. Motten schwirrten um die Glühbirnen und die Affen in ihrem Käfig schnatterten leise miteinander. Gina ging vorbei und lächelte Miles und Little zu. Sie stakste auf Pfennigabsätzen über die unebene Wiese und führte zwei Strauße an langen goldenen Bändern. Die großen Vögel schienen ihren Gang nachzuahmen. Die Zeltplane wurde zurückgeschlagen und die Zuschauer strömten ins Freie. Miles und Little schoben sich gegen den Strom nach drinnen. Sie hielten nach irgendwelchen glatt rasierten Cortados Ausschau, entdeckten jedoch lediglich Bolzenglas von Arabien, der schon auf sie wartete. Er hatte im Gesicht ein breites Grinsen und auf dem Hemd Popcornkrümel.

„Ein spektakuläres Spektakel!", polterte er. „Eine vortreffliche Vorstellung! Ich konnte alles sehen, ich brauchte bloß auf die Musik zu hören, und es hat sich von Anfang bis Ende niemand das Genick gebrochen." Er griff nach seinem Stock und stemmte sich von seinem Logenplatz hoch. „Und was machen wir jetzt, kleiner Miles?"

„Jetzt essen wir zu Abend", antwortete Miles, „sobald alle Requisiten verstaut sind und Umor das Feuer in Gang gebracht hat."

Die drei marschierten los. Als sie um den Wohnwagen der Toki-Schwestern herumgingen, tauchte vor ihnen der wieder mal ins Selbstgespräch vertiefte Doktor Tau-Tau auf. Der Fes, den Little ihm mitgebracht hatte, schwankte auf seinem Zuckerwatteschopf. Er stolperte über Bolzenglas' Stock und wäre längelang ins Gras gefallen, hätte Miles ihn nicht festgehalten.

„Luzifers Lockenwickler!", entfuhr es dem Wahrsager. „Passen Sie gefälligst auf! Sind Sie blind?"

„Allerdings! Sie auch?“

„Sie belieben wohl zu scherzen!“, schnaufte Doktor Tau-Tau und rückte seinen Fes zurecht. „Zufällig bin ich mit dem Zweiten Gesicht gesegnet, und das kommt meinem ersten manchmal in die Quere.“

Bolzenglas schnaubte verächtlich. „Dann verraten Sie mir doch mal, was ich zum Frühstück hatte, Sie haarsträubender Hellseher, Sie!“

„Schinkenspeck, Rührei mit Pilzen, einen Berg Toast und einen Eimer starken Tee“, erwiderte Tau-Tau wie aus der Pistole geschossen.

„Gut geraten!“, blaffte Bolzenglas. „Und wie hieß meine Mutter mit Mädchennamen?“

Doktor Tau-Tau musterte das runzlige Gesicht seines Gegenübers, schloss die Augen und massierte sich kreisförmig die Schläfen. „Mit ‚C‘ fängt's an ...“, sagte er vor sich hin. „Curt ... Cuss ... es ist zu leise ...“ Dann schlug er jäh die Augen auf. „Cousteau! Ihre Mutter hieß mit Mädchennamen Cousteau, hab ich Recht?“

„Woher soll ich das wissen?“, entgegnete Bolzenglas. „Meistens fällt mir kaum ein, wie ich selber heiße.“ Er fuhr schwungvoll mit dem Blindenstock über den Boden, und Doktor Tau-Tau musste einen Luftsprung machen, sonst hätten seine Schienbeine Schaden genommen. Doch der Alte tat nur einen Schritt, dann blieb er stehen, als wäre er gegen einen unsichtbaren Baum gerannt. Seine Augenbrauen schossen nach oben und verschwanden unter der Strickmütze. „Ich fress ’nen Besen!“, rief er aus. „Meine Mutter hieß tatsächlich Cousteau! ‚Elisabeth Lucy Cousteau‘ lautete ihr voller Name. Eben fällt’s mir wieder ein, ist urplötzlich da, wie ’ne Sirene im Nebel.“ Er drehte sich nach dem Wahrsager um. „Ich hatte nie was für solchen Hokuspokus übrig“, polterte er, „aber Ihr Hokuspokus scheint mir von Eins-a-Qualität zu sein. Ich könnte einen Nachschlag vertragen!“

„Äh, nun ja …“, der Doktor behielt ängstlich den Blindenstock im Auge, „heute Abend bin ich leider ziemlich beschäftigt. Vielleicht ein andermal …“

„Beschäftigt?“, rief Bolzenglas. „Was haben Sie denn so Dringendes vor? Haare waschen vielleicht?“ Er wandte sich an Miles. „Ich rieche noch kein Abendessen, kleiner Miles. Haben wir noch Zeit für ein bisschen Hokuspokus?“

„Na klar!“ Miles hätte auch gern gewusst, wie Doktor Tau-Tau den Mädchennamen von Bolzenglas’ Mutter herausgefunden hatte, und dass der Hellseher sich sträubte, die Sitzung fortzusetzen, machte ihn umso neugieriger.

„Na schön, wenn Sie drauf bestehen …“ Doktor Tau-Tau gab nach. „Wenn Sie mir bitte folgen wollen, kann ich ja mal nachschauen, ob mein Vogel so weit ist.“

„Hä?“ Bolzenglas legte die Hand an sein gutes Ohr. „Was für’n Vogel? Brauchen Sie zum Hellsehen ein Brathähnchen?“

„Kein Brathähnchen“, sagte Miles. „Satu ist ein Reisfink. Sie zieht eine Karte und Doktor Tau-Tau liest darauf Ihre Zukunft.“

„Ach ja? Na, mit ein bissel Glück erwisch ich die Herzdame. Bis jetzt war mir Fortuna nämlich noch nicht besonders hold. Zweimal hat mich schon der Blitz getroffen, und ich hab dreißig Jahre keinen blauen Himmel und kein dralles Schankmädel mehr gesehen.“

Miles führte Bolzenglas die Treppe zu Tau-Taus Wohnwagen hoch, wo der Hellseher schon mit seinen Orakelkarten hantierte und mit bebender Hand seine Räucherstäbchen anzündete. „Kommt rein, kommt rein!“, sagte Tau-Tau leutselig, als hätte er die Einladung aus freien Stücken ausgesprochen.

Miles und Little setzten sich auf das Klappbett und sahen zu, wie der Doktor den Vogelkäfig vom Regal holte und vor die rotgoldenen Umschläge stellte, die einander überlappend auf dem runden Tisch ausgelegt waren. Der kleine Vogel hüpfte heraus und an den aufgereihten Umschlägen entlang. Dann zog er einen Umschlag hervor und hüpfte auf Doktor Tau-Taus ausgestreckte Hand. „Brav, Satu“, sagte Tau-Tau. Während die Vogeldame bunte Samenkörner von seiner Handfläche pickte, schüttelte der Wahrsager mit der anderen Hand die Karte aus dem Umschlag und hielt sie sich vor die Nase.

„Hmmm …“, machte er. Es hörte sich eher nach einem Zahnarzt an, der ein Loch im Zahn entdeckt hat, als nach einem Dolmetscher geheimer Botschaften. Er legte die Karte auf das Tischchen und massierte sich wieder die Schläfen. Bolzenglas trommelte ungeduldig auf die Sessellehne. „Ich sehe Berge …“, verkündete Tau-Tau schließlich. „Da ist eine Stadt … nein, ein Dorf vor der Stadt. Weiße Häuser. Rote Dächer. Am Dorfrand stehen drei Pappeln, daneben ist ein niedriges Haus. Ich sehe ein paar kleine Mädchen vor dem Haus spielen. Ich sehe, Augenblick …“ Seine Stimme verhallte und wurde wieder lauter, als stellte jemand an einem Radio herum. „Ich sehe ein riesiges Schwein, ein kleiner Junge reitet darauf. Er ist barfuß …“

„Rosie!“, unterbrach ihn Bolzenglas in ungewohnt sanftem Ton. Miles sah verdutzt zu Little hinüber. Little zuckte die Achseln, Doktor Tau-Tau rieb sich abermals die Schläfen.

„Rosie war ein Prachtschwein!“, sagte Bolzenglas. Sein starrer Blick ging an dem Hellseher vorbei, die blinden Augen blickten in die Vergangenheit. „Klüger als mancher Mensch. Achtmal hat sie geworfen, jeweils acht Ferkel. Macht vierundsechzig Kinder und genug Enkel, um einen Überseedampfer zu bestücken. Sie ist eines natürlichen Todes gestorben.

Wir haben sie unter den Pappeln beerdigt, was für ein Schwein nicht üblich ist, da Schweine nun mal leider aus pfundweise Frühstücksspeck bestehen." Der Alte seufzte tief und kratzte sich den Hinterkopf. „Ein toller Trick!", polterte er dann in Doktor Tau-Taus Richtung, „und ich hab nicht den blassesten Dunst, wie Sie das anstellen, aber dass ich als barfüßiger Junge auf einem Schwein geritten bin, ist mir nicht neu. Was hat die Zukunft mir rastlosem altem Zausel zu bieten, hä? Wissen Sie das auch?"

„Nur Geduld", sagte Tau-Tau. „Der Schleier der Zukunft lässt sich nicht ..."

„Zum Teufel mit der Geduld!", rief Bolzenglas. „Was nützt mir die Zukunft, wenn ich sie in diesem Sessel zubringen muss, bis Ihr Zweites Gesicht seine Brille gefunden hat!"

„Ich ... ich sehe eine Reise ...", hob Doktor Tau-Tau hastig an.

„Eine lange?", unterbrach ihn der Alte.

„Ja." Tau-Tau nestelte an den Manschetten seines seidenen Schlafrocks. „Sehr lang. Auf Kamelen, vielleicht auch zu Pferde. Und warten Sie ... ich sehe ..." Er schielte zu Miles hinüber und sah dann rasch wieder Bolzenglas an. „Ich sehe noch ein anderes großes Tier. Vielleicht ... einen Tiger."

„Pah!", machte der Alte. „Sie sind beim Zirkus, guter Mann. Sie müssten sich schon die Augen verbinden, damit Sie keine großen Tiere sehen. Außerdem gibt's hier keine Tiger, sondern nur Löwen. Die riechen ganz anders." Er holte aus der einen Jackentasche eine Pfeife, aus der anderen einen abgewetzten Lederbeutel und stopfte die Pfeife mit losem Tabak. „Halten Sie sich lieber an die Vergangenheit", rief er und kramte nach Streichhölzern. „Dafür scheinen Sie mir besser ausgerüstet."

Doktor Tau-Taus Gesicht wurde noch eine Nuance röter und seine Augen traten noch mehr hervor. Er fegte die Umschläge ärgerlich zusammen und stapelte sie übereinander. Miles hätte sich nicht gewundert, wenn ihm Dampf aus den Ohren gequollen wäre.

„Wo ich herkomme", sagte der Hellseher aufgebracht, „spielen die Kinder mit Tigern, nicht mit Schweinen. Vielleicht sollten *Sie* sich lieber auf das beschränken, womit Sie sich auskennen."

Bolzenglas von Arabien setzte sich in seinem Sessel kerzengerade auf. Sein sehniger Hals schob sich aus dem geflickten Pullover, bis er doppelt so lang war wie sonst. Sein blinder Blick fixierte den wutschnaubenden Wahrsager.

„Und um welches Land handelt es sich da, bitteschön?", fragte er.

Doktor Tau-Tau räusperte sich und rückte seinen Fes zurecht. „Eines, von dem Sie noch nie gehört haben."

„Es gibt kein Land auf der Welt, von dem ich noch nicht gehört habe", konterte Bolzenglas, „und zwei

Drittel davon habe ich beruflich bereist. Nennen Sie mir irgendeins."

„Ma... Malabar", sagte Tau-Tau. „Ich stamme aus Malabar."

„Mir haben Sie doch erzählt, Ihr Heimatland fängt mit ‚S' an", wandte Miles ein.

Doktor Tau-Taus Blick wirkte gehetzt. „Ach richtig, ich meine natürlich Sansibar."

„Pah!", polterte Bolzenglas. „Malabar – Sansibar – oder war's vielleicht 'ne Hotelbar?"

„Es ist lange her", verteidigte sich Tau-Tau lahm. „Ich kann mich nicht an meine Geburt erinnern."

Bolzenglas von Arabien wandte den Kopf und schien gespannt zu lauschen. „Sagen Sie das noch mal!"

„Was denn? Dass ich mich nicht an meine Geburt erinnern kann?"

„Errrinnerrrn", äffte ihn Bolzenglas nach. „Ich will Ihnen mal was sagen, Doktor Morgentau! Ich habe diese Gegend kreuz und quer bereist und dazu noch viele andere Länder. Ich kenne jeden Akzent und Dialekt dieser Welt. Keine Ahnung, mit welchem affigen Akzent Sie Ihren eigenen Dialekt vertuschen wollen, aber es geht mir schon auf die Nerven, seit Sie über meinen Stock gestolpert sind, und jetzt weiß ich auch warum. Ich höre nämlich heraus, wie Sie eigentlich reden."

Doktor Tau-Tau stand unbeholfen auf und griff

nach dem Vogelkäfig. „Ich weiß ja nicht, wie es Ihnen geht“, wechselte er das Thema und stellte sich auf die Zehenspitzen, um den Käfig wieder auf den Schrank zu verfrachten, „aber ich habe Hunger.“ Er wandte sich nach Miles und Little um und lächelte überfreundlich. „Kommt, wir gehen zum Lagerfeuer, sonst futtern uns die anderen alles weg.“

Bolzenglas knallte seinen Stock auf den Tisch und alle fuhren erschrocken zusammen. „Ich seh vielleicht aus wie ein blinder alter Trottel“, donnerte er, „aber ich bin lediglich blind und alt! Ich kann Ihnen verraten, woher Sie wissen, wie mein Elternhaus und meine Kindheit ausgesehen haben. Sie sind nämlich selber kaum einen Steinwurf weit weg zur Welt gekommen. Sie sprechen Grubwater-Dialekt. Da hilft kein Verstellen, denn ich hab die ersten zehn Jahre meines Lebens nix anderes gehört! Sie sind ein Schwindler, Tau-Tau, und wenn ich noch sehen könnte, könnte ich Sie auch mit Ihrem richtigen Namen ansprechen, bevor Sie sich die Schnürsenkel aufgeknotet haben!“

21. Kapitel

Celestes Lehrling

Der entlarvte, entgeisterte Doktor Tau-Tau ließ sich in seinen Sessel plumpsen, als hätte ihm jemand die Luft abgelassen. „Das ist lange her", sagte er leise, „und war in einem anderen Leben. Wahrscheinlich laufen Sie jetzt gleich rum und erzählen es allen."

„Und wenn schon", erwiderte Bolzenglas. „Wandern die Sterne dann etwa nicht mehr über unseren Köpfen?"

„Über Ihrem schon. Über dem Kopf von Doktor Tau-Tau nicht mehr. Ich habe jahrelang daran gearbeitet, mein Äußeres zu verändern und mir ein neues Leben aufzubauen. Ich glaube nicht, dass mich noch jemand erkennt, auch wenn ich mich vorsichtshalber immer bedeckt halte, wenn wir in die Nähe meiner Heimatstadt kommen. Wer will sich schon von Noel Dank aus der Neuen Straße in Grubwater die Karten legen lassen?"

„Noel Dank …", wiederholte Bolzenglas versonnen, „von Danks Kurzwaren & Restposten? Gleich neben dem Bestattungsinstitut an der Ecke?“

Doktor Tau-Tau nickte. Offenbar war ihm entfallen, dass ihn Bolzenglas nicht sehen konnte. Der blinde Forschungsreisende schmauchte eine Weile mit nachdenklicher Miene seine Pfeife. „Dann müssen Sie der Jüngste vom alten Phelim sein, der kleine Dicke. Wenn ich mich nicht irre, waren Sie dafür vorgesehen, irgendwann das Geschäft zu übernehmen. Wie kommt's, dass Sie stattdessen ein fahrender Scharlatan geworden sind? Haben Sie sich einen Zauberkasten gekauft?“

„Ich bin einer der tonangebenden Hellseher unserer Zeit und ein bedeutender Heiler.“ Doktor Tau-Tau bekam allmählich wieder Oberwasser. „Das Schicksal hat mich bei der Mutter dieses Jungen, die einen herausragenden Ruf als Wahrsagerin hatte, in die Lehre geschickt.“

Bolzenglas von Arabien drehte sich um. „Hast du das gehört, kleiner Miles?“, rief er. „Wenn dieser Betrüger den guten Namen deiner Mutter in den Schmutz zieht, lasse ich ihn mit Vergnügen meinen Stockdegen schmecken. Brauchst nur was zu sagen!“

„Danke für das Angebot, aber ich glaube, er sagt die Wahrheit“, erwiderte Miles. „Ich weiß nicht viel über meine Mutter. Sie ist bei meiner Geburt gestorben.“

„Nun, das ist verdammt noch einmal jammerschade!", polterte Bolzenglas, drehte sich um und stieß seinen Stock in Doktor Tau-Taus Richtung, wobei er ihm beinahe ein Auge ausgestochen hätte. „Dann hoffe ich bloß, dass Sie dem Jungen ein wirklichkeitsgetreues Bild seiner Mutter geliefert haben, die kennenzulernen er leider nicht das Glück hatte."

„Ja, ja, gewiss doch!", versicherte ihm Tau-Tau eilfertig.

„Gar nicht", widersprach Miles. „Ich weiß nicht mal, wie sie aussah."

„Ach nein?" Doktor Tau-Tau erhob sich und setzte den Kupferkessel auf. Der Duft von Masala-Tee erfüllte die Luft und er atmete tief ein. „Dieser Geruch erinnert mich immer an meine erste Begegnung mit Celeste. Es war in ebendiesem Wohnwagen."

Miles beugte sich gespannt vor. Er versuchte sich vorzustellen, wie seine Mutter auf dem gepolsterten Schemel saß, der jetzt unter des Doktors Leibesfülle knarrte, während von draußen das dröhnende Gelächter seines Vaters hereinschallte. Er glaubte Celestes Gegenwart zu spüren, eine dunkelhaarige, ernste Frau, aber ihr Gesicht entzog sich weiterhin seinem Vorstellungsvermögen.

„Wollten Sie sich von ihr wahrsagen lassen?", fragte er.

„Eigentlich nicht", antwortete Tau-Tau. „Ich war damals im Finanzamt tätig und bin aufgrund meines angeborenen Fleißes bald zum Abteilungsleiter aufgestiegen. Als der Zirkus in die Stadt kam, wurde ich hingeschickt, um unauffällig zu überprüfen, wie viele Einnahmen dort über den Tresen gingen, vor allem die Nebeneinnahmen durch den Verkauf in den Pausen: Tierschau, Wahrsagen und die vielen anderen kleinen Nebengeschäfte. Ich hatte den Verdacht, dass die Truppe nicht mal einen Bruchteil der anfallenden Steuern zahlte."

„Das heißt, bevor Sie Scharlatan wurden, waren Sie Steuerfahnder!", rief Bolzenglas aus. „Das nenn ich Karriere machen!"

„Was war meine Mutter für ein Mensch?", fragte Miles.

„Celeste", der Doktor goss den Masala-Tee in hauchdünne Tässchen, „war ganz anders, als ich sie mir vorgestellt hatte. Ich hatte große Goldohrringe, ein geknotetes Schultertuch und solchen Klimbim erwartet, doch sie trug nur ein schlichtes weißes Kleid und eine Muschelkette. Vor ihr auf dem Tisch stand keine Kristallkugel, sondern nur ein Räucherfässchen und eine Silberkanne mit diesem duftenden Tee. Ich weiß noch, dass sie pechschwarzes Haar hatte. Aber es will mir einfach nicht gelingen, mich an ihr Gesicht zu erinnern, obwohl wir nach dieser ersten Begegnung etliche Jahre miteinander zu tun hatten."

„Hat sie Ihnen die Zukunft vorausgesagt?", fragte Little.

„Ja, und ihr Scharfblick hat mich verblüfft. Sie hat sofort erkannt, dass ich eine außergewöhnliche Persönlichkeit bin, und mir im Handumdrehen meine mannigfaltigen Begabungen dargelegt, und das wesentlich schlüssiger, als ich es selbst vermocht hätte. Sie schien fast belustigt, dass ich überhaupt das Bedürfnis gehabt hatte, sie aufzusuchen."

Bolzenglas gab ein Schnauben von sich und nickte. War das als Kommentar zu Tau-Taus Bericht gemeint oder döste der Alte ein?

„Dann hat sie doch bestimmt auch erkannt, wozu Sie eigentlich gekommen waren", wandte Miles ein.

Doktor Tau-Tau beugte sich vor und reichte ihm eine Teetasse. „Nun, einem unerfahrenen Ermittler wäre sie sicherlich sofort auf die Schliche gekommen, aber sie hatte es mit einem Fachmann für verdeckte Ermittlungen zu tun. Ich hatte gewisse Methoden entwickelt, meine eigene Persönlichkeit ganz und gar auszublenden und mich perfekt zu tarnen." Er beugte sich wieder vor und gab auch Little eine Tasse, dann legte er wieder die Fingerspitzen an die Schläfen und seine Augen traten dramatisch vor. „Man muss sich das wie eine Art eisernen Rollladen vorstellen. Celeste war es unmöglich, meine wahre Profession zu erraten. Das hat sie selbst zugegeben, und sie war gewiss keine Anfängerin. Sie meinte, ich hätte das Zeug zu einem bedeutenden Hellseher."

„Dann war es Ihnen ja auch ein Leichtes herauszufinden, wie viel sie für ihre Dienste verlangte", warf Little ein.

Doktor Tau-Tau lehnte sich zurück. „Das war wirklich sonderbar. Sie sagte, sie verlange nie auch nur einen Penny. Das fand ich ausgesprochen erstaunlich. Sogar ihr Mann war überrascht, denn der kam im selben Augenblick hereingeplatzt, um etwas zu holen. Man merkte, dass sie bis dato auch ihm nichts davon erzählt hatte."

Darüber dachte Miles einen Augenblick nach und musste lächeln. Es war das typische Lächeln, das jedes Mal über sein Gesicht huschte, wenn ihm eine Idee kam. Ein Lächeln, das er von Celeste hatte, auch wenn er das nicht ahnen konnte. Tatsächlich war es das gleiche Lächeln, mit dem sie seinerzeit dem Steuerfahnder mitgeteilt hatte, dass sie sich nichts aus Geld mache.

„Und wie kam es dann, dass Sie ihr Lehrling wurden?", wollte Little wissen.

„Das war erst ein Jahr später." Ein lang gezogenes Schnarchen entwich Bolzenglas' faltigen Lippen, und Tau-Tau musste lauter sprechen. „Ich arbeitete weiter im Finanzamt, aber ich konnte Celeste einfach nicht vergessen. Ihre überragende Hellsichtigkeit ging mir nicht mehr aus dem Kopf. Bis der Zirkus das nächste Mal in die Stadt kam, war ich mir über meine wahre Bestimmung klar geworden. Ich suchte Celeste erneut auf und fragte sie, ob sie mir alles beibringen wolle, was sie über das Zweite Gesicht und die Heilkunst wusste. Anfangs war sie strikt dagegen. Schließlich erkannte sie, das nehme ich jedenfalls an, dass sich meine schlummernde Begabung nicht wegdiskutieren ließ und dass sie immerhin das Privileg für sich in Anspruch nehmen konnte, diejenige zu sein, die meinen künftigen Ruhm beförderte. Aber ach, es war mir nicht vergönnt, lange bei ihr in die Lehre zu gehen. Als sie starb, hatte ich gerade mal die Grundausbildung absolviert, die darin bestand, ihr Pferd zu versorgen und ihren Wohnwagen anzustreichen. Doch mit Trübsalblasen kommt man bekanntlich nicht weiter. Außerdem waren nach ihrem Tod meine Künste umso mehr gefragt. Ich nannte mich Doktor Tau-Tau, ein Name, der noch aus meinem Aufenthalt auf der Insel Sulawesi stammte, und nahm ihren Platz im Zirkus Oscuro ein. Weil Barty Fumbles Verstand verwirrt war und sein kleiner Sohn … und du ja noch klein warst, erbte ich ihre Tagebücher und konnte mit ihrer Hilfe meine Ausbildung fortsetzen."

„Aber Sie haben die Tagebücher nicht mehr", sagte Miles.

„Ach ja, ach ja", seufzte Doktor Tau-Tau. Er flüsterte jetzt und drehte sich ängstlich nach dem Fenster um, als vermutete er draußen irgendwelche Lauscher. „So mörderisch war der Zorn des Großen Cortado, dass ich den Zirkus Hals über Kopf verlassen musste. Die Tagebücher waren in Celestes Familie von einer

Generation an die nächste weitergegeben worden und enthielten jahrhundertealtes Wissen. Ihr Verlust war für mich eine Katastrophe. Auf meinen langen Reisen versuchte ich, mir meinerseits so viel Wissen wie nur möglich anzueignen. Ich hoffte jedoch inständig, dass ich eines Tages in den Zirkus zurückkehren und die Tagebücher noch in der Truhe verwahrt vorfinden würde, in die ich sie eingeschlossen hatte." Er seufzte abermals schwer. „Aber meine Hoffnung war vergebens. Die Bücher waren und sind spurlos verschwunden."

Miles wollte den Doktor eben fragen, weshalb der Große Cortado an diesem Abend im Publikum gesessen hatte, da riss Bolzenglas urplötzlich die Augen auf. „Wenn Sie die Tagebücher doch noch wiederfinden sollten", schnauzte der Forschungsreisende den Wahrsager an, „dann gehören sie dem Jungen, sonst sind Sie schneller wieder der ehemalige Steuerfahnder Noel Dank, als Sie zweimal schlucken können!" Er bohrte den Blindenstock in den blutroten Teppich und hievte sich aus dem Sessel. „Wie war das mit dem Abendessen?", fragte er. „Da draußen duftet's dermaßen lecker, dass mir meine Goldzähne, wenn wir nicht unverzüglich abmarschieren, aus dem Mund hopsen und ohne mich losgehen!"

22. Kapitel

Bibberich Guano

Der gestärkte, unbestechliche Bolzenglas von Arabien saß am Feuer und wischte mit einem Brocken Brot den letzten Rest Soße auf. Als sein Teller blitzblank war, rülpste er zufrieden und zog seine Pfeife hervor. „Ich habe schon mit Moguln geschlemmt und mit Königen gespeist“, verkündete er allen, die es hören wollten, „und ich kann mich nicht entsinnen, je besser gegessen zu haben. Ein Kompliment an den Koch. Möge sein Topf nie erkalten.“

„War mir eine Ehre“, sagte Gila.

„Ich bin hier der Koch!“, rief Umor. „Du kannst ja nicht mal ein Spiegelei braten!“

„Dafür weiß ich ein Kompliment zu würdigen“, konterte Gila. „Bleib du bei deinen Pötten, ich übernehme alles Übrige.“

„Wo wir herkommen“, warf Fabio ein, „verlangt ein gutes Essen nach einer guten Geschichte.“

„Ob ich euch da behilflich sein kann, weiß ich

nicht“, erwiderte Bolzenglas. „Die Geschichten krabbeln in meinem Hirn rum wie die Maden in einem faulen Appel. Aber sie werden schon so lange da drin durchgeschüttelt, dass eine den Schwanz von der nächsten verschluckt hat und es verteufelt schwer ist, sie auseinanderzuhalten.“

„Dann lassen Sie einfach alle raus!“, sagte Umor.

„Wir treiben sie wieder zusammen, wenn sie ausbüxen wollen“, versicherte Fabio.

Miles dachte an die vergilbten Zeitungsausschnitte, mit denen die Wände in Bolzenglas’ Haus gepflastert waren. Sie bargen bestimmt einen wahren Schatz an Geschichten. Auf einem Artikel sah man Bolzenglas im Eingang einer Herrschergruft stehen, auf einem anderen hing er in der Takelage eines Dreimasters, auf einem dritten schüttelte er einem ziegenbärtigen Würdenträger die Hand. Doch es war ein kleines, ausgeblichenes Bild, das Miles am spannendsten fand. Es zeigte einen viel jüngeren Bolzenglas, der vor einem gewaltigen Baum stand, bis auf die Haut durchnässt und mit einem dicken Verband um das linke Bein. Seine Miene war schwer zu deuten, doch was Miles’ Neugier besonders geweckt hatte, war der eigenartige Kopfputz des jungen Forschungsreisenden.

„Erzählen Sie uns von dem Helm mit der Spitze obendrauf“, bat er.

Bolzenglas fuhr herum. „Was für ein Helm? Was für eine Spitze?“

„Sie haben zu Hause ein Bild an der Wand. Darauf stehen Sie vor einem Baum und tragen einen Helm mit einem komischen spitzen Stachel obendrauf."

„So ein Bild hängt nicht bei mir", sagte Bolzenglas barsch.

Jetzt war Miles erst recht neugierig. „Doch. Es hängt in der Ecke über dem Holzmann mit dem Grasrock."

Bolzenglas rieb sich mit gelblichen Fingern das Stoppelkinn. „Über dem Holzmann? Hängt da nicht das Bild, auf dem ich im Hundeschlitten den Yukonfluss überquere?"

„Nein, das hängt gegenüber, neben Ihrer Ernennung zum Ehrendoktor für schmerzhafte Schwellungen."

„Da brutzle mich doch einer in Lebertran!", brummte Bolzenglas. „Es ist immer dasselbe mit diesen Bildern – man fühlt partout nicht, was drauf ist. Ich dachte, das Bild, das du meinst, hätte ich schon vor Jahren als Unterlage zum Kartoffelschälen benutzt und anschließend weggeschmissen."

„Dann erzählen Sie uns doch bitte von dem Helm mit der komischen Spitze", bat Gila.

„Wir mögen spitzfindige Geschichten", bekräftigte Umor.

„Du hast aber auch ein Talent, dir die härtesten Nüsse rauszupicken, kleiner Miles", knurrte Bolzenglas. „Und das auf dem Bild ist auch kein Helm, sondern eine Einkrone. Ich will euch erzählen, wie sie in meinen Besitz kam. Aber beschwert euch nicht, wenn euer Kopfkissen heut Nacht nur so von Albträumen wimmelt."

Er zündete seine Pfeife an und schmauchte eine Weile schweigend vor sich hin, während die Artisten es sich bequem machten. Eine spannende Geschichte weiß fast jeder zu schätzen, und wer auf der Straße zu Hause ist, schätzt dergleichen vielleicht am allermeisten.

„Als ich noch jung und voller Saft und Kraft war", hob Bolzenglas an, „da wohnte in unserem Dorf ein Bursche namens Bibberich Guano."

„Ulkiger Name", sagte Umor.

Bolzenglas richtete den blinden Blick auf den kleinen Clown. „Jeder von euch darf einmal unterbrechen!", rief er. „Einmal zu oft, und Ingrid erteilt euch eine Lektion."

„Wer ist Ingrid?", fragte Umor.

Eidechsenflink ergriff Bolzenglas seinen Stock und verpasste ihm eins vors Schienbein. „Das ist Ingrid!" Umor machte den Mund auf und wollte etwas erwidern. Schnell überlegte er es sich anders und machte den Mund wieder zu.

„Bibberich Guanos richtiger Name war Seamus Bolzenglas", fuhr Bolzenglas fort. „Er war der kleine Bruder meines Vaters, und er ließ schon als Kind erkennen, dass ihm die Schweinezucht nichts bedeutete. Als junger Spund lief er von zu Hause weg und blieb fünfzehn Jahre verschollen. Was immer er damals erlebt hat, es hat Rührei aus seinem Verstand gemacht. Er kam ganz verändert wieder. Auf dem Kopf trug er einen eigenartigen Helm, eine runde Metallkappe wie eine halbe Melone, aus der oben eine Spitze herausragte. Seamus verriet niemandem, was das für ein Helm war und wo er ihn herhatte, aber wenn ihm jemand das Ding abnehmen wollte, schrie er schrill wie eine Dampflok. So gaben die Leute es schließlich auf. Er hatte panische Angst vor geschlossenen Räumen und streunte stattdessen bei Wind und Wetter durch die Straßen, wobei er brüllte und sich schüttelte, als würde er von unsichtbaren Fledermäusen angefallen. Bald hieß er allgemein nur noch ‚Bibberich'."

„Und wieso Guano?", wollte Miles wissen.

„Weil er so roch. Er sonderte nämlich einen betäubenden Gestank nach Fledermausdreck ab, gegen den auch Seife und wiederholtes Schrubben nichts ausrichteten. Was auch sein Gutes hatte, denn auf diese Weise konnte er sich nicht unbemerkt anschleichen. Bibberich war bekloppt wie ein Schnitzel, und den Leuten war es ganz recht, wenn er sich schon von Weitem ankündigte.

Viele Leute im Städtchen fürchteten sich vor ihm, aber ich nicht. Ich war noch ein kleiner Stoppelhopser, aber ich hatte immer den Eindruck, dass er seine Kämpfe eigentlich mit sich selber austrug. An seinen ruhigeren Tagen erzählte er gern, und ich hörte ihm mit großen Ohren zu. Bibberichs Geschichten hatten weder Hand noch Fuß. Er fing immer damit an, dass er mir versprach, vom Goldsee zu erzählen. Doch irgendwie kamen wir nie dazu, auch wenn ich immer wieder versucht habe, das Thema darauf zu bringen. Mal erzählte er, wie er von acht Männern in Kupferrüstungen verfolgt wurde, ein andermal, wie ihn gelb gekleidete Mönche gelehrt hätten, aus Rauch Papier herzustellen. Aber wie wirr seine Geschichten auch waren, sie machten mich neugierig auf die unbekannte, wundersame Welt, die jenseits unseres engen Tales wartete. So kam auch ich zu dem Schluss, dass ich das Schweinezüchten mit Freuden anderen überlassen würde.

An meinem vierzehnten Geburtstag verließ ich Grubwater und ging zur Marine. Erst nach drei Jahren bekam ich Heimaturlaub, und einen Tag vor meiner Heimkehr starb Bibberich. Ich ahnte es schon, als Grubwater in Sicht kam. Es kam mir vor, als klaffte eine Lücke im Dorf. Bibberich hatte sich vor seinen Wahnvorstellungen auf einen Baum geflüchtet und dort oben zwischen Himmel und Erde den Geist aufgegeben. Ich habe ihn noch einmal besucht, als er im Bestattungsinstitut aufgebahrt war. Der Bestatter, der alte Roger Murtice, nahm mich beiseite. ‚Du bist der

Einzige gewesen, der sich mit dem alten Spinner abgegeben hat‘, sagte er und drückte mir ein schmutziges Bündel in die Hand. ‚Darum hab ich das hier für dich aufbewahrt.‘ Er schien froh, es loszuwerden.“

Bolzenglas machte eine kurze Pause und sammelte sich. „Ich könnte mir denken“, wandte er sich an niemand Bestimmten, „dass irgendwo in eurem Laden eine Pulle Gin rumsteht. Ich spüre einen Malariaanfall nahen. Ein Schluck desinfizierender Alkohol könnte ihn vielleicht noch verscheuchen.“

„Aber selbstverständlich“, sagte die Gräfin Fontainbleau. „Sei so gut, Little, und hol eine Flasche aus der Vitrine in meinem Wohnwagen. Pass aber auf, dass Eunice nicht ausbüxt. Sie ist ein bisschen erkältet, darum habe ich ihr erlaubt, sich auf mein Bett zu legen, wo sie es schön warm hat.“

Little huschte hinaus und Bolzenglas fuhr mit seiner Geschichte fort.

„Ich blieb etliche Jahre bei der Marine. Es war ein Abenteuer, das mich in fast jeden Winkel der Welt beförderte. Ich sammelte Erinnerungen, wie zaghaftere Zeitgenossen Briefmarken sammeln.“

Miles räusperte sich, behielt Ingrid argwöhnisch im Auge und wagte einzuwerfen: „Sie haben uns noch nicht erzählt, was in dem Bündel drin war.“

„Es hat ja keiner gefragt!“, schnauzte ihn Bolzenglas an.

„Jetzt schon“, erwiderte Miles.

„Es war natürlich die Einkrone, die sonderbare Kopfbedeckung, die Bibberich Guano Tag und Nacht trug und die seinen einzigen Besitz darstellte. Sie schien aus reinem Kupfer gefertigt zu sein. Sie war mit einem komplizierten Muster verziert und erweckte den Eindruck, als hätte sich jemand damit viel Arbeit gemacht. Ich hatte nicht die geringste Ahnung, wozu sie diente. Offen gestanden war ich ein bisschen enttäuscht." Bolzenglas richtete den trüben Blick auf Miles. „Wie hätte ich auch ahnen können, dass mir die Krone zweimal das Leben retten würde", sagte er leise. „Und dass sie mir dabei zweimal das Augenlicht rauben würde."

23. KAPITEL

Die Einkrone

Der durstige, tabakgebräunte Bolzenglas von Arabien hielt ein Streichholz an seine Pfeife und verschwand einen Augenblick hinter einer Qualmwolke. Irgendwo schrie ein Baby und eine Frau stimmte ein Schlaflied an. Es war schwül, Regen kündigte sich an.

„Wie hat Ihnen die Einkrone denn das Leben gerettet?“, fragte Gila.

Bolzenglas seufzte. „Ich hab das Ding jahrelang im Seesack mit mir rumgeschleppt und hatte es irgendwann ganz vergessen. Eines Abends besuchte ich in Fuera eine Hafenkneipe namens ‚Zum Alten Teerfass‘, wo ich öfter mit einem Stammgast, einem pensionierten Professor, Karten zu spielen pflegte. Er war ein sehr gelehrter Mann, in dessen Gesellschaft ich mich wohlfühlte. Nur seine Tochter fand ich offen gestanden wesentlich spannender. Sie war ein hübsches junges Ding namens Gertrude, gut gebaut und energisch. Sie holte ihren Vater oft in den frühen

Morgenstunden aus der Kneipe ab. Ich schätze, sie hatte auch auf mich ein Auge geworfen."

„Gertrude?", fragte Miles dazwischen. „War das etwa Lady Partridge?"

„Wer sonst, kleiner Miles?" Bolzenglas klopfte ihm wie zur Bestätigung mit dem Blindenstock ans Schienbein. Miles versuchte sich eine junge Lady Partridge vorzustellen, der ein junger Bolzenglas schöne Augen machte, aber es wollte ihm nicht recht gelingen.

„Das Kartenglück war mir in jener Nacht nicht besonders hold, und ich spielte, bis ich pleite war", fuhr Bolzenglas fort. „Ich kramte in meinem Seesack nach losem Kleingeld und hatte auf einmal Bibberich Guanos Einkrone in der Hand. Als der Professor sie sah, bat er mich, sie sich näher ansehen zu dürfen. ‚Ich weiß ja nicht, wo du das herhast, mein Freund', sagte er schließlich, ‚aber du ahnst offenbar nicht, was du da für einen Schatz besitzt.' Er bestand darauf, dass wir unverzüglich in seine Wohnung gingen, die bis zur Decke mit Büchern und Manuskripten vollgestopft war. Dort legte er die Einkrone unter eine helle Lampe und brachte die ganze Nacht damit zu, in irgendwelchen alten Wälzern zu blättern. Dabei brabbelte er vor sich hin, während ich noch stundenlang mit Gertrude schwatzte und schließlich in einem abgewetzten Ohrensessel einnickte.

Beim ersten Sonnenstrahl rüttelte mich der Professor wach. Er war hibbelig wie eine Grille auf der heißen Herdplatte. Er zeigte mir in seinen Büchern Symbole und Muster, die denen auf dem Helm glichen, und erläuterte mir, die Einkrone sei einer der wenigen noch erhaltenen Kultgegenstände des Dagat-Volkes."

„Des Wie-bitte-Volkes?", fragte die Gräfin Fontainbleau.

„Das Volk der Dagat lebte vor über hundert Jahren in der Hafenstadt Al Bab. Im Lauf etlicher Generationen hatten die Dagat den Hafen zu einem blühenden Handelszentrum ausgebaut. Doch eines Tages wurden sie von Piraten überfallen. Ihre Bollwerke wurden geschleift, und die kleine Schar, die von den Eindringlingen nicht abgeschlachtet wurde, ergriff mit so vielen Schätzen, wie ihr letztes Segelschiff fassen konnte, die Flucht. Das weitere Schicksal jener überlebenden Dagat ist nicht überliefert, aber zufällig hatte sich der Professor eingehend mit der Geschichte ihres Volkes befasst. Er hatte die Symbole auf der Einkrone sofort erkannt und ihm war aufgefallen, dass die Linien und Kreuze darum herum eine Art Landkarte darstellten. Er war der Überzeugung, dass die Dagat von Al Bab aus die Küste entlang nach Norden gesegelt waren und sich in den Mangrovensümpfen des Sindhu-Deltas versteckt hatten. Dort sei ihr Schiff gesunken oder sie hätten es selbst versenkt. Die Einkrone sei angefertigt worden, damit die Dagat ihre Schätze eines Tages wiederfinden konnten, falls es ihnen gelänge, am Leben zu bleiben."

„Und wozu dient die Spitze?“, fragte Fabio.

„Da war der Professor auch nicht ganz sicher. Er meinte, die Spitze könnte eine Art Sonnenkompass darstellen. Ich halte das Ding ja eher für eine praktische Waffe, obwohl ein guter Säbel bei einem Piratenüberfall vermutlich wirkungsvoller ist. Jedenfalls war der Professor der Meinung, er hätte genug Anhaltspunkte, um einen Forschungstrupp zusammenzustellen. Meine Dienstzeit bei der Marine war eben abgelaufen, und die Vorstellung, auf Schatzsuche zu gehen, schien mir entschieden verlockender, als mich noch einmal zehn Jahre lang rumkommandieren zu lassen. Ich malte mir aus, wie ich eines Tages mit Juwelen beladen und mit Ruhm bekleckert heimkehren und das Herz der reizenden Gertrude im Sturm erobern würde.

Zwar konnten weder der Professor noch ich ein solches Abenteuer finanzieren, aber da ließ sich mein alter Freund etwas einfallen. Zufällig war gerade ein junger Stutzer aus Larding namens Lord Partridge im Kronenhotel abgestiegen. Es hieß, er sei ein williges Opfer für jeden, der mit einem Plan aufwarten konnte, der Geld wie Treibsand schluckte. Das Gerücht beruhte auf Tatsachen. Der junge Lord saß auf dem Balkon beim Frühstück und mampfte Marmeladentoast. Nach einer halben Stunde zückte er sein Scheckbuch und aus seinem Füllfederhalter quollen Nullen wie die Bläschen aus einem Goldfischmaul.

Ich heuerte zwei mit allen Wassern gewaschene Seebären an und charterte mit Partridges Geld ein kleines Segelschiff. Ehe die Woche um war, hatte ich den Kahn bis unter die Schandeckel mit Ausrüstung und Proviant beladen und dem Professor geholfen, eine Kiste mit Büchern und Karten an Deck zu hieven. Irgendwie bekam auch ein Reporter der Lokalzeitung Wind von unseren Plänen. Ein Milchbubi namens Tenniel mit Ohren wie Kannenhenkel – ich seh sein Gesicht noch vor mir, als wär's gestern gewesen. Einen Tag vor unserer Abfahrt stand unsere Expedition auf der Titelseite, und am nächsten Morgen war der Kai so schwarz vor Menschen, dass man nicht auf den Boden spucken konnte.

Gertrude war natürlich auch da, um uns zu verabschieden, und unser stolzes Schiff segelte dem Morgenrot entgegen. Die Expedition hatte nur fünf Teilnehmer. Einmal mich, dann den Professor mit seinen Büchern und Karten, die beiden Seeleute Gannet und West sowie den jungen Tenniel von der Zeitung. Er hatte darauf bestanden, dass die Unternehmung dokumentiert und fotografiert werden müsse, und ich plante ihn insgeheim als zusätzliche Hilfskraft ein.

Wir kreuzten vor einem kräftigen Wind und sahen am Mittag des dritten Tages die Mangrovensümpfe wie eine graugrüne Schliere am Horizont liegen. Anfangs waren die Flussarme breit und es gab keine Hindernisse. Aber schon bald wurden sie flach und waren voller Stelzwurzeln, sodass wir Anker werfen und in unserem kleinen Beiboot weiterrudern mussten. Die Bäume bildeten ein verschlungenes Dickicht und hinter jedem Wassergekräusel vermuteten wir ein hungriges Krokodil. Darum kamen wir nur langsam voran. Der Professor brütete über seinen Büchern und untersuchte die Einkrone mit der Lupe. Ab und zu wies er uns an, in einen bestimmten Flussarm hineinzufahren, oder dirigierte uns wieder zurück, um einen anderen auszuprobieren. Er hatte sich Sumpffieber eingefangen und ich hegte den Verdacht, dass er sich allmählich auch nicht mehr auskannte.

Am dritten Tag hatte er hohes Fieber und unser Proviant war so gut wie aufgebraucht. Ich dachte schon, das Glück hätte uns vollends verlassen, und verfluchte mich selbst, so schlechte Vorbereitungen für eine längere Suche getroffen zu haben. Doch dann entdeckte ich eine Insel, auf der ein großer Baum stand. Wir legten an und gingen an Land. Der Professor bibberte wie Götterspeise. Die Einkrone fiel ihm aus der Hand und wäre beinahe ins Wasser gerollt. Deshalb nahm ich sie vorsichtshalber an mich. So wie die Dinge standen, hielt ich es für angebracht, den Professor zu fragen, wonach er eigentlich suchte. Ich nahm nicht an, dass er noch bis ans Ziel durchhalten würde." Bolzenglas beugte sich vor und senkte die Stimme, und sämtliche Köpfe um das Lagerfeuer beugten sich ebenfalls vor, wie Glasstückchen, die in einem Kaleidoskop zusammenrutschen.

„Der Professor schmunzelte nur und meinte, wenn er kräftig genug wäre, um aufzustehen, könnte er mir den versunkenen Schatz mit einem Steinwurf bezeichnen. Er wies mich an, um den Baum herumzugehen, und ich staunte nicht schlecht, als ich auf einmal in einem wahren Paradies stand. Inmitten der stinkenden Flussarme lag eine Lagune mit kühlem, sauberem Wasser. Die Sonne ließ die Oberfläche funkeln wie lauter Diamanten, und schneeweiße Stelzvögel staksten durch das seichte Wasser am Ufer. Ich musste an meinen Onkel Seamus denken. Ob er als junger Mann auch hier gestanden hatte? Was war damals geschehen, dass aus dem unerschrockenen Abenteurer ein von Wahnvorstellungen gepeinigter Kranker geworden war?

Ich befahl Gannet und West, Ausschau nach Krokodilen zu halten, und watete in die Lagune hinein. Das Wasser war nicht tief, und ich war drauf gefasst, mir jeden Augenblick den großen Zeh an einem Goldbarren oder einem kostbaren Pokal zu stoßen. Als mir das Wasser bis ans Kinn reichte, setzte ich meine Taucherbrille auf und holte tief Luft. Ich sah sofort, dass der Professor Recht gehabt hatte, und mein Herz schlug höher. Links und rechts von mir ragten vermoderte Spanten aus dem schlammigen Grund wie die Rippen eines Ungeheuers. Ich bückte mich und bohrte die Hand in den weichen Boden, ganz behutsam, um den Schlamm nicht aufzuwirbeln. Leider entdeckte ich nichts, keine Münze, keinen Becher, nicht mal ein künstliches Gebiss. Ich tauchte richtig hinunter, grub noch an anderen Stellen, aber zwischen den Spanten lag kein Teppich aus Goldmünzen, die Wasserpflanzen bargen keine Juwelen. Ich war entmutigt. Es lag auf der Hand, dass schon jemand anders, und vielleicht nicht nur einer, nach dem Wrack getaucht war und dass vom sagenhaften Reichtum der Dagat kein Hosenknopf mehr übrig war.

Ich hörte Gannet rufen, aber bevor ich begriff, worum es ging, packte mich etwas unterm Knie am Bein und schleuderte mich brutal herum. Ich wurde wie ein Pfannkuchen hin- und hergewendet und unter Wasser gezogen. Ein großer, schuppiger Fuß landete auf meiner Brust, die Luft sprudelte aus meiner Lunge. Ein Krokodil hatte mein Bein im Maul und glotzte mich mit gelben Augen an. Ich dachte schon, mein letztes Stündlein hätte geschlagen, da fiel mir die Einkrone ein, die ich an meinem Gürtel befestigt hatte."

Bolzenglas unterbrach sich und rieb sich die linke Wade. „Komischerweise tat mir das Vieh richtig leid, als ich ihm die Spitze ins Auge rammte. Ich war auf der Jagd nach einem Phantomschatz, das Krokodil hatte einfach nur Kohldampf. Wie erwartet, tat der gut gezielte Stoß seine Wirkung. Das Vieh ließ mich los, aber mein Bein war im Eimer. Die Narben sind mir geblieben. Sieht aus, als hätte mich ein geisteskranker Büchsenöffner angefallen."

Bolzenglas von Arabien krempelte das Hosenbein hoch. Die Narben auf seinem Schienbein glänzten im Feuerschein und das erschrockene Publikum schnappte nach Luft. Miles beugte sich gespannt vor. Unwillkürlich streckte er die Hand nach dem lädierten Bein des Alten aus. Plötzlich begann sich alles um ihn herum zu drehen. Das ferne Donnergrollen wurde leiser und erstarb, das Getuschel der Zirkusleute verklang zu dumpfem Rauschen. Ihm wurde ganz leicht, wie an dem Morgen, als er Dulac Zipplethorpe das Blut aus dem Gesicht gewischt hatte. Er hörte Bolzenglas nur noch wie durch Watte.

„... plagt mich seit damals jeden Tag, morgens, mittags und ..." Der Alte verstummte. Miles nahm die Hand weg und setzte sich wieder aufrecht hin. Ihm war schwindlig und er fürchtete, von seinem Baumstamm zu kippen. Als er die Augen wieder öffnete, sah er, wie Bolzenglas seinen Unterschenkel betastete. „Da grill mir einer ein Gnu! Das verflixte Bein tut mit einem Mal überhaupt nicht mehr weh! Das gab es noch nie!" Der Alte streifte die Hose wieder herunter und streckte das Bein lang aus. Sein Kniegelenk knackte wie ein ferner Pistolenschuss.

„Wie sich herausstellte, hätte ich dem Vieh lieber

gleich den Rest geben sollen“, erzählte er weiter. „Gannet und West zogen mich aus dem Wasser. Gannet holte den Erste-Hilfe-Kasten und verband mein Bein. Als er fertig war, bestand der junge Tenniel darauf, dass ich mich unter dem Baum fotografieren ließ. Er schraubte noch an seiner Kamera rum, da kam ich plötzlich auf die Idee, die Einkrone aufzusetzen. Das Ding hatte mir grade das Leben gerettet, vielleicht brachte es mir Pechvogel Glück. Zu meiner Verwunderung passte mir die Krone wie angegossen. Ich hatte schlimme Schmerzen, aber ich stellte mich mit der Einkrone auf dem Kopf unter den Baum, und Tenniel schoss sein Foto.“

Der Donner grollte und Bolzenglas grollte zur Antwort wie ein Hund, der ein Wildschwein wittert. „Wie es allerdings dazu kam, dass das Bild veröffentlicht wurde, ist mir schleierhaft“, sagte er, „denn nicht einer meiner Gefährten, Tenniel inbegriffen, kehrte wieder heim.“

24. Kapitel

Zweimal hintereinander

Der vom Blindenstock weich geklopfte, gespannt die Ohren spitzende Miles Wednesday spürte, wie Mandarine zappelte. Das Bärchen wollte den abgewetzten Kopf in die Nachtluft strecken. Weil Mandarine eine spannende Geschichte genauso schätzte wie jeder andere, steckte Miles vorsichtshalber die Hand in die Tasche, damit der Bär vor lauter Aufregung nicht ganz herauskletterte. Mit jedem Wort von Bolzenglas' Erzählung wurde Miles' Abenteuerlust größer. Der blinde Forschungsreisende hatte ihn mit seinem Fernweh angesteckt und die Seeluft in Fuera hatte es noch verstärkt. Das Fernweh hatte ihn schon von seinem Fass auf dem Hügel fortgeführt, und er ahnte, dass es ihn und Little noch an Orte verschlagen würde, die er sich momentan noch gar nicht richtig vorstellen konnte.

„Ich ordnete an, dass wir auf der Insel übernachten und erst am Morgen zurückfahren sollten", fuhr

Bolzenglas fort. „Wir entfachten ein kleines Feuer, um uns die Nacht vom Leibe zu halten, und West ging mit einem Topf am Ufer der Lagune Wasser holen. Das war leichtsinnig. Das verwundete Krokodil lauerte im seichten Wasser, sprang heraus und packte ihn, ehe er noch ‚Piep' sagen konnte. Gannet griff zum Gewehr, aber das Vieh war schon untergetaucht: West war und blieb verschwunden.

Danach mochte niemand auf dem Boden schlafen. Wir hievten den Professor auf den Baum und kletterten hinterher. Gannet schwieg und der Professor kam nur hin und wieder zu sich, je nachdem, ob das Fieber stieg oder sank. Ich selber tat die ganze Nacht kein Auge zu. Als der Morgen graute, kletterte ich in den Wipfel hoch und sah mich um.

Über mir grollte Donner, der Himmel war bleigrau. Vor lauter Erschöpfung kam ich jedoch gar nicht auf die Idee, dass es eher unklug war, bei Gewitter einen Kupferhelm zu tragen, zumal auf einem hohen Baum. Der Regen kam wie eine schmuddelige Gardine herangeweht und ich spähte zu den violetten Wolken hinauf. Im selben Augenblick fuhr ein Blitz auf mich nieder. Da begriff ich, dass der Träger der Einkrone für das Glück, das sie ihm brachte, einen hohen Preis zu zahlen hatte."

Miles sah zu Little hinüber. Sie blickte angestrengt ins Feuer, als wollte sie lieber nicht hören, was jetzt kam. Sie hatte Tränen in den Augen.

„Der Blitz traf mich wie ein glühender Schmiedehammer, ich verlor den Halt und blieb mit dem Kopf nach unten in der qualmenden Baumkrone hängen. In mir summte es wie in einem Bienenstock. Meine Begleiter hatte der Einschlag in den Sumpf geschleudert, sie hatten kaum etwas abbekommen. Mich mit meinem Kupferhelm dagegen hatte es voll erwischt. Ich war so gründlich durcheinander wie ein heruntergefallenes Kartenspiel und bereiste noch lange die Lande, die mir Bibberich Guano in seinen wüstesten Geschichten beschrieben hatte. Ich hörte die Felsen unter meinen Füßen heulen, konnte Tage nicht mehr von Stunden, Sekunden nicht mehr von Wochen unterscheiden. Ich stellte fest, dass ich auf einem Auge blind war. Trotzdem pries ich mich glücklich, noch am Leben zu sein. Unser Beiboot hatte der Blitz in Schutt und Asche gelegt. Ohne Karten und Kompass drangen wir immer tiefer in den uferlosen, sumpfigen Urwald vor. Der Professor starb, zum Skelett abgemagert und vom Fieber verzehrt. Der Proviant war längst aufgebraucht. Wir löschten unseren Durst mit Regenwasser, das sich in großen Blättern gesammelt hatte, und ernährten uns von den darin ertrunkenen Insekten. Irgendwann dämmerte mir, dass wir gar nicht mehr im Urwald waren, sondern in einer spärlich bewachsenen, endlos weiten Wüstenlandschaft. Wie lange wir durch Staub und Sand stapften, weiß ich nicht, aber eines Tages ereilte uns ein gewaltiger

Sandsturm. Danach waren Tenniel und Gannet verschwunden.

Mutterseelenallein streifte ich durch eine Welt, die den Teufel das Fürchten gelehrt hätte, und vergaß Weg und Ziel. Nachts steckte ich die Einkrone verkehrt herum in den Sand, morgens hatten sich darin ein paar Schlucke Tau gesammelt. Ich stolperte von einer Oase zur nächsten, von einem Busch zum anderen und verschlang jede Wurzel und jede Nuss, die ich fand. Einmal erlegte ich eine streunende Ziege, die sich bei einem Gewitter erschreckt und verlaufen hatte. Aber in der Wüste gibt es kein größeres Verbrechen als das. Als mich der Besitzer eingeholt hatte, erklärte er mir mit überschwänglicher Höflichkeit, er müsse mir leider den Kopf abschlagen, sobald er sein Kamel getränkt habe. Ich setzte die Einkrone auf, weil ich die verwegene Idee hatte, ihm weiszumachen, ich gehörte einem verarmten Königshaus an, dessen Vorrecht es sei, streunende Ziegen zu erlegen. Dieser Einfall rettete mir tatsächlich das Leben, wenn auch anders als gedacht, und zum Lohn für ihre Dienste raubte mir die Einkrone auch noch das andere Auge."

Bolzenglas kramte nach seiner Pfeife. Seine Hand zitterte dabei so heftig, dass ihm die Pfeife ins Gras fiel. Little hob sie auf. Sie streichelte dem Alten das knochige Handgelenk und er beruhigte sich ein wenig.

„Es heißt, der Blitz schlägt nie zweimal hintereinander auf demselben Fleck ein, aber ich habe mich noch nie um irgendwelche Regeln geschert. Der Wind hatte aufgefrischt, und kaum hatte ich die Einkrone aufgesetzt, erwischte mich wieder ein Blitz. Er zog mir die Schuhe aus und schmolz den Sand um mich herum zu Glas, dafür brachte er mich wieder zu Verstand. Zum ersten Mal seit Monaten wusste ich wieder, wie ich hieß und wo ich herkam. Doch die Hitze hatte mein gesundes Auge gekocht wie ein Ei, sodass ich nur noch Weiß sah.

Der empörte Ziegenhirt führte lautstark ein längeres Zwiegespräch mit seinem Gott, und der teilte ihm offenbar mit, ich hätte meine gerechte Strafe bekommen. Daraufhin galt das Gesetz der wüstenüblichen Gastfreundschaft. Der Mann wurde mein Gastgeber und Beschützer und brachte mich nach Al Bab zurück, obwohl er eigentlich ganz woanders hinwollte. Er buchte mir eine Überfahrt nach Fuera und bezahlte sie aus seiner eigenen Tasche. Kaum war ich wieder an Land, tappte ich schnurstracks zum Haus des Professors, um Gertrude die Nachricht vom Tod ihres Vaters zu überbringen und sie um Verzeihung zu bitten, dass ich daran mitschuldig war."

Little drückte Bolzenglas' Hand und trocknete sich mit dem Ärmel die Augen. „Es war nicht Ihre Schuld", widersprach sie. „Der Professor hatte die Expedition selbst vorgeschlagen."

„Trotzdem war ich für ihn verantwortlich. Ich hätte ihn seiner Tochter wohlbehalten zurückbringen sollen. Aber mich erwartete die nächste böse Überraschung. Ich musste feststellen, dass ich drei Jahre lang fort gewesen war und dass man uns allesamt für tot erklärt hatte. Gertrude hatte diesen Hanswurst Partridge geheiratet und die beiden waren auf seinen noblen Landsitz in Larding gezogen. Ich übermittelte ihr brieflich mein Beileid und machte mich wieder auf den Weg. Blindheit hin oder her, ich kannte es nicht mehr anders. Ich habe Gertrude nie wiedergesehen, bis sie nach vielen, vielen Jahren plötzlich mit einem Trupp Polizisten vor meiner Tür stand und wir uns aufmachten, um nach eurem Verbleib zu forschen. Erst da erfuhr ich, dass sich Partridge schon vor längerer Zeit mit einem Pudding selbst in die Luft gejagt hatte."

„Das Reisen muss Ihnen ohne Ihr Augenlicht doch viel schwerer gefallen sein", warf Little ein.

„Das dachte ich anfangs auch, aber ich irrte mich. Eine ganz neue Welt tat sich mir auf. Was man riecht, hört und spürt, ist vielfältiger als alles, was das Auge je erblickt. Ich kann das Herz eines Rehbocks schlagen hören, ehe der Jäger das Wild durchs Fernglas sieht, und ich schmecke, wann es dunkel wird. Wenn es nachts ganz still ist, höre ich den Mond über den Himmel ziehen. Wenn man nichts mehr sehen kann, erwacht die Welt erst zum Leben, meine Kleine."

„Was wurde aus der Einkrone?“, erkundigte sich Miles. „Ist sie noch in Ihrem Besitz?“

„Kann sein, kann auch nicht sein.“ Der Alte schob den Unterkiefer vor. „Offen gestanden bin ich nicht besonders scharf auf das Ding. Das eine Ende ist spitz genug, um einem die Augen auszustechen, und das andere Ende scheint diese Aufgabe nicht minder gut zu erledigen.“

„Hatten Sie denn nach dem ersten Blitzschlag gar keine Bedenken, die Krone wieder aufzusetzen?“

Bolzenglas langte schlangenflink herüber und packte Miles’ Handgelenk. Er beugte sich so weit vor, bis er dem Jungen fast die Nase ins Gesicht bohrte, und erwiderte: „Manchmal ist es die beste Verteidigung, der Gefahr mutig in den Rachen zu greifen. Hätte ich das verflixte Ding nicht aufgesetzt, wär ich im Handumdrehen meinen Kopf los gewesen, und wie sollte ich dann jetzt auf einem Baumstamm sitzen und Geschichten erzählen, hm, kleiner Miles?“

25. Kapitel

Die Heugabelbrigade

Die unternehmungslustige, sonnengestreifte Little Himmelskäfer schenkte im vollgestopften Wohnwagen der Bolsillos aus einer verbeulten Silberkanne starken schwarzen Kaffee aus. Der Wagen rumpelte und schwankte dem Gebirge entgegen. Little schwankte im Takt mit und verschüttete keinen Tropfen. Bolzenglas hatte im Zirkus übernachtet, und am Morgen hatten ihn Miles und Little bis an die Tür seines weiß getünchten Hauses gebracht. „Eins wüsste ich noch gern“, hatte er gerufen und sich nach den beiden umgedreht, als die Tür aufschwang, „hat euch meine kleine Gutenachtgeschichte Albträume beschert?“

„Ja“, erwiderte Miles, „aber spannende.“

Bolzenglas kicherte. „Die Abenteuerlust hat's dir demnach nicht verschlagen.“

„Es hat *Sie* ja auch nicht von weiteren Forschungsreisen abgehalten, dass Ihnen ein Krokodil das Bein zerfleischt hat.“

„Da hast du allerdings Recht, und dabei fällt mir wieder ein …“ Der Alte dämpfte verschwörerisch die Stimme. „… ich weiß ja nicht, was du gestern Abend mit meinem Bein angestellt hast, kleiner Miles. Aber die Schmerzen, die mich seit vierzig Jahren gepeinigt haben, sind wie weggeblasen.“

„Ich habe gar nichts gemacht“, wehrte Miles ab, wusste aber genau, dass die Bolsillo-Brüder das anders sehen würden.

„Wie du meinst“, brummte Bolzenglas, „jedenfalls hab ich jetzt ein Bein wie ein Zwanzigjähriger. Es wird noch so manchen Schritt tun müssen, um meine übrigen ollen Knochen einzuholen. Ja, ich denke sogar drüber nach, ob es nicht noch für ein allerletztes Abenteuer reicht. Vielleicht machen wir uns alle gemeinsam auf, wenn ihr das Zirkusleben satthabt, hm?“

„Das wäre schön“, sagte Miles.

„Und vielleicht wirfst du ja bei Gelegenheit auch mal einen Blick auf diese ollen Augen“, fuhr der Alte fort, aber dann schienen ihm auf einmal Zweifel zu kommen. „Wenn ich's recht bedenke, vielleicht lieber doch nicht. Dann müsste ich mich ja vor jedem Spiegel in Acht nehmen.“

Nun saß Miles schweigend da, ließ sich vom Schaukeln des gefederten Wagens einlullen und dachte über das Heilertalent nach, das ihm seine Mutter vererbt hatte. Was hatte der Schrumplige noch gesagt? „Du hast die strahlenden Hände, *buhall.*“ Konnte es sein, dass man anderen so viel Lebenskraft abgab, dass für einen selbst nicht mehr genug übrig blieb? Den Jungen schauderte es. Unterdessen war es merklich kälter geworden, und zum ersten Mal seit ihrer Abfahrt freute er sich auf die weichen Betten und warmen Mahlzeiten bei Lady Partridge. „Bald ist es so weit!“, raunte er Mandarine zu und spürte, wie der Bär wortlos nickte.

Der Zirkus rumpelte weiter durch die gebirgige Landschaft und schlängelte sich träge bergauf. Miles hatte die Zügel übernommen, während Fabio ein Nickerchen hielt. Er saß auf dem Kutschbock und versuchte, Fabios Pfeifen und Zungenschnalzen nachzuahmen. Am späten Nachmittag erreichten sie den Pass und Miles wurde bewusst, dass es schon fast ein Jahr her war, dass er und Little diesen Weg auf der Suche nach Silverpoint und Mandarine in umgekehrter Richtung eingeschlagen hatten. Zu seinen Füßen lagen die terrassenförmigen Weinberge und das gelbe Sonnenblumenmeer, die sie hoch zu Tiger durchquert hatten. Dahinter erhob sich der dunkelgrüne Wald, der die Straße nach Hayding säumte. Ob wohl der Tiger irgendwo dort durchs Unterholz streifte oder am Ufer eines Bächleins darauf lauerte, dass ein dicker Fisch vorbeigeschwommen kam?

Fabio und Gila lösten Miles ab und es ging wieder talwärts, hinein in die Abendsonne. Hin und wieder kamen sie an ein paar Bauern und Knechten vorbei. Die Männer trugen Heugabeln und dicke Knüppel und durchkämmten zielstrebig Weinstöcke und Sonnenblumen.

„Ist ja noch ganz schön viel Landvolk unterwegs“, bemerkte Fabio.

„Wen hast du denn erwartet?“, fragte Gila, „Bankangestellte?“

„Vogelscheuchen“, gab Fabio zurück. „Die Bauern müssten doch längst beim Abendessen sitzen.“

Die Straße wand sich nun durch die Weinberge, die nach und nach in Sonnenblumenfelder übergingen. Der Zirkuszug zuckelte durch die Reihen der riesigen Blumen, deren gesenkte Köpfe wie tatterige Großmütter vor sich hin nickten. Der dunkle Waldsaum rückte immer näher, bis es schließlich keine Sonnenblumen mehr gab und sie an eine Wiese kamen.

„Hier übernachten wir“, befand Fabio.

„Einverstanden“, sagte Umor. „Die Pferde sind fix und alle.“

„Wie jetzt? Wenn sie alle sind, sind sie doch nicht mehr fix!“

Sie bogen auf die Wiese ein. Die anderen Wagen und Zugmaschinen fuhren hinterher und stellten sich in einem schiefen Kreis auf. Die Zirkusleute ließen sich ins weiche Gras fallen, gähnten und reckten die von der langen Fahrt steifen Glieder. Die Zugpferde seufzten abgrundtief und schlugen mit den Schwänzen nach Mücken. Little trällerte wie eine Amsel, Mandarine drehte sich im Schlaf um und träumte, was Stoffbären in warmen Jackentaschen eben so träumen. Umor baute aus Feldsteinen eine Feuerstelle, Fabio schirrte die Pferde ab und Gila füllte Heu in die Futterbeutel.

„Was haben die Bauern eigentlich gesucht?“, überlegte Miles laut, bückte sich und blies ins Feuer, während Umor Reisig auflegte.

„Vielleicht ihre verlorene Kindheit?“, erwiderte Umor.

„Oder eine verlorene Kartoffel“, meinte Gila.

„Frag sie doch selber“, sagte Fabio.

Miles drehte sich um und sah einen Trupp Männer anrücken. Sie schwenkten drohend allerlei bäuerliche Gerätschaften.

„Wer seid ihr?“, polterte ein vierschrötiger Glatzkopf mit einer mächtigen Heugabel, die länger war als er selbst.

„Wenn man fragen darf“, setzte ein zweiter, hochgewachsener Mann hinzu.

Fabio schaute vielsagend auf die Aufschrift: „Der grandiose Zirkus Bolsillo“, die in riesengroßen Lettern auf dem Wohnwagen hinter ihm prangte.

„Ich bin Fabio Bolsillo“, stellte er sich vor, „und das hier ist der grandiose Zirkus Bolsillo.“

Der Mann mit der Heugabel gab ein ungehaltenes Brummen von sich. „Hier treibt ein Teufel sein Unwesen!", verkündete er. „Seid ihr ihm vielleicht begegnet?"

„Es ist kein Teufel, sondern ein Riesenpavian", berichtigte ihn sein hochgewachsener Kumpan. Er hatte struppiges, karottenrotes Haar und eine Hakennase.

„Also ich hab gehört, es ist ein Yeti", sagte ein Dritter. Die anderen drehten sich um und warfen ihm böse Blicke zu. „Oder so was Ähnliches", sagte er kleinlaut.

„Wie sieht euer Teufel denn aus?", erkundigte sich Miles und ahnte die Antwort schon.

„Selber haben wir ihn noch nicht gesehen", erwiderte Hakennase, „aber groß und zottelig soll er sein, mit Zähnen wie Zaunpfosten."

Miles räusperte sich vernehmlich. „Und wo ist er zuletzt aufgetaucht?"

Diesmal antwortete der Vierschrötige. „Er hat heut Nachmittag in Hayding 'nen ganzen Hühnerstall leer geputzt. Dann ist er in den Wald abgehauen, in unsere Richtung. Wenn er sich auf unseren Feldern blicken lässt, wird es ihm noch leidtun!" Seine Kumpane sahen eher aus, als hätten sie Zweifel, wem es am Ende leidtun würde.

„Er hat bestimmt bloß Angst", sagte Miles. Ihm war nur ein einziges Lebewesen bekannt, auf das die Beschreibung der aufgeregten Bauern passte, und er fürchtete, dass sie es so in die Enge treiben könnten, dass es durchdrehte. Wenn das Zero jemanden ernsthaft verletzte, würde er es nicht noch einmal vor dem Volkszorn retten können.

„Vor den Hühnern hatte er offenbar keine Angst“, wandte Hakennase ein. „Wenn ich das mal so sagen darf“, setzte er hinzu.

„Was wisst ihr denn über ihn?“, fragte der Glatzkopf argwöhnisch.

„Er war mal bei unserem Zirkus“, sagte Fabio.

„Ist aber in Frührente gegangen“, sagte Gila.

Der Glatzkopf ließ den Blick über die bunten Wohnwagen wandern, als sei es seine Pflicht – als oberster Heugabelträger – zu überprüfen, ob es sich tatsächlich um einen Zirkus handelte. Seine Inspektion wurde von Motorengebrumm gestört und er drehte sich ungehalten um. Ein klappriger Mannschaftswagen der Polizei kam die Landstraße entlanggebraust. Als er nun scharf bremste, stieg eine gelbliche Staubwolke auf. Die ganze Windschutzscheibe war so dick eingestaubt, dass man sich kaum vorstellen konnte, dass der Fahrer noch etwas sah. Als der Betreffende sich aus dem Fenster lehnte, erkannte ihn Miles sofort. Es war Sergeant Bramley. Er hatte sein amtliches, mürrisches Polizistengesicht aufgesetzt, das sogar die ärgerliche Miene des Glatzkopfs in den Schatten stellte.

„He, ihr!“, wandte sich der Sergeant an die Bauern. „Sollt ihr nicht die Felder und Gräben durchkämmen?“ Dann erblickte er Miles und hob erstaunt die Augenbrauen. „Der kleine Wednesday“, begrüßte er den Jungen mit knappem Nicken, zog den Kopf wieder ein, steckte ihn aber gleich wieder aus dem Fenster. „Lady P. würde sich gern kurz mit dir unterhalten, junger Mann“, verkündete er. Eine rotbraune Katze lugte unter seinem Doppelkinn hervor. Miles lief um das Auto herum und tatsächlich – in dem zerbeulten Gefährt thronte Lady Partridge so würdevoll wie in einer vergoldeten Karosse. Sie trug denselben schwarzen Seidenkimono, den sie schon seit Jahren nicht mehr abgelegt hatte. Seit sie wieder in ihr Herrenhaus umgezogen war, hatte sie sich außerdem angewöhnt, ausladende Hüte aufzusetzen, die in dem engen Baumhaus unpraktisch gewesen wären. Das Exemplar, das sie heute ausführte, war mit Pfauenfedern gespickt, und sie erinnerte an einen vorzeitlichen, mit roten Drachen geschmückten Baum.

„Tag, Lady Partridge!“, rief Miles vergnügt.

„Miles! Das ist ja eine Überraschung!“, erwiderte Lady Partridge strahlend. „Du siehst richtig zünftig aus! Hoffentlich finden wir bald mal eine ruhige Minute, dann musst du mir alle deine Abenteuer berichten. Aber momentan haben wir leider Dringlicheres zu erledigen. Ihr habt ja wohl schon gehört, dass unser etwas atavistischer Gast ausgebrochen ist.“

„Meinen Sie das Zero?“, fragte Miles. Es war ihm peinlich, dass er nicht wusste, was „atavistisch“ bedeutete, schließlich war er in Lady Partridges Lexikon längst über ‚A' hinausgekommen. Aber anscheinend war sein Bücherwissen von seinen Erfahrungen mit sonderbaren Männlein in stockfinsteren Höhlen und einem Zauberer, der sich niemals wusch und ihn allabendlich mit Messern bewarf, verdrängt worden.

„Leider ja", antwortete Lady Partridge. „Irgendwann heute Nacht ist es entwischt, und ich hoffe inständig, dass wir es rechtzeitig finden. Man weiß nie, was ein verängstigter Bauer mit einer Heugabel für Schaden anrichtet, vor allem an der eigenen Person."

„Darf ich mitkommen?", fragte Miles.

„Unbedingt! Wenn wir das Zero aufstöbern, erinnert es sich vielleicht an deine Stimme, falls es überhaupt ein Erinnerungsvermögen besitzt. Es ist zwar ein ausgesprochen riskantes Unterfangen, aber hinter mir sitzen etliche kräftige Polizisten, die uns dabei sicher gern behilflich sind. Sobald sie sich aus dem Netz befreit haben, in das sie sich unterwegs verheddert haben."

„Dann gehe ich schnell Little holen", sagte Miles.

„Aber beeil dich", entgegnete Lady Partridge, „es wird bald dunkel."

Miles lief los. Er hielt nach dem Wohnwagen der Toki-Schwestern Ausschau. Als er an Doktor Tau-Taus Wagen vorbeiging, bekam er einen Schreck, weil der rotgesichtige Wahrsager wie ein Springteufel im Schlafrock aus der Tür trat. Miles hatte ihn seit der Abfahrt aus Cnoc nicht mehr zu Gesicht bekommen und angenommen, dass er sich in seinen Wohnwagen verkrochen hatte, weil seine Heimatstadt nicht weit war. „Sieh da, Meister Wednesday!“, begrüßte ihn Tau-Tau überschwänglich. „Hast du einen Augenblick Zeit?“

„Tut mir leid“, entgegnete Miles, „ich hab’s eilig. Haben Sie Little gesehen?“

„Wen interessiert schon Little!“ Der Doktor packte den Jungen am Arm. „Du sollst mir endlich verraten, wo das Ei des Tigers versteckt ist!“

Miles riss sich los. Der Wahrsager benahm sich noch merkwürdiger als sonst. „Ich habe Ihnen doch gesagt, dass ich keine Ahnung habe. Ich habe nur von Ihnen etwas darüber gehört.“

„Es wäre besser für dich, wenn du es mir verrätst“, entgegnete Tau-Tau. „Besser für uns beide.“ Er ließ sich unvermittelt auf die Wagentreppe plumpsen und stützte den Kopf in die Hände. „Mir brummt der Schädel“, jammerte er. „Ich muss mich hinlegen.“

„Tun Sie das!“, sagte Miles. Er hatte Little erspäht. Sie balancierte über den Zaun zwischen der Wiese und dem Wald. „Ich kann Ihnen nichts verraten, was ich nicht weiß!“, rief er im Laufen noch über die Schulter.

Als die beiden Kinder am Polizeiauto eintrafen, hatten Sergeant Bramley und die Heugabelbrigade eine Taktik ausgeknobelt. Man war übereingekommen, dass die Bauern denselben Weg, den sie gekommen waren, wieder zurückgehen sollten, in die Richtung, in der ihre Häuser lagen. Sergeant Bramley und seine Leute sollten sich nach Hayding wenden und noch einmal den Waldsaum an der Straße absuchen.

„Passt auf euch auf, ihr beiden“, sagte Fabio, wackelte mit den Ohren und legte Holz nach.

„Das Vieh ist kein Teddybär“, fügte Umor an.

„Wie du am allerbesten weißt, Meister Miles.“

„Keine Sorge“, sagte Little.

Der Sergeant drückte seine Zigarette aus und schickte die Bauern los. Kurz darauf fegte das Polizeiauto wieder Staub aufwirbelnd die Straße entlang. Diesmal quetschten sich Little und Miles auf den Vordersitz zwischen Lady Partridge und Sergeant Bramley. Der Sergeant spähte angestrengt durch die verdreckte Windschutzscheibe und fuhr wie von hungrigen Wölfen gehetzt. Miles behielt den Wald durchs offene Seitenfenster im Auge und Little mit ihrem außergewöhnlich guten Gehör spitzte trotz des Motorengebrumms die Ohren. Sie waren noch nicht weit gefahren, als Little dem Sergeanten die Hand auf den Arm legte. Bramley trat ohne Vorwarnung auf die Bremse, und das Gefährt kam schlitternd zum Stehen. Hinten hörte man die Polizisten hart gegen die Rückwand des Fahrerhauses prallen.

„Was ist denn, Schätzchen?“, fragte Lady Partridge.

„Hört ihr denn nichts?“

Die Staubwolke legte sich und jetzt hörten alle, was eben noch der Motor übertönt hatte. Es war eine Art panisches Blöken, das aus dem Wald kam. Sergeant Bramley rückte seine Mütze zurecht und nahm den Schlagstock aus der Halterung über der Windschutzscheibe. „Hört sich an, als hätte das Scheusal ein Schaf gerissen", brummte er.

26. Kapitel

Streifen und Reißzähne

Der kopfüber hängende, wie ein Schaf blökende Doktor Tau-Tau baumelte an seinem Gürtel von einem hohen Baum. Über ihm hockte das Zero wie ein Schatten auf einem Röntgenbild. Unter den Bäumen war es schon fast dunkel, aber das Zero war noch etliche Nuancen schwärzer – in seinem zotteligen Umriss waren nur die blutunterlaufenen Augäpfel zu erkennen.

„Das ist Doktor Tau-Tau!“, raunte Miles. „Was macht der denn hier? Ich dachte, er liegt mit Kopfweh in seinem Wohnwagen.“

„Lasst uns die Polizei verständigen!“, flüsterte jemand ängstlich.

„Wir sind die Polizei, Wachtmeister Wigge“, erwiderte Wachtmeister Flap.

„Dann lasst uns das Militär verständigen!“, flüsterte Wachtmeister Wigge.

Lady Partridge kam schnaufend angestapft. Ihr Kimono schleifte über den Waldboden, am Saum hatten sich lauter Äste und Blätter verfangen. „Da ist das Zero ja!“, zischte sie, als sie am Rand der Lichtung ankam, wo die anderen im Gebüsch hockten. „Was um alles in der Welt hat es …?“

Das Zero regte sich, worauf der Doktor hin und her schwang. Er wimmerte laut.

Miles fasste sich ein Herz und rief: „Ganz ruhig, Doktor Tau-Tau! Wir holen Sie da irgendwie runter.“

Das Zero fletschte knurrend die Zähne. Dem Wahrsager, der dem Suchtrupp das ausladende Hinterteil zukehrte, gelang es, sich herumzuschwingen und über die Schulter zu blicken.

„Da seid ihr ja! Das wurde aber auch Zeit!“, erwiderte er mit bebender Stimme. „Hol meine Schlaftropfen, Kleiner. Denk dran, dass ich dich vor diesen unterirdischen Barbaren gerettet habe!“

„Schlaftropfen?“, wiederholte Miles fragend. Der Ausdruck kam ihm vage bekannt vor.

„In meiner Tasche.“ Der Doktor wies auf den Boden unter sich. „Das gelbe Fläschchen. Wenn dieser Grobian es nicht zerbrochen hat.“

„Sei bloß vorsichtig, Miles-Schätzchen!“, flehte Lady Partridge.

Miles schlich los, den Blick fest auf das Zero geheftet. Unter dem Baum lag aufgeklappt eine abgenutzte Arzttasche. Der Inhalt war im Moos verstreut. Miles stand jetzt direkt unter dem Zero, das ihn unverwandt beobachtete. Er konnte die muffige Ausdünstung des Untiers riechen, die ihn immer an verfaulte Bananen erinnerte, und glaubte wieder die tödliche Umklammerung der zotteligen Arme zu spüren. Er hockte sich im Zeitlupentempo auf die Fersen, worauf das Wesen ein schauriges Kichern ausstieß, von dem Miles das Blut in den Adern gefror. Fahrig kramte er in Doktor Tau-Taus Besitztümern. Er ertastete etliche Notizbücher, eine kleine Holzfigur und eine Münze mit einem viereckigen Loch in der Mitte. Dann entdeckte er das Fläschchen und stand im Zeitlupentempo wieder auf. Wenn doch der Tiger bei ihm wäre!

„Und jetzt?“, raunte er.

„Jetzt kletterst du hier hoch und flößt dem Vieh das Zeug ein“, sagte Doktor Tau-Tau.

„Untersteh dich!“, rief Lady Partridge aus dem Gebüsch.

„Wirf’s ihm einfach hoch, Miles“, sagte Little. „Der Doktor hat sich bestimmt schon überlegt, wie er das Zero dazu kriegt, die Schlaftropfen einzunehmen.“

„Na, du musst es ja wissen!“, fauchte Tau-Tau. „Aber du hast natürlich Recht“, setzte er im Flüsterton hinzu. „Es ist bloß leider sehr hoch zum Werfen. Klettere lieber zu mir hinauf. Kleine Jungs klettern doch gern auf Bäume, stimmt’s?“

„Strecken Sie die Hand aus“, entgegnete Miles, der den ganzen Sommer lang Messerwerfen geübt hatte und schon fast so gut traf wie sein Lehrmeister Stranski, „und halten Sie still!“

Doktor Tau-Tau streckte widerstrebend die Hand aus. Miles schätzte kurz die Entfernung ab, holte aus und warf. Das Fläschchen flog in hohem Bogen durch die Luft und landete wohlbehalten in der Hand des Wahrsagers, der vor lauter Staunen beinahe vergaß, es festzuhalten.

„Na schön …“, sagte der Doktor mürrisch, doch da erwachte das Zero plötzlich zum Leben. Von seinem zotteligen Pelz umweht, langte es nach unten, packte den entsetzten Wahrsager mit krummen gelben Klauen am Kragen und zog ihn hoch, wobei sich der um den Ast geknotete Gürtel löste. Das Zero fing das Fläschchen auf, das dem Verstörten aus der Hand glitt, und ließ Tau-Tau los. Der strampelnde Wahrsager fiel sieben Meter tief und landete mit dumpfem Plumps auf einem Moospolster. Aus dem Gebüsch war allgemeines Aufatmen zu vernehmen. Wachtmeister Flap, der einen Kurzlehrgang in Erster Hilfe aus der Fachzeitschrift *Wachtmeister Heute* absolviert hatte, krabbelte auf allen vieren zu dem Abgestürzten hinüber und spähte dabei ängstlich in die Baumkrone empor. Miles, der dem Wahrsager gerade noch hatte ausweichen können, blickte ebenfalls zu dem Zero hoch. Die Kreatur biss der Flasche den Hals ab, dass es nur so knirschte, und kippte sich zum allgemeinen Erstaunen den ganzen Inhalt in den

Rachen. Einen Augenblick lang war es ganz still auf der dämmrigen Lichtung. Die üppige Lady, das vierhundert Jahre alte Mädchen, der Junge, der Sergeant und seine beiden Wachtmeister hielten allesamt den Atem an. Das Zero lehnte sich mit geschlossenen Augen an den Baumstamm. Sein grässliches Maul stand offen. Man hörte nur Wachtmeister Flap wie ein flüsterndes Metronom die Pulsschläge des Doktors zählen.

Miles wollte schon glauben, dass das Zero eingeschläfert war, da riss das Untier die Augen auf und stieß ein gackerndes Geheul aus, worauf Wachtmeister Wigge seine Deckung aufgab und sich in den Mannschaftswagen flüchtete. Das Zero ließ sich von seinem Ast baumeln, fletschte die gewaltigen Reißzähne und glotzte auf Miles herunter, der langsam rückwärtsging. Die tiefliegenden, schwarzen Augen des Untiers suchten seinen Blick und schienen den letzten Schimmer Zwielicht aufzusaugen. Vielleicht ist ihm ja wieder eingefallen, wie oft ich ihm morgens aus der Zeitung vorgelesen habe, dachte Miles hoffnungsvoll. Aber dann fiel ihm der ganze Klatsch und Tratsch ein, der die Seiten des *Lardinger Wochenboten* vom Titelblatt bis zur letzten Seite füllte, und er setzte im Geiste hinzu: oder lieber doch nicht.

Das Zero ließ sich fallen. Die Moospolster unter Miles' Füßen erbebten. Das Scheusal sprang mit einem Satz über den sich duckenden Flap hinweg und stürmte auf Miles zu. Die Zeit schien stehen zu bleiben. Miles konnte jede Einzelheit überdeutlich erkennen: den wehenden schwarzen Pelz, die geblähten Nüstern und das rote, zu einem abstoßenden Grinsen verzerrte Maul. Er spürte die raue Baumrinde im Rücken und sah aus dem Augenwinkel die offenen Münder und bleichen Gesichter seiner Freunde. Dann hörte er Sergeant Bramley aus dem Farnkraut donnern: „Stehen bleiben – im Namen des Gesetzes!"

Wenn du schon mal mit dem Rücken an einem Baum gestanden hast und ein Ungeheuer wie eine zottelige Lokomotive auf dich zugerast ist, dann hast du dir wahrscheinlich, wie Miles auch, irgendetwas herbeigewünscht, was dich in letzter Sekunde rettet. Eine Sturmflut. Eine Pause zum Popcornholen. Sechzehn gestrenge Krankenschwestern. Miles wünschte sich natürlich einen Tiger herbei, und das so inbrünstig, dass er fast versäumt hätte, sich zu wundern, als er im Unterholz zu seiner Linken ein grollendes Knurren vernahm. Der Tiger brach aus dem Farn und überquerte mit einem gewaltigen Satz die Lichtung. Seine großen Vordertatzen landeten direkt vor Miles und schlitterten auf dem welken Laub noch ein Stück weiter, dann hatte er sich gefangen. Der ganze Wald hielt den Atem an.

Der Tiger und das Untier standen einander mit kaum einer Schwanzlänge Abstand gegenüber. Man hörte sie in der angespannten Stille keuchen. Sie wirkten wie die beiden Seiten eines Traums, die eine schwarz, die andere golden, und umkreisten einander lauernd. Das Zero tappte auf allen vier mächtigen Pranken, der Tiger schob sich tief geduckt mit peitschendem Schwanz über den Boden, so unendlich langsam, wie ein Regentag vergeht. Miles schaute Hilfe suchend zu seinen Freunden hinüber. Lady Partridge bedeutete ihm mit ausholenden Gesten, er möge sich hinter dem Baum verstecken. Little hielt den Blick auf das Zero und den Tiger geheftet. Sergeant Bramley hatte schon mal die Trillerpfeife an den Mund gesetzt, obwohl seine einzige Verstärkung aus Wachtmeister Wigge bestand, und der hatte sich in den Mannschaftswagen verkrochen, der lediglich mit einer altersschwachen Sirene und einem einzigen funktionierenden Scheinwerfer ausgestattet war.

Das Zero richtete sich auf und sträubte das Fell, bis es seinen Umfang verdoppelt hatte, eine tintenschwarze Silhouette, die alles ringsum zu verschlucken drohte. Sogar die flammend orangefarbenen Flanken des Tigers wirkten auf einmal stumpf, als wäre er aus der Sonne in einen Wolkenschatten getreten. Die große Raubkatze sah müde aus, sie atmete schwer, und ihr sackartiger Bauch schaukelte hin und her. Das Zero fletschte gackernd das gelbe Gebiss, dann machte es einen jähen Satz und stürzte sich auf Miles.

Miles war völlig überrumpelt, aber der Tiger bäumte sich auf und hieb mit der Tatze nach dem Untier. Miles warf sich zur Seite und spürte, wie das borstige Fell des Zero seine Waden streifte, als es gegen den Baum prallte. Sein Wutgeheul scheuchte einen Schwarm Krähen auf. Es fuhr herum, hielt sich die blutende Schulter und stand dem Tiger gegenüber, der sich zu voller Größe aufgerichtet hatte. Der Tiger schien alle Kräfte aufbieten zu müssen, um dem Blick des Zero standzuhalten. Er bleckte die Zähne, aber zu Miles' Verwunderung ging er nicht zum Angriff über, sondern sprach in sanftem Ton auf das schnatternde Ungeheuer ein.

„Du Armer hast dich verlaufen", sagte der Tiger, und mit dem Klang seiner tiefen Samtstimme schien seine Kraft zurückzukehren. Die prächtige Großkatze holte tief Luft und ihre Flanken nahmen wieder die ursprüngliche leuchtende Färbung an. Der Tiger sah das Untier unverwandt an und es schien zu schrumpfen. Es drehte sich nach Miles um. Seine schwarzen Augen flackerten gehetzt. Und dann war es auf einmal verschwunden. Es sprang mit großen Sätzen davon und zog sein trostloses Gegacker hinter sich her wie eine Schattenspur. Der Königstiger setzte ihm nach, und die Nacht senkte sich sanft zwischen den Bäumen herab wie ein Theatervorhang, wenn das Stück aus ist.

27. Kapitel

Ein tückischer Trank

Die in Drachen gehüllte, federbekrönte Lady Partridge saß gut gelaunt und strahlend in einem Korbsessel im Garten ihrer herrschaftlichen Villa an einem verschwenderisch gedeckten Frühstückstisch mit weißer Decke, der mit edlem Porzellan bestückt war. Teller und Servierplatten waren, wie ihre Besitzerin, alt und stellenweise schon ein wenig ramponiert. Dafür türmten sich darauf Rührei, Schinken, Würstchen, Pilze, frische Himbeeren und genug Toast und Marmelade, um ein kleines Dorf zu verköstigen. Miles und Little futterten, als hätten sie einen Monat lang nichts mehr gegessen. Die Herbstsonne schien auf den Rasen und ein frisches Lüftchen spielte mit ihren Haaren und ließ die Tischdeckenzipfel flattern.

„Habt ihr denn nach der ganzen Aufregung gut geschlafen?“, erkundigte sich Lady Partridge.

Little nickte mit butterverschmiertem Kinn.

Miles erwiderte: „Nicht besonders. Es war zwar schön, wieder im eigenen Bett zu liegen, aber ich musste dauernd an das Zero denken."

„Ich glaube, hier bist du erst einmal vor dem armen Ding sicher. Unsere wackeren Wachtmeister haben die Verfolgung aufgenommen und das Zero hoffentlich bald aufgespürt, ehe es irgendwelches Unheil anrichten kann." Sie sah Miles neugierig an. „Mich würde ja eher interessieren, wieso urplötzlich ein Tiger zu deiner Rettung aufgetaucht ist. Ich war natürlich völlig baff, aber ich hatte den Eindruck, dass du gar nicht besonders überrascht warst."

Miles wurde rot. „Hoffentlich bringen die beiden einander nicht um."

„Und auch sonst niemanden", sagte Lady Partridge. „Aber wer weiß, vielleicht haben sie sich inzwischen ordentlich verausgabt, machen eine Verschnaufpause und plaudern ganz friedlich miteinander. Reich mir doch bitte mal die Butter, Little-Schätzchen." Sie sah Miles über ihren Brillenrand an. „Ich hätte schwören können, dass der Tiger etwas zu dem Zero gesagt hat, aber vielleicht habe ich mir das im Eifer des Gefechts auch nur eingebildet."

„Der Tiger ist unser Freund", meldete sich Little zu Wort. „Aber Miles spricht nicht gern darüber."

„Eigentlich macht es mir nichts aus", sagte Miles. „Ich dachte bloß immer, dass mir sowieso keiner glauben würde."

„Zu Recht, Miles-Schätzchen“, erwiderte Lady Partridge. „Wäre ich nicht selbst dabei gewesen, hätte ich es wohl auch für ein Hirngespinst gehalten. Ist es denn nicht gefährlich, einen Tiger zum Freund zu haben?“

„Manchmal. Ab und zu jagt er einem ganz schön Angst ein, aber er hat uns schon ein paarmal aus der Patsche geholfen. Und er hätte uns längst fressen können, wenn er es darauf abgesehen hätte.“

„Aber wie um alles in der Welt hat er sprechen gelernt?“

„Das habe ich ihn nie gefragt, weil es mir irgendwie unhöflich vorgekommen wäre. Man gewöhnt sich aber schnell daran.“

Sie wurden unterbrochen, weil ein kleiner Junge angelaufen kam und Lady Partridge am Kimonoärmel zupfte. „Was ist denn, Marcus?“, fragte sie.

„Baumella lässt ausrichten, dass Mr Tau-Tau jetzt wach ist, Lady P.“

„Ach ja? Dann lauf bitte gleich wieder rein, junger Mann, und richte Baumella aus, sie möchte den Doktor in den Garten eskortieren, damit er mit uns frühstücken kann.“

Der Kleine rührte sich nicht vom Fleck und blickte fragend zu Lady Partridges Federhut auf.

„Eskortieren ist dasselbe wie bringen“, klärte ihn Miles auf. „Richte Baumella aus, sie soll den Doktor hierherbringen.“

„Ganz recht“, bestätigte Lady Partridge, und der Kleine flitzte davon.

„Na schön“, meinte sie dann, „jetzt erfahren wir vielleicht, wie der Bursche es fertiggebracht hat, sich kopfüber an einen Baum zu hängen.“

„Er hat ein Talent für missliche Lagen“, sagte Miles.

Da erschien Doktor Tau-Tau auch schon. Sein Gang war ein wenig schwankend, denn die Riesin Baumella hielt ihn eisern an der Schulter gepackt.

„Setzten Sie sich doch zu uns, Doktor Tau-Tau“, begrüßte ihn Lady Partridge. Der Wahrsager ließ sich auf einen Stuhl am Tischende fallen. Sein Gesicht war nicht wie sonst ziegelrot, sondern eher mintgrün. Die Lady musterte ihn skeptisch. „Wir haben uns noch nicht richtig miteinander bekannt gemacht, weil Sie bei unserer ersten Begegnung kopfüber an einem Baum hingen. Ich bin Lady Partridge und Sie sind hier mein Gast. Sie waren ungefähr zwölf Stunden bewusstlos, aber nach einem ordentlichen Frühstück kommen Sie sicherlich bald wieder zu Kräften.“

„Verbindlichsten Dank, Lady Parfait. Ich bin … Doktor Tau-Tau.“ Er rückte seinen Fes zurecht. „Oder glaube ich bloß, dass ich der bin, weil Sie mich so angeredet haben?“ Er fuhrwerkte unbeholfen mit seiner Gabel herum, bis es ihm beim dritten Anlauf gelang, ein Würstchen aufzuspießen.

„Wir rätseln gerade, wie es wohl kommt, dass jemand, der sich eigentlich mit Kopfweh in seinen Wohnwagen zurückgezogen hat, kurz darauf von einem undefinierbaren Untier in einen Baum verfrachtet wird“, bezog ihn die Lady höflich in die Unterhaltung ein, als sie ihm Tee einschenkte.

„Ich wurde zu einem dringenden Fall gerufen und musste mein Krenkenbatt verlassen“, entgegnete Tau-Tau. „Mein Brenkenkatt. Mein Krankenbett. Ist das da Rührei?“

„Reich Doktor Tau-Tau doch bitte das Rührei rüber“, wandte sich Lady Partridge an Little.

„Wie dem auch sei“, fuhr Tau-Tau mit vollem Mund fort, „ich bin ein berühmter Hellseher. Glaube ich jedenfalls.“ Er zog die Stirn in Falten. „Ja, der bin ich. Doktor Tau-Tau. Ich werde oft zu dringenden Fällen gerufen, und es ist mein gutes Recht, durch den Wald zu flüchten.“

„Flüchten?“, wiederholte Miles. „Wovor sind Sie denn geflohen?“

„Wer hat behauptet, dass ich geflohen bin?“, gab der Doktor zurück und trank einen großen Schluck Tee.

„Sie selber“, erwiderte Little. „Sie müssen ein hervorragender Hellseher sein, wenn Sie wussten, dass das Zero ausgebrochen war. Bestimmt wissen Sie auch, was es im Zirkus gewollt hat.“

„Nun ja, es ist ein M-Monster. Eine Attraktion, meine ich. Der Zirkus ist sein Zuhause.“ Der Doktor gaffte Little an, als hätte er sie noch nie gesehen. „Sein Zuhause“, bekräftigte er, „ist der Zirkus.“

„Aber da fragt man sich doch, weshalb Sie lieber nicht anwesend sein wollten, wenn es nach Hause kommt“, warf Lady Partridge ein.

„Ich bitte Sie, das liegt doch wohl auf der Hand! Hätte ich es nicht mit meinen Schlaftropfen betäubt, hätte es mich gefressen! Um ein solches Ungeheuer zu erschaffen, bedarf es eines trinkungsvollen Warks, äh, eines wirkungsvollen Tranks. Und es zu bändigen, ist eine hohe Kunst.“ Er drehte sich nach dem sonnenüberfluteten Garten und den Kindern um, die im Baumhaus spielten. „Das Vieh ist doch hoffentlich wieder hinter Schloss und Riegel!“

„Leider nicht. Ihre Schlaftropfen haben eher wie ein Aufputschmittel gewirkt. Es hat sich munter in den Wald verdrückt und nicht einmal verstohlen gegähnt“, erwiderte Lady Partridge.

„Ihre Schlaftropfen sind wirklich sehr stark“, mischte sich Little ein. „Ich muss es wissen, denn man hat mir mal welche verabreicht und ich habe anderthalb Tage geschlafen. Trotzdem“, sie tunkte mit einer Ecke Toast das Eigelb auf und richtete die himmelblauen Augen auf Tau-Tau, „trotzdem war der Trank, mit dessen Hilfe das Zero erschaffen wurde, bestimmt noch viel, viel stärker. Vielleicht kann Ihnen der Erfinder dieses Tranks ein Rezept für stärkere Schlaftropfen verraten.“

Doktor Tau-Tau stellte scheppernd seine Tasse hin. „Eigentlich muss man die Schlaftropfen inzijieren, äh, injizieren. Mit einer Spritze. Dann wirken sie zehnmal besser. Abgesehen davon gab und gibt es niemand anderen, der ein solches Scheusal erschaffen könnte." Seine Brust blähte sich wie ein Ballon. „Einzig und allein Doktor Tau-Tau ist in der Lage, einen Trank zu mischen, der einen Pavian in einen teuflischen Menschen verwandelt – äh, einen Menschen in einen teuflischen Pavian!"

„Haben Sie etwa das Zero erschaffen?", fragte Miles verblüfft.

Auch die Lady staunte. „Nein, so was! Heißt das, diese bedauernswerte Kreatur war vorher ein Mensch?"

Der Wahrsager schaute in die Runde. Sein Gesicht nahm nach und nach wieder die übliche rötliche Farbe an, seine Miene dagegen war immer noch verwirrt. „Doktor Tau-Tau", sagte er wie im Selbstgespräch. „Der bin ich doch, oder nicht?"

„Am besten erzählen Sie uns noch mehr über das Zero", unterbrach ihn Lady Partridge. „Dann können wir es vielleicht wieder einfangen. Womöglich entdecken wir eines Tages sogar ein Heilmittel für das arme Ding. Mit Ihrer Unterstützung selbstverständlich."

Der Wahrsager bekam einen gehetzten Blick. „Da muss ich Sie leider enttäuschen. Es ist so lange her, dass ich mich kaum noch daran erinnern kann. Und jetzt lege ich mich lieber wieder hin."

„Ruhen Sie sich nur aus, das tut Ihnen sicher gut", entgegnete die Lady. „Aber wir müssen unbedingt mehr über das Zero wissen. Vielleicht hilft eine weitere Tasse Tee Ihrem Gedächtnis noch schnell auf die Sprünge."

Little schenkte dem Doktor Tee nach. Er wand sich unter Lady Partridges strengem Blick, und als er die Tasse zum Mund führte, zitterte seine Hand. „Eine Kunst wie die meine beinhaltet immer auch ein gewisses Risiko", sagte er. „Ich entfessle Kräfte, denen kein gewöhnlicher Mensch standhalten kann. Als ich zum Zirkus ging, zum Zirkus Wie-heißt-er-doch-gleich, stand ich noch ganz am Anfang meiner Laufbahn, aber meine Fähigkeiten waren schon bald gefordert. Der Große Cortado war stinksauer. Mit Celeste hatte er eine beliebte Wahrsagerin verloren. Sein Auftritt wollte nicht tigern, äh, sein Tiger wollte nicht auftreten. Nicht ohne Bumble ... Fumble ... Barty Fumble." Der Doktor tupfte sich mit der Serviette den Schweiß von der Stirn. „Wo war ich stehen geblieben?"

„Der Tiger wollte nicht auftreten", sagte Little.

„Ach, ihr kennt die Geschichte schon?"

„Sie wollten sie uns gerade erzählen", erwiderte Miles. Er kannte die Geschichte tatsächlich, hatte sie in den unterirdischen Höhlen der Firbolg gehört, ahnte jedoch, dass der Doktor noch einiges hinzuzufügen hatte.

„Ach richtig“, der Wahrsager fing sich wieder und fuhr fort: „Eines Abends bestellte mich der Große Cortado in seinen Wohnwagen und erkundigte sich, ob mich Celeste schon gelehrt habe, wie man Geisteskranke wieder zur Vernunft bringt. Ich erwiderte, ich sei ein Ausnahmetalent und gerade dabei, Celestes Notizbücher gründlich zu studieren. Er ließ mich gar nicht ausreden, sondern verlangte von mir, dass ich Bumble Fumble auf der Stelle wieder zur Vernunft bringen solle. Er hatte eine Fliskywasche in der Hand und die Flinte im Schoß und drohte mich auf der Stelle zu erschießen, wenn ich mich weigern würde.“

Doktor Tau-Tau beugte sich über seinen Teller und schnitt ein Würstchen säuberlich in kleine Stücke. „Eine solche Drohung im Nacken erleichtert die Arbeit nicht gerade, und womöglich hatte ich mich ein Ideechen überschätzt. Celeste hatte zu ihren Lebzeiten niemandem erlaubt, einen Blick in ihre Notizbücher zu werfen, und ich hatte mit der Entzifferung eben erst angefangen. Die Aufzeichnungen waren verschlüsselt, da konnten Irrtümer nicht ausbleiben. Obendrein stand ich unter Zeitdruck, und so braute ich nach einem Rezept aus den Büchern eine … Arznei aus bitteren Kräutern und seltenen Zutaten, die ich in Celestes Wagen fand. Ich nahm die Arznei zu Bumble Fumble mit, der in seinem verdunkelten

Wohnwagen hockte und aus dem Fenster starrte, seit … seit was auch immer.“

Beim Zuhören stieg eine unerklärliche Angst in Miles auf. Er konnte das Gehörte kaum noch richtig erfassen. Er spürte, wie Little beruhigend seine Hand streichelte, und merkte, dass er die Tischdecke gepackt hielt. Doktor Tau-Tau schwafelte weiter, die Glupschaugen auf das Würstchen gerichtet.

„Mir war nicht bewusst, was ein solcher Trank anrichten kann, wenn er von einem bedeutenden Heilkundler wie mir zubereitet wird. Die Arznei sollte den Verzweifelten lediglich ein wenig aufmuntern, aber offenbar hatte ich mich bei den Mengenangaben der Hauptzutaten verlesen. Die Beleuchtung war schlecht, Celestes Handschrift unleserlich …“

„Was ist passiert?“, fragte Miles tonlos.

Doktor Tau-Tau sah auf und schien zum ersten Mal zu begreifen, was er eigentlich erzählte. „Ach … es war wirklich s-sehr bedauerlich“, stotterte er, „der Trank war hundertmal zu stark. Oder sogar tausendmal. Bumble Fumbles Verzweiflung schlug in überschwängliche Freude um. Er sprang von seinem Stuhl, hüpfte durch seinen Wohnwagen wie die Kugel in einem Flipperautomaten und zerdepperte dabei auch ein paar schöne Stücke, die Celeste … nun ja. Wo war ich stehen geblieben? Ach ja, bei Fumble. Er war völlig überdreht. Er brüllte vor Lachen und umarmte mich so stürmisch, dass er mir beinahe die

Rippen gebrochen hätte. Ich hatte schon Angst, dass der Große Cortado den Radau hören und daraus schließen könnte, dass meine Wunderarznei ein Fehlschlag war. Außerdem hatte das Mittel noch gar nicht seine volle Wirkung entfaltet, weil Bumble sich auf den Boden geworfen hatte und sich vor hysterischem Gelächter kugelte.

Ich musste die Sache schleunigst wieder in Ordnung bringen, darum schloss ich ihn ein und lief in meinen Wohnwagen. Dort blätterte ich auf der Suche nach einem Gigenmettel, äh, Gegenmittel, verzweifelt in Celestes Notizbüchern. Als ich zwischendurch aus dem Fenster schaute, sah ich Cortado mit seinem Gewehr im Dunkeln auf und ab patrouillieren. Ich mischte nach bestem Wissen und Gewissen einen neuen Trank und rannte wieder zu Bartys Wagen. Im Laufen schüttelte ich die Flasche noch tüchtig."

Lady Partridge räusperte sich. „Vielleicht ersparen Sie uns lieber die blutrünstigen Einzelheiten. Wenn ich Sie richtig verstanden habe, brachte auch das Gegenmittel nicht den erwünschten Erfolg."

Doktor Tau-Tau nickte. Er wich Miles' Blick aus. „Leider, leider. Zeitdruck bekommt niemandem, vor allem ..."

„Ich möchte trotzdem gern wissen, was dann passiert ist", fiel ihm Miles ins Wort.

„Bist du sicher, Schätzchen?", fragte Lady Partridge. Miles biss sich auf die Lippe und nickte.

„Da gibt's nicht viel zu erzählen", sagte Tau-Tau. „Die verwendeten Tuzaten, äh, Zutaten waren selbstverständlich die richtigen, aber da das Gegenmittel noch nie am lebenden Objekt ausprobiert worden war, wollte ich sichergehen, dass es stark genug war. Es gelang mir, Bumble einen Schluck in den Mund zu kippen, als er gerade wieder einen Lachanfall hatte, und es schien erst einmal zu wirken. Fumble beruhigte sich schlagartig, aber leider blieb es nicht dabei. Seine Laune wurde von Sekunde zu Sekunde schlechter. Er wurde erst trübsinnig und danach jähzornig."

Der Wahrsager schien einen Augenblick lang von unliebsamen Erinnerungen überwältigt, denn er griff zum Salzstreuer und salzte seinen Tee. Miles' Brust schnürte sich zusammen, als hätte ihn das Zero wieder in seinem unerbittlichen Klammergriff. Er bekam kaum noch Luft.

„Barty ... Fumbles Haut wurde erst fleckig und dann schwarz", fuhr der Doktor mit gedämpfter Stimme fort. „Sein Bart begann zu wachsen. Seine unerträgliche Fröhlichkeit war verflogen und alles andere auch. Er brach in eine Art Gegacker aus, ein schauriges, tierhaftes Gelächter. Alles Licht schwand aus seinen Augen und vor mir stand ein Ungeheuer. Ich konnte förmlich zusehen, wie mein Ruf ganz zu Unrecht Schaden nahm – und ich sah den Großen Cortado mit erhobener Flinte in der Tür stehen. Er feuerte ohne Vorwarnung, war aber so betrunken, dass er mich verfehlte und stattdessen die Fensterscheibe traf. Ich schubste ihn weg und stürzte hinaus. Der kleine Kerl war außer sich, ich musste um mein Leben laufen. Ich konnte nichts mitnehmen, weder Kleidung noch Kräuter und auch nicht Celestes kostbare Notizbücher."

„Meinen Sie die hier?" Miles holte zwei abgegriffene Notizbücher aus der Tasche und hielt sie hoch. Er spürte Lady Partridges und Littles erstaunte Blicke, aber er ließ den Doktor nicht aus den Augen. Dieser aufgeblasene Prahlhans hatte ihm weisgemacht, sein Vater sei noch am Leben, obwohl er die ganze Zeit gewusst hatte, was aus Barty Fumble geworden war. Schließlich hatte er ihn eigenhändig in ein Monster verwandelt.

Der Druck auf Miles' Brust verstärkte sich, und er glaubte fast den fauligen Bananengestank des Zero zu riechen. Ihm wurde schwindlig und er musste die Augen schließen. Seine ausgestreckte Hand mit den Notizbüchern zitterte heftig. Als der Wahrsager die Verwandlung seines Vaters geschildert hatte, war ihm ein entsetzlicher Gedanke gekommen. Vielleicht hatte ihn das Zero gar nicht umbringen wollen, als es ihn hoch über der Manege im Palast des Lachens an sich gedrückt hatte. Vielleicht, dachte Miles, war es vielmehr der Stimme des Blutes gefolgt, als es Silverpoint umgeworfen hatte und auf ihn zugestürmt war. Womöglich besaß es trotz seines verwirrten Verstandes eine Art blinden Instinkt. Womöglich hatte der verschollene Vater einfach nur seinen verlorenen Sohn umarmen und die schreckliche innere Leere, die er empfand, lindern wollen. Aber das Ganze war zu verzwickt, um hier und jetzt am Frühstückstisch darüber nachzudenken. Darum gab Miles sich einen Ruck und machte die Augen wieder auf.

Doktor Tau-Tau gaffte ihn immer noch mit offenem Mund an. „D-das sind meine!“, stammelte er. „Wo hast du die her?“

Miles musste erst einmal tief Luft holen. „Die sind im Wald aus Ihrer Arzttasche gefallen, aber ich habe sie auch schon in Ihrem Wohnwagen auf dem Fußboden liegen sehen. Auf den Vorsatzblättern steht ‚Celeste‘.“

„Celeste? Ausgeschlossen!“ Das Gesicht des Doktors färbte sich bedenklich violett. Miles schlug die Bücher zum Beweis auf. „Das heißt … ja, doch“, sagte Tau-Tau hastig. „Aber sonst waren die Seiten leer. Alles, was jetzt drinsteht, habe ich selbst auf meinen Forschungsreisen in ferne Länder niedergeschrieben, als ich mir allerlei uralte Heilmethoden angeeignet habe. Ja, Geld auch, aber vor allem vergessene Heilmethoden. Ich …“

Miles steckte die Bücher wieder ein. Mit jedem Satz des rotgesichtigen Windbeutels wurde dem Jungen bewusster, dass ihrer beider Schicksale miteinander verknüpft waren. Offenbar gab es Menschen, die man sein Leben lang nicht loswurde. „Wissen Sie noch, was Bolzenglas gesagt hat?“, wandte er sich an den Doktor. „Die Tagebücher gehören jetzt mir.“

Bei der Erwähnung des blinden Alten wurde der Wahrsager ganz klein. „Sie müssen einiges wieder in Ordnung bringen“, fuhr Miles fort, „und als Allererstes lösen Sie gefälligst Ihr Versprechen ein, mir bei der Suche nach meinem Vater zu helfen. Sie haben das vielleicht vergessen, aber ich nicht!“

28. Kapitel

Ein rettendes Läuten

Der rotäugige, staubbepuderte Sergeant Bramley konnte kaum noch die Augen offen halten, als er den Mannschaftswagen über die Brücke und die Hauptstraße hoch zur Polizeiwache lenkte. Sonst vermied der Sergeant jegliche Überstunden, aber es hatte den Anschein, dass er jedes Mal, wenn er es mit Lady Partridge zu tun bekam, auf seinen Nachtschlaf verzichten musste. Er und sein erstklassiges Ermittlungsteam hatten die ganze Nacht damit zugebracht, die Gegend erfolglos nach dem Zero zu durchkämmen. Als Bramley die anderen Wachtmeister wieder in ihren Dörfern abgesetzt hatte, kam er zu dem Schluss, dass sein Bericht an Lady Partridge warten konnte, bis er sich ein paar Stündchen aufs Ohr gelegt hatte. Das Schicksal machte ihm jedoch einen Strich durch die Rechnung.

Als er auf den kleinen Platz vor der Wache einbog, sah er sich zu seiner Überraschung einer Menschenmenge gegenüber. An die fünfzig, sechzig Leute hatten sich vor der Polizeiwache versammelt und sie waren sichtlich aufgebracht. Du wunderst dich vielleicht, dass der Sergeant das auf einen Blick erfasste, aber er war ein erfahrener Ordnungshüter und wusste, dass es selten ein gutes Zeichen ist, wenn jemand seinen Nebenmann an der Gurgel packt und ihn kräftig durchschüttelt. Und das war hier kein Einzelfall. Kommen noch etliche blau geschlagene Augen und mindestens zwei Kopfverbände sowie ausgiebiges Geschubse hinzu, besteht wohl kein Zweifel daran, dass es dicke Luft gibt. Sergeant Bramley ächzte dumpf und überlegte umzukehren, bevor ihn jemand sah. Aber dann erkannte er ein paar Mitbürger, die er erst kürzlich aus demselben Grund zu einem Bußgeld verdonnert hatte und die ihn ihrerseits entdeckt hatten. Daraufhin hielt er mitten auf dem Platz, stieg aus und klopfte sich den Staub von der Uniform.

„Aufhören!“, befahl er heiser. „Was ist hier los? Verkehrsbehinderung und Störung der öffentlichen Ordnung. Wer ist hier zuständig?“

„Sie!“, rief Bäcker Piven. Er hatte einen ängstlich dreinblickenden, dicklichen Jungen am Schlafittchen. „Verhaften Sie diesen Übeltäter!“

„Ich hab nix gemacht!“, verteidigte sich der Junge. Daraufhin brach die Menge in empörte Rufe aus und etliche Leute drängten nach vorn, um ihre Beschwerden vorzubringen. Sergeant Bramley funkelte sie finster an und hob Ruhe gebietend die Hand.

„Getan hast du wirklich nicht viel“, räumte Piven ein, „aber du hast hinter meinem Rücken in die Kasse gegriffen, dabei hab ich dich erst vor vierzehn Tagen eingestellt. Und dann …“, er wandte sich wieder an Sergeant Bramley, „dann besitzt er auch noch die Frechheit, mich um einen Vorschuss zu bitten!“

„Ich wollte mein Fahrrad zur Reparatur bringen, sonst muss ich drei Meilen zur Arbeit laufen. Und wenn ich zu spät komme, zieht er's mir vom Lohn ab!“

Der Sergeant zückte seine Kladde und zog den Bleistift hinter dem Ohr hervor. Er hatte zwar nicht die Absicht, irgendetwas aufzuschreiben, aber diese lieb gewonnene Gewohnheit half ihm beim Nachdenken.

„Jetzt noch mal schön der Reihe nach. Piven, Sie behaupten, der Bursche hätte Sie beklaut?“

„Als ich die Geldkassette gestern zur Bank bringen wollte, war sie ratzekahl leer.“

„Wenn der Kleine Sie erst ausplündert und anschließend eine Gehaltserhöhung verlangt“, gab Sergeant Bramley zu bedenken, „dann wäre er ja noch dümmer, als er aussieht.“

„Das hab ich auch gesagt“, pflichtete ihm der Junge bei, „und ich bin bestimmt nicht noch dümmer, als ich aussehe, Herr Oberwachtmeister.“

Nun bahnte sich ein gedrungener Mann einen Weg durch die Menge und baute sich vor dem Sergeanten auf. Er hatte ein prächtiges Veilchen und trug den Arm in einer Schlinge. „Das ist doch alles Pillepalle!", schimpfte er. „Verhaften Sie lieber meinen Nachbarn! Der Kerl lügt das Blaue vom Himmel runter. Er behauptet, ich wäre in sein Schlafzimmer eingestiegen und hätte ihm die Taschenuhr geklaut, dabei hat er sich an unserem Silberbesteck bedient!"

Immer mehr empörte Rufe ertönten, immer mehr Leute versuchten, sich zu Bramley durchzudrängeln. Anscheinend hatte jeder einen Diebstahl anzuzeigen und es war klar, dass die Ermittlungen mindestens bis Weihnachten dauern würden. Sergeant Bramley griff zur Trillerpfeife und blies mit aller Macht hinein. Der schrille Ton tat seine Wirkung. Die Leute wichen erschrocken zurück, als würden sie gleich von einem Spezialeinsatzkommando umzingelt.

Der Sergeant räusperte sich. „Ich werde mich zu gegebener Zeit um alle Beschwerden kümmern. Die Polizeiwache öffnet heute Nachmittag Punkt vier Uhr. Dann können Sie Ihre Anzeigen gern schriftlich in dreifacher Ausfertigung und unterschrieben einreichen."

Ein altes Weiblein stürzte vor und rammte dem Beamten ihren grünen Regenschirm in die Brust. „Das ist mir viel zu umständlich, junger Mann!", rief sie. „Ich brauche mein Geld bis heute Nachmittag wieder. Ich muss Katzenfutter kaufen und gleich morgen Früh kommt der Kohlenmann!“

Das Gebrüll und Geschubse brach wieder los und der Sergeant überlegte, ob ein zweiter Pfiff wohl dieselbe Wirkung erzielen würde wie der erste, als ihn die Mittagsstunde rettete. Wenn du nun denkst, eine Tageszeit sei wohl kaum in der Lage, einen einzelnen Polizisten vor sechzig heillos zerstrittenen Nachbarn zu retten, dann hast du nicht mehr an die von den Pinchbuckets verkauften Uhren gedacht. Die hässliche Uhr, die Fowler Pinchbucket Lady Partridge geschenkt hatte, hatte den ganzen Sommer über am offenen Fenster auf der Anrichte gestanden. Und obwohl sie nur zweimal am Tag schlug, war jeder, der sie hörte, von ihrem lieblichen Klang wie verzaubert. Es dauerte nicht lange, da verkauften die Pinchbuckets Uhren wie warme Semmeln, und sie waren nicht mal teuer. Jede besaß ihre eigene Melodie, aber die Uhrwerke waren so kunstvoll konstruiert, dass sich alle Melodien zusammen zu einem betörenden Konzert vereinten, das wie ein laues Sommerlüftchen durch Straßen und Gassen wehte. Dann ließ man ringsum die Arbeit ein Weilchen ruhen, gönnte sich einen Kaffee und sann darüber nach, was einem den Tag eigentlich lieb und teuer machte, auch wenn man es nicht recht benennen konnte.

Ebendieses Gefühl überkam die wütende Meute, als die Pinchbucket-Uhren zur Mittagsstunde läuteten. Einen Augenblick lang kamen sich die Lardinger dumm vor, weil sie ihre Nachbarn und Freunde aufgrund bloßer Vermutungen verdächtigt hatten. Diesen Augenblick nutzte Sergeant Bramley, um sein Bett anzusteuern, und er stahl sich so leichtfüßig durch den Menschenauflauf, als sei er dreißig Kilo leichter. Dann verlief sich die Menge, um die erforderlichen Anzeigen abzufassen, was den Leuten mit einem Mal ganz vernünftig erschien, und der Sergeant schloss erleichtert seufzend die Wachstube auf. Den staubigen Mannschaftswagen ließ er einfach mitten auf dem Platz stehen.

Der atemlose, fest entschlossene Miles Wednesday verlangsamte trotz seiner dringlichen Aufgabe den Schritt, als er sich der Polizeiwache näherte. Ein melodisches Läuten, das von überall und nirgends zu kommen schien, erfüllte die Luft. Es war fast so schön wie die Klänge, die Little der Zirkuskapelle entlockt hatte, und Miles wurde es für einen Moment leichter um das seit Doktor Tau-Taus Enthüllungen bleischwere Herz.

Little holte ihn ein und lächelte ihn an. Gemeinsam lauschten die beiden Kinder der lieblichen Musik, während sie auf Lady Partridge und Doktor Tau-Tau warteten, die von einer wahren Katzenflut umspült hinterhergekeucht kamen. „Hörst du das auch?“, fragte Miles.

Little nickte. „Ich hab's schon letzte Nacht gehört. Es klingt, als bimmelten lauter Uhren wie die von Lady Partridge gleichzeitig. Die Melodien tanzen einen Reigen wie die Sterne am Himmel. Geschickt gemacht."

„Ist das nicht wunderhübsch?", schnaufte Lady Partridge. „Vielleicht war dieser Pinchbucket für den Umgang mit Waisenkindern einfach nicht geschaffen. Seit er mit Uhren handelt, ist er richtig beliebt, auch wenn die Dinger nicht viel hübscher anzusehen sind als er selbst."

„Hört sich an, als gäbe es inzwischen eine ganze Menge davon", sagte Miles, der sich noch nicht überwinden konnte, Fowler Pinchbucket die jahrelange brutale Behandlung zu verzeihen.

„Die Dinger gehen schneller weg, als die Pinchbuckets sie importieren können. Fast jede Woche bringt ihnen irgendein kleiner ausländischer Herr den nächsten Schwung, und der ist meistens schon am nächsten Tag ausverkauft. Die Uhren gehen wohl auch ziemlich oft kaputt, meine eigene hat schon seit Dienstag nicht mehr geschlagen. Aber wahrscheinlich erfordert so ein lieblicher Klang einen höchst komplizierten Mechanismus, und Mr Pinchbucket bietet einen ausgesprochen preiswerten Reparaturservice an."

„Fowler Pinchbucket repariert die Uhren selbst?" Miles konnte es nicht glauben. Damals im Waisenhaus hatte sich Fowler um sämtliche Reparaturen gekümmert, und das heruntergekommene Gebäude war immer mehr verfallen, bis es den Anschein hatte, als werde es nur noch durch die Farbe an den Wänden zusammengehalten.

Das Uhrengeläut verhallte und Miles ging wieder schneller. Er hatte nicht vor, sich auszuruhen, ehe nicht das Zero wieder eingefangen war. Deshalb passte es ihm gut, dass Sergeant Bramley die Wache offenbar gerade aufschloss. Auf dem Platz davor herrschte mehr Betrieb als sonst. Miles fiel auf, dass etliche Leute blaue Flecken und Blutergüsse hatten. Die Menge schien sich jedoch gerade zu verlaufen, als hätten die Leute Krawall schlagen wollen, es sich dann aber anders überlegt.

„Sergeant Bramley!“, rief Lady Partridge schallend. Der Polizist blieb wie angewurzelt auf der Vortreppe der Wache stehen, und es entging Miles nicht, dass sein Gesicht einen Anflug von Resignation zeigte, als er sich umdrehte.

„Schön, dass wir Sie gerade erwischen!“, verkündete Lady Partridge. „Wir haben etwas Neues erfahren und müssen das Zero so schnell wie möglich wieder einfangen, oder haben Sie das arme Ding etwa schon im Auto?“ Sie spähte neugierig zu dem mitten auf dem Platz gestrandeten Mannschaftswagen hinüber.

Sergeant Bramley stand auf der Schwelle der Polizeiwache, holte tief Luft und verschränkte die Arme. „Die Ermittlungen sind noch nicht abgeschlossen“, hob er mit seiner schönsten Beamtenstimme an. „Ich darf Sie aber beruhigen, dass wir uns rund um die Uhr mit dem Fall befassen und allen Hinweisen unverzüglich nachgehen. Die Wache ist noch bis vier Uhr geschlossen.“

„Soll das heißen, das Zero ist Ihnen entwischt, und Sie legen sich jetzt aufs Ohr?“

„Richtig! Äh ... falsch! Das Vieh ist uns zwar vorerst entwischt, aber ich will bis vier Uhr ein neues Einsatzkommando zusammenstellen.“ Sein flehender Unterton konnte Lady Partridge nicht erweichen.

„Da sind Sie doch bestimmt für eine Tasse Tee zu haben“, erwiderte sie, denn in ihren Augen gab es kein Problem, das sich nicht bei einer Tasse Tee lösen ließ. „Wir leisten Ihnen mit Vergnügen Gesellschaft und können dabei besprechen, wie wir die Suche am besten fortsetzen.“

„Na schön“, seufzte Sergeant Bramley. Er war zu müde zum Streiten. Er schlurfte in die kleine Wachstube und setzte den Wasserkessel auf. Der Raum war voller lose herumfliegender Blätter, vergilbter Aktendeckel, Büroklammern, verblichener Anschläge über entlaufene Haustiere und flüchtige Verbrecher, abgelaufener Wettscheine, vollgekritzelter Notizblöcke, leerer Zigarettenpackungen, benutztem Kohlepapier, Stempel und Tintenfässer. Lady Partridge nahm einen Aktenstapel von einem Drehstuhl und setzte sich, während Sergeant Bramley den Tee in einer angeschlagenen Kanne aufgoss.

„Also, Sergeant", sagte die Lady, „was für eine Taktik schlagen Sie vor?"

Sergeant Bramley schob die Akten auf seinem Schreibtisch fahrig hin und her, bis eine vergilbte Landkarte zum Vorschein kam. Die faltete er behutsam auf. Die Karte war schon so oft auf- und zugefaltet worden, dass sie sich an den Falzen bereits auflöste. „Wir haben die ganze Gegend zwischen Larding, Hayding und Shallowford gründlich abgesucht", verkündete er und stieß den Zeigefinger auf die Karte. „Trotzdem ist es uns nicht gelungen, die Verdachtsperson dingfest zu machen."

„Das Zero ist keine Verdachtsperson", widersprach Lady Partridge. „Es hat bis jetzt nicht gegen das Gesetz verstoßen."

„Ach nein?" Doktor Tau-Tau war pikiert. „Das Vieh hat mich entführt und in einen Baum gehängt!"

„Ja, schon ..." Was das betraf, schien der Sergeant auf der Seite des Zero zu sein. „Wie dem auch sei, ich fertige erst einmal eine Skizze der Umgebung an, damit wir wissen, in welche Richtung es geflüchtet ist." Er strich die ramponierte Karte glatt, zog die Dienstmütze tief ins Gesicht und stützte sich auf die Ellbogen.

Miles und Little trieben in dem Durcheinander ein paar Emaillepötte und abgenutzte Tassen auf und schenkten Tee ein. Doktor Tau-Tau trank seinen mit zwei großen Schlucken aus und starrte in die Tasse, die er vor sich auf den Tresen gestellt hatte. „Ich kann in den Teeblättern das Zero erkennen. Es ist gar nicht so weit weg. Wir haben dort bloß noch nicht gesucht."

Miles spähte neugierig in die Tasse des Wahrsagers. „Also ich sehe bloß ein schwarzes Häufchen."

„Was sonst?", erwiderte der Doktor unwirsch. „Man muss schon das Zweite Gesicht haben, wenn man aus dem Teesatz lesen will." Er rieb sich die Schläfen. „Das Vieh hat sich nach Süden gewandt. Es hält sich in der Nähe von … Augenblick … von Iota auf."

„Sie wollen doch wohl nicht andeuten, wir sollen uns bei der Suche nach einem verängstigten, hochgefährlichen Untier auf Teeblätter verlassen!" Lady Partridge war entrüstet.

Doktor Tau-Tau rümpfte die Nase. „Hören Sie auf mich oder lassen Sie es bleiben. Aber ich begleite Sie gern nach Iota und sei es auch nur, um meine extrastarken Schlaftropfen auszuprobieren."

„Was halten Sie davon, Sergeant?", fragte Lady Partridge. „Sergeant?"

Der Sergeant fuhr in die Höhe und faltete hastig seine Karte zusammen.

„Haben Sie etwa geschlafen, Sergeant Bramley?“, fragte Lady Partridge streng.

„Wie kommen Sie denn darauf, Gnädigste!“, antwortete Bramley entrüstet, und Miles hörte noch, wie er leise hinzusetzte: „Schön wär's!“

29. Kapitel

Vermisst

Auf der Fahrt nach Iota schaute der durchgeschüttelte, durchgerüttelte Miles Wednesday auf das geschnitzte Hündchen, das auf dem Armaturenbrett von Sergeant Bramleys Polizeitransporter hockte. Es war eins von diesen Tierchen mit einer Feder im Hals, die bei jedem Holperstein und jedem Schlagloch vergnügt nicken. Dieses Exemplar nickte jedoch dank des tollkühnen Fahrstils des Sergeanten und der fehlenden Stoßdämpfung dermaßen eifrig, dass man Angst bekam, der Kopf werde ihm jeden Augenblick abfallen.

Obwohl Miles den Blick darauf gerichtet hatte, bekam er nur wenig davon mit. Er dachte über das Ungeheuer nach, das einst sein Vater gewesen war, und wurde ein gewisses Schuldgefühl nicht los, dass er die eigentliche Natur des Wesens nicht längst erkannt hatte. Trotzdem erinnerte er sich nur allzu gut an den schaurig leeren Blick des Zero und konnte sich kaum vorstellen, dass es gelingen könnte, seinen Vater wieder hervorzulocken.

Er hielt durch die staubige Windschutzscheibe nach dem Städtchen Iota Ausschau. Dort war er geboren, so jedenfalls hatte es ihm der Tiger seinerzeit erzählt. Was wiederum hieß, dass dort auch seine Mutter gestorben war. Er malte sich einen von Unwettern heimgesuchten Ort voller Standbilder und unheimlicher Torbögen aus, als über den Bäumen am Horizont ein Kirchturm auftauchte. Der Wagen bog unvermittelt in einen kleinen Rastplatz ein und hielt schlitternd an. Sergeant Bramley sprang heraus und ging nach hinten. Er kam mit Doktor Tau-Tau zurück, der den Eindruck machte, als hätte er etliche Stunden in einem Cocktailshaker zugebracht. „Ich hätte vorn mitfahren sollen", brummte der Wahrsager mürrisch, „schließlich weiß ich als Einziger, wo sich das Vieh versteckt hält."

„Das werden wir ja sehen. Abgesehen davon sind die Plätze neben dem Fahrer nur befugten Personen vorbehalten, und ich allein bestimme, wer hier befugt ist."

Doktor Tau-Tau blieb neben dem Wagen stehen und rieb sich schmollend die Schläfen. Von der Motorhaube stieg eine Dampfsäule auf, was die Dramatik der Szene noch steigerte. „Wir sind schon ganz dicht dran", raunte er, „aber wir müssen uns sehr in Acht nehmen. Das Untier fühlt sich in die Enge getrieben. Man darf sich ihm nur mit allergrößter Vorsicht nähern. Am besten gehen nur ich und der Junge weiter."

„Das ist leider ganz und gar ausgeschlossen", erwiderte Lady Partridge bestimmt. „Nicht wahr, Sergeant Bramley?"

„Äh ... gewiss", antwortete der Polizist. „Meine Kollegen Flap und Wigge begleiten den Jungen und den Spinner. Als ihr Vorgesetzter bleibe ich hier und leite die Einsatzzentrale."

„Sie sind immer viel zu bescheiden", sagte Lady Partridge. „*Ich* bleibe hier und passe auf den Wagen auf. *Ihre* eisernen Nerven und Ihre Führungsqualitäten werden vor Ort dringender gebraucht."

Sergeant Bramley, der in der Hoffnung auf ein paar ruhige Minuten schon mal die Mütze ins Gesicht gezogen hatte, seufzte schwer. „Nun ja, wenn Sie meinen ..." Mit schicksalsergebener Miene schob er den Schlagstock in den Gürtel.

„Wo hält sich die Verdachtsperson Ihrer Meinung nach auf?", wandte er sich an den Wahrsager.

„Das Scheusal streunt über den Friedhof."

„Woher wollen Sie das wissen?", fragte Miles.

„Das verraten mir meine hellseherischen Fähigkeiten. Außerdem ist das nur logisch, wenn es schon nicht an *dich* herankann."

„Wieso denn?" Miles ging ein Licht auf. „Weil ... weil meine Mutter hier beerdigt ist?"

„Davon gehe ich aus. Allerdings war ich noch nie auf dem hiesigen Friedhof, außer natürlich auf meinen geistigen Reisen, du verstehst?“

„Ja, ja, ist ja gut“, sagte Sergeant Bramley barsch. „Wo geht's zum Friedhof?“

„Da lang“, kam Wachtmeister Flap dem Wahrsager zuvor. Der Wachtmeister hatte in der Fachzeitschrift *Wachtmeister Heute* einen Kurzlehrgang in Orientierungskunde absolviert und wusste daher, dass der Friedhof unweit des Kirchturms liegen musste.

„Dann gehen Sie doch bitte vor, Flap“, sagte Sergeant Bramley. Der Suchtrupp schlug einen schmalen Weg ein, der sich zwischen den Bäumen hindurchschlängelte. Vorneweg marschierte Wachtmeister Flap mit dem aufgerollten Fangnetz, dahinter kam der angstschlotternde Wachtmeister Wigge, ihm folgten Sergeant Bramley mit Miles und Little, und Doktor Tau-Tau bildete das Schlusslicht. Der Wahrsager trug einen länglichen schwarzen Koffer unterm Arm und sah sich immer wieder um. Als sie aus dem Wäldchen traten, bedeutete ihnen Wachtmeister Flap mittels international gebräuchlicher Handzeichen anzuhalten. Vor ihnen stand eine Kirche aus dunklem Stein, deren schlanker, hoher Turm sich über einem grünen Kupferdach erhob. Sein Schatten lag wie ein Ausrufezeichen über dem Friedhof und endete in einem pechschwarzen Kreis unter einer ausladenden Eibe.

„Da sitzt es!“, raunte Wachtmeister Flap und zeigte auf die Eibe. Erst konnte Miles zwischen den schiefen Grabsteinen nichts Ungewöhnliches erkennen, dann fiel ihm auf, dass ein Grabstein eindeutig zotteliger war als die anderen. Mit zusammengekniffenen Augen konnte er den Umriss des Zero ausmachen. Es kauerte reglos unter dem Baum. Hatte es sie gesehen? Es schien Miles anzuschauen, aber es rührte sich nicht und gab auch keinen Mucks von sich. Miles wollte zu ihm gehen, aber Wachtmeister Flap hielt ihn am Ellbogen fest. Na immerhin, dachte Miles, ein gewisser Fortschritt gegenüber dem „Spezial-Ohrgriff zu Festnahmezwecken“.

„Schön langsam, Kleiner!“, raunte Sergeant Bramley. „Die Verdachtsperson war schon einmal nicht gerade erfreut, dir zu begegnen. Obendrein wurde sie zuletzt in Begleitung einer gefährlichen und vermutlich nicht registrierten Großkatze gesehen.“

„Auch *Panthera tigris* genannt“, setzte Wachtmeister Flap hinzu.

„Ich geh nicht nah ran“, versicherte ihm Miles. „Außerdem glaube ich, das Zero schläft“, schwindelte er.

Sergeant Bramley räusperte sich. „Na gut. Flap, Wigge, ihr begleitet den Jungen und haltet das Netz bereit.“

Miles trat in die Sonne hinaus. Das spärliche Gras unter seinen Füßen war braun und vertrocknet, am

Himmel sang eine Lerche. Er näherte sich vorsichtig der Eibe und war sich bei jedem Schritt sicherer, dass ihn das Zero beobachtete. Er war darauf gefasst, dass es jeden Augenblick in irres Gegacker ausbrechen oder sich auf ihn stürzen würde, aber es rührte sich keinen Millimeter. Miles wagte es, sich kurz umzudrehen. Wachtmeister Flap schien ihn einholen zu wollen, der leichenblasse Wigge, der das andere Ende des Netzes hielt, betätigte sich eher als Bremse. Sergeant Bramley stand mit der Pfeife zwischen den Wulstlippen am Waldsaum und beobachtete die kleine Schar skeptisch, während Doktor Tau-Tau auf der Erde kniete und sich an seinem Koffer zu schaffen machte. Little war auf einen Baum geklettert und sah in dem dunkelgrünen Laub wie ein weißer Vogel aus.

Miles stand jetzt vor der niedrigen Friedhofsmauer und konnte das Zero deutlich erkennen. Es kauerte schwarz und zottelig auf einem verwilderten Grab und starrte Miles mit rot geränderten Augen an.

„Guten Tag!“, sagte Miles leise. „Kennst du mich noch?“ Er zwang sich, dem Blick des Untiers standzuhalten. Man hatte den Eindruck, in gähnende Leere zu schauen, schwarz und uferlos wie das Weltall. Miles musste an den Höllenschlund im unterirdischen Reich der Firbolg denken. Er bekam eine Gänsehaut, spürte aber, dass ihm das Zero zuhörte.

„Warum willst du nicht wieder mit nach Hause kommen?“, fragte er. Das Untier stieß einen abgrundtiefen Seufzer aus und wandte das zottelige Haupt ab. Da machte es hinter Miles „Plopp", als hätte jemand den Korken aus einer Flasche gezogen. Etwas sauste an seinem Ohr vorbei, und auf einmal stak wie von Zauberhand ein kleiner gelber Pfeil im Hals des Zero. Das Untier bäumte sich auf und stieß ein ohrenbetäubendes Geheul aus. Es grub sich die Klauen ins dichte Fell, aber ehe es den Pfeil ertastet hatte, kippte es vornüber und blieb reglos liegen.

Der erschrockene Miles drehte sich nach den beiden Polizisten um, aber denen stand genauso der Mund offen wie ihm selbst. Da trat hinten am Waldsaum der selbstgefällig grinsende Doktor Tau-Tau mit einem langen Blasrohr in der Hand zwischen den Bäumen hervor.

„Ist das Vieh k. o.?", rief er schallend. Miles war auf einmal furchtbar wütend und zugleich furchtbar enttäuscht. Doktor Tau-Tau wagte sich näher heran. „Hat geklappt!", sagte er zufrieden und spähte zu der Eibe hinüber. „Du brauchst keine Angst mehr zu haben, Kleiner. Es gibt auf der ganzen weiten Welt kein Lebewesen, bei dem meine extrastarken Schlaftropfen nicht wirken, vor allem, wenn sie korrekt angewendet werden. Bei korrekter Anwendung", wiederholte er, „sind meine Schlaftropfen außerordentlich wirkungsvoll."

Auf einmal fühlte sich Miles ganz schwach. Er sah, wie Little von ihrem Ast sprang und auf ihn zugelaufen kam. Er musste sich auf die Mauer setzen. „Warum haben Sie das getan?“

Der Wahrsager schien irritiert. „Warum ich …? Das ist ja wohl nicht dein Ernst! Das Vieh hätte dich in Stücke gerissen, Kleiner!“

„Nein. Es hat mich zum ersten Mal an sich rangelassen. Ich weiß nicht, was es vorhatte, und Ihretwegen werde ich es wahrscheinlich nie erfahren!“

Der Doktor lief rot an. „Unsinn! Du hast ja keine Ahnung von der Materie. Hätte ich das Vieh nicht unschädlich gemacht, würdest du jetzt im Baum hängen – oder Schlimmeres. Das Scheusal ist geisteskrank! Wenn du dich erst von deinem Schrecken erholt hast, wirst du mir noch dankbar sein.“

„Nicht mal, wenn ich tausend Jahre alt werde!“, fauchte Miles. „Dieses sogenannte Scheusal war früher mein Vater, und wenn es Sie in einen Baum gehängt hat, dann darum, weil Sie es verdient haben!“ Da kam auf einmal Sergeant Bramley mit gezückter Kladde angestapft. „Ich muss Sie leider wegen Besitzes eines gemeingefährlichen Blasrohres verhaften, Mr Tau-Tau.“

„Verhaften?“ Der Doktor war fassungslos. „Weil ich dem Kleinen das Leben gerettet habe?“

„Wachtmeister Wigge“, befahl der Sergeant, „nehmen Sie dem Spinner die Waffe ab, bringen Sie ihn zum Dienstfahrzeug und sperren Sie ihn ein. Dann fahren Sie hierher, damit wir die Verdachts…, äh, das Zero einladen können, bevor es wieder zu sich kommt."

Es bedurfte keiner weiteren Aufforderungen, damit Wachtmeister Wigge eine gewisse Entfernung zwischen sich und das Zero brachte, Schlaftropfen hin oder her. Er nahm dem zornroten Wahrsager das Blasrohr ab, legte ihm Handschellen an, packte ihn am Ellbogen und führte ihn ab.

Es gelang dem Doktor, sich noch einmal kurz loszureißen, und er drehte sich nach Miles um. „Du wirst deine Undankbarkeit noch bitter bereuen, Kleiner!", rief er mit bebender Stimme. „Ich habe in den Karten gelesen, dass dir Gevatter Tod auf den Fersen ist. Nur ich allein weiß, wann er dich einholt." Wachtmeister Wigge packte ihn wieder am Ellbogen, diesmal etwas fester, und stapfte energisch weiter. „Jawohl, ich habe deinen Tod gesehen", rief der Wahrsager über die Schulter, „und er ist dir schon auf den Fersen, Kleiner!"

Der staubbepuderte, schlaftropfengefoppte Miles Wednesday kniete neben dem reglosen Ungeheuer, das einmal sein Vater gewesen war. Trotz seiner massigen Gestalt sah das Zero hilflos aus, das Maul stand ihm offen, die starren Augen waren halb geschlossen. Miles beugte sich über das fellbedeckte Gesicht und forschte nach den Zügen des Mannes auf dem vergilbten Foto, das er immer bei sich trug.

„Glaubst du, du bekommst deinen Vater irgendwann wieder?“, sprach ihn Little an. Miles fuhr zusammen.

„Ich weiß nicht, ob noch etwas von ihm übrig ist“, sagte er. „Was glaubst du?“

„Ich weiß es auch nicht. Ich habe noch nie ein namenloses Wesen im Einen Lied angetroffen. Trotzdem muss Barty Fumbles Name irgendwo darin enthalten sein, sonst wäre er nicht mehr am Leben.“

„Woher willst du das wissen, wenn du keine Ahnung hast, wo sein Name zu finden ist?“

„Ich kann ihn im Einen Lied zwar nicht erkennen“, erwiderte Little, „aber wenn er ganz daraus verschwunden wäre, würde der Name irgendwie ... halliger klingen. Er hätte keine Farbe. Es ist wirklich schwer zu erklären.“

„Und was mache ich, wenn ich meinen Vater irgendwann zurückbekomme und ihn nicht leiden kann? Wenn er gar nicht so nett ist, wie alle immer behaupten?“

Little überlegte. „Ich habe keine Eltern“, entgegnete sie dann, „darum kann ich dazu nicht viel sagen. Aber ich glaube nicht, dass ihn dann alle so gemocht hätten.“

„Tau-Tau konnte ihn gar nicht leiden.“

Little lachte. „Doktor Tau-Tau kann sich selber zu gut leiden. Da bleibt für andere Leute nicht mehr viel übrig.“

Ihr perlendes Gelächter hob Miles' gedrückte Stimmung ein wenig. Er hockte sich auf die Fersen und sah sich um. Das Zero machte keine Anstalten, aus seiner Betäubung zu erwachen. Sergeant Bramley und Wachtmeister Flap hatten es sich auf einer Steinbank bequem gemacht. Der Wachtmeister zeigte dem Sergeanten einen tödlichen Würgegriff aus seiner Fachzeitschrift. Da er es für unklug hielt, seinen Vorgesetzten zu erwürgen, demonstrierte er den Kunstgriff am eigenen Leib. Sergeant Bramley, der nicht gar zu interessiert erscheinen wollte, zündete sich seelenruhig eine Zigarette an, während sein Untergebener blau anlief. Irgendwo röhrte ein Motor auf und tuckerte eine Weile, ehe sich der Lärm in der Herbstluft verlor.

Miles und Little saßen bei dem schlafenden Zero wie die Babysitter eines ungewöhnlich behaarten Kleinkindes. Das Untier war vor einem schlichten, von Brombeerranken halb überwucherten Granitstein zusammengebrochen, und Miles fiel erst nach einer Weile auf, dass dort etwas eingraviert war. Er langte über das Zero hinweg und zog die Ranken auseinander. Die Inschrift auf dem Grabstein lautete:

Celeste Mahnoosh Elham
Was die Zeit geraubt,
Rühre nicht daran.

Miles las es ein paarmal hintereinander. Dann ist unsere Familie also doch wieder vereint, dachte er. Meine Mutter liegt unter der Erde, mein Vater ist nur noch ein Schatten seiner selbst, innerlich leer, äußerlich fellbedeckt und obendrein habe ich noch eine vierhundert Jahre alte Schwester, die meine Eltern nie kennengelernt haben. Diese Art Familienzusammenführung hätte ihm befremdlich vorkommen müssen, aber so war es keineswegs. Er kannte es nicht anders – ihm fehlte jeglicher Vergleich.

„Eigentlich sind nur noch du und ich übrig", wandte er sich an Little. Er spürte Mandarine strampeln, dann reckte das Bärchen den schmuddeligen Kopf in die laue Luft, erblickte das schlummernde Untier und verkroch sich schleunigst wieder in seine Tasche. „Und Mandarine natürlich", ergänzte Miles.

Little lächelte ihn an. „Bis jetzt haben wir's doch ganz gut hingekriegt, oder?"

„Glaub schon", erwiderte Miles.

Motorengebrumm näherte sich von der Straße. Schon rumpelte der Mannschaftswagen hinter der Friedhofsmauer entlang und bog in die Schottereinfahrt vor der Kirche ein, wo er prompt absoff. Zu Miles' Überraschung kletterte Lady Partridge heraus. „Anscheinend bin ich ein bisschen aus der Übung, aber ich hab's nicht mehr ausgehalten", rief sie. „Habt ihr irgendeine Spur von dem armen Zero entdeckt?"

„Nicht nur eine Spur, Lady P.“, antwortete Sergeant Bramley würdevoll. „Wir haben die Verdachtsperson geortet und überwältigt. Hat Ihnen Wachtmeister Wigge das nicht ausführlich geschildert?“

„Wachtmeister Wigge? Wieso, ist der denn nicht bei Ihnen?“

„Ich habe den Kollegen schon vor geraumer Zeit zum Wagen zurückgeschickt.“ Der Sergeant zückte gewohnheitsgemäß seine Kladde. „Damit er den Spinner mit dem roten Hut hinten einsperrt. Heißt das etwa, die beiden sind nicht angekommen?“

„Offensichtlich nicht“, antwortete Lady Partridge. „Am besten gehen wir sie gleich suchen.“

Sergeant Bramley schlug die Kladde auf. „Wachtmeister Flap und ich bilden einen Suchtrupp“, verkündete er und notierte mit schwungvoller Schrift: Vermisst: 2 Personen.

30. Kapitel

Der Lügendetektor

Der mit Rührei und Speck abgefüllte, mit einem Schraubenzieher bewaffnete Miles Wednesday saß im Salon von Lady Partridges Villa. Vor ihm auf dem Tisch stand die schwarze Pinchbucket-Uhr. Das Frühstücksgeschirr war abgeräumt, und Lady Partridge hatte Miles gebeten, sich um die Uhr zu kümmern, die schon länger nicht mehr geschlagen hatte. Lady Partridge behauptete, sie sei es leid, alle naselang Fowler Pinchbucket zu rufen. Aber in Wirklichkeit wusste sie, dass Miles ein leidenschaftlicher Bastler war, und wollte ihn ein wenig von den Geschehnissen des Vortages ablenken.

Sie hatten Wachtmeister Wigge unweit des Friedhofs mit dem Gesicht im Farn gefunden. Er hatte eine dicke Beule am Hinterkopf und schlummerte tief und fest wie ein Säugling. Es war nicht zu erkennen, dass ein Kampf stattgefunden hatte, was nach der fachmännischen Meinung des Sergeanten darauf hinwies, dass sich der Wachtmeister selbst niedergeschlagen hatte, worauf der Verhaftete geflohen war. Eine Durchsuchung des Geländes brachte den Wahrsager nicht wieder zum Vorschein, und noch länger wollte man dort nicht verweilen, weil niemand wusste, wann das Zero wieder aufwachen würde. Der Wagen wurde rückwärts unter die Eibe gefahren und das Untier mit beträchtlichem Kraftaufwand hineingehievt.

Als die kleine Schar in Larding eintraf, stellte sie fest, dass sich der Zirkus Bolsillo schon auf der großen Wiese am Fuße des Hügels häuslich niedergelassen hatte. Wachtmeister Wigge wurde der Obhut von Baumella anvertraut, die allmählich zur Expertin für die Wiederbelebung Bewusstloser wurde, und Little wurde zu K2 geschickt, damit er das Zero in sein neu gesichertes Zuhause schleppte.

Miles hatte kaum geschlafen und sich schon vor Sonnenaufgang leise angezogen, um das Zero im Gartenpavillon zu besuchen. Das Untier war noch ganz benommen gewesen, aber Miles hatte sich in den alten Sessel vor dem Gitter gesetzt und ihm Gesellschaft geleistet, bis er zum Frühstück gerufen wurde. Als er jetzt Lady Partridges Uhr inspizierte, überlegte er, ob das Zero wohl jemals aus seinem mürrischen Brüten, unterbrochen von Wutanfällen, erwachen würde. Miles hatte keine Ahnung, ob es überhaupt möglich war, dass sein Vater wieder er selbst wurde. Im Grunde schien er der Einzige zu sein, der noch daran glaubte, dass sich in dem zotteligen Koloss der frühere Barty Fumble verbarg.

Die Bolsillos hatten gemeint, das Ei des Tigers habe Celestes Heilkräfte verstärkt. Wenn das stimmte, war das Ei seine einzige Hoffnung. Leider war Miles in dieser Hinsicht keinen Schritt weitergekommen. Selbst wenn es ihm gelänge, das Ei aufzutreiben, besaß der Große Cortado immer noch die Gebrauchsanweisung. Was hatte auf dem Grabstein seiner Mutter gestanden? „Was die Zeit geraubt, rühre nicht daran." Hatte sich Celeste den Grabspruch selbst ausgesucht? Wollte sie ihrem Sohn mitteilen, er solle sein Leben nicht mit der Suche nach einem Vater vergeuden, der längst tot und begraben war, wie Fabio Bolsillo sich ausgedrückt hatte?

„Hast du schon rausgefunden, wie man sie aufkriegt?" Little setzte sich zu ihm.

Miles riss sich zusammen und drehte die Uhr um. Sie war überraschend schwer, er hatte sie kaum von der Anrichte zum Tisch schleppen können. Es hatte sich angehört, als wäre das ganze Innenleben lose und rutsche in dem klobigen schwarzen Gehäuse herum. Auf der Rückseite hatte die Uhr eine Art Türchen, aber Miles konnte weder ein Schloss noch irgendeine Art Riegel entdecken. An der Unterkante waren vier große Schrauben und ein Messingschildchen mit der eingravierten Aufschrift: „Reparaturen nur durch Fachpersonal". Miles löste die Schrauben und legte sie sorgsam beiseite, dann stand er auf und hob das Gehäuse vom Uhrwerk.

Was herausfiel, war gelinde gesagt nicht das, was man erwartet hätte. Eine Lawine aus Geldstücken ergoss sich auf den Tisch, dazu eine goldene Taschenuhr, etliche Silberlöffel, ein Porzellanfingerhut, ein Salzstreuer, verschiedene Schmuckstücke, eine silberne Sauciere, zwei Serviettenringe, ein Goldmedaillon mit dem winzigen Foto eines Jungen im Matrosenanzug, ein silbernes Zigarettenetui, eine opalbesetzte Hutnadel, ein einzelner Manschettenknopf und noch manch anderes. Das mit Abstand Verblüffendste waren zwei weiße Ratten mit roten Augen, die mitten zwischen die Schätze purzelten. Sie schienen selbst verblüfft, dass sie auf Lady Partridges Esszimmertisch gelandet waren.

Miles machte große Augen, Little aber lachte, und von ihrem melodischen Gelächter klingelte das Läutwerk der Uhr. „Guten Tag!", begrüßte sie die Ratten und quiekte eine Frage, worauf die beiden Tierchen mit zuckenden Barthaaren einen Blick wechselten. Die Kleinere quiekte schließlich eine Antwort. Miles legte das Uhrgehäuse behutsam ab, um die Ratten nicht zu erschrecken, aber die beiden ließen sich davon so wenig stören, als sei ein Berg aus Geld und Silberzeug ihre natürliche Umgebung. Little quiekte noch einmal, und die beiden Ratten rollten sich demonstrativ zusammen und machten die Augen zu. Allerdings merkte Miles, dass die Größere heimlich blinzelte.

„Was hat sie gesagt?", wollte er wissen.

„Sie hat gesagt, in der Uhr sei es so schön dunkel und sie hätten bloß ein Schläfchen gemacht."

„Dann frag sie, wie sie hineingekommen sind", sagte Miles. Jetzt, da das Gehäuse auf der Seite lag, sah man, dass das Türchen innen mit einer kleinen Klinke versehen war, und das kam ihm merkwürdig vor. Little wandte sich wieder an die beiden Ratten, aber die gaben keine Antwort. Eine von ihnen schnaufte oder schnarchte leise.

Da kam Lady Partridge auf einer Katzenwoge hereingesegelt. „Miles? Sergeant Bramley würde gern ..." Als ihr Blick auf die Schätze fiel, blieb ihr die Spucke weg. „Was um Himmels ...?", stotterte sie. „Das ... das ist ja Dartforths Zigarettenetui ... und meine Perlenohrringe! Die hab ich überall gesucht. Und mein Medaillon ist auch wieder da. Was macht der ganze Kram hier auf dem Tisch?"

„Das wüssten wir auch gern", antwortete Miles. „Little hat die beiden schon danach gefragt." Er zeigte auf die zusammengerollten Ratten. „Ich glaube, sie gehören Fowler Pinchbucket. Er hat schon immer Ratten gezüchtet."

Lady Partridge holte ihre Brille aus der Kimonotasche und setzte sie schief auf die Nase. „Herrje! Das sind ja Ratten! Ich hatte sie für ein Paar Handschuhe gehalten. Waren die beiden etwa auch in der Uhr?"

Ein großer grauer Kater sprang leichtpfotig auf den Tisch. Offenbar fand er die Ratten ebenfalls spannend. Little sagte etwas zu ihm, worauf er erst enttäuscht dreinsah und sich dann putzte, als wären zwei schmackhafte Ratten nun wirklich das Allerletzte, was ihn interessierte.

„Offenbar schlafen sie." Lady Partridge beugte sich vor.

„Ich glaube, sie tun nur so", erwiderte Miles. „Angeblich haben sie sich zum Schlafen in die Uhr verkrochen, weil es da drin so schön dunkel ist."

„Das erklärt allerdings nicht, wie außerdem eine ganze Kollektion meiner Wertsachen und ein Berg Kleingeld in das Gehäuse gelangt sind", sagte Lady Partridge. „Aber wie heißt es doch so treffend: Ein dickes Konto ist ein sanftes Ruhekissen!" Sie brach in schallendes Gelächter aus, worauf die Ratten vor Schreck derart zusammenfuhren, dass sie sich beim besten Willen nicht mehr schlafend stellen konnten. Sie setzten sich auf und blinzelten verlegen.

„Sehen Sie sich das mal an, Sergeant Bramley!", rief die Lady über die Schulter.

Sergeant Bramley kam hereingewatet. Er hob die Füße übertrieben hoch, um ja nicht auf eine Katze zu treten. Wachtmeister Flap kam hinterhergetappt. „Meister Miles ... Miss Little", grüßte der Sergeant und legte die Hand an die Dienstmütze. Dann betrachtete er die aufgehäuften Wertsachen und die beiden weißen Ratten, die zunehmend schuldbewusst in die Runde blickten.

„Hm", machte der Sergeant. „Was haben wir denn da?"

„Ich habe die Uhr aufgeschraubt, weil ich sie reparieren wollte", sagte Miles, „und dann war lauter Zeug drin. Die Ratten auch."

„Ratten, hm?", brummte Sergeant Bramley.

„*Rattus norvegicus*", warf Wachtmeister Flap ein.

„Danke, Flap. Da stellt sich die Frage: Wieso versteckt jemand zwei Ratten und einen Haufen Geld in einer Uhr?"

„Ich vermute, die Ratten haben die ganzen Sachen in die Uhr geschleppt", erwiderte Miles und hob das schwere Gehäuse an, damit der Beamte hineinschauen konnte. „Sehen Sie, dort ist ein Türchen, aber die Klinke ist innen."

Der Sergeant machte ein skeptisches Gesicht. „Überlass die Detektivarbeit lieber uns Profis, Meister Miles. Was soll eine Ratte mit einer Taschenuhr anfangen, bitte schön?"

„Das haben wir die beiden auch gefragt."

„Gefragt?"

„Little kann gut mit Tieren umgehen, Sergeant", warf Lady Partridge ein. „Sie spricht mit ihnen."

„Ach so?" Der Sergeant wirkte ein wenig ungehalten. „Es ist Vorschrift, dass Verdachtspersonen ausschließlich von Polizeibeamten befragt werden. Sonst zählt die Aussage vor Gericht nicht."

Wachtmeister Flaps Miene hellte sich auf. „Wir können die Kleine doch als Hilfspolizistin vereidigen!" Bei diesem Vorschlag hatte er den Hintergedanken, dass sich bei einem sofortigen Verhör der Ratten eine umständliche stadtweite Befragungskampagne vermeiden ließ. Da Wachtmeister Wigge krankgeschrieben war und der Sergeant sicherlich dringende Schreibtischarbeiten zu erledigen hatte, konnte er sich ausrechnen, dass eine solche Aktion an ihm hängen bleiben würde.

„Wir können doch nicht einfach jeden x-Beliebigen vereidigen. Das verstößt gegen die Vorschriften."

„Mitnichten, Chef", widersprach Wachtmeister Flap. „Mit Ihrem Dienstgrad sind Sie dazu befugt. Ich hab mal was darüber gelesen, und zwar in ..."

„Ja, ja", sagte der Sergeant barsch.

„Ich hab den genauen Wortlaut sogar dabei, Chef!" Der Wachtmeister holte einen zusammengefalteten Zeitungsausschnitt aus der Brusttasche. „Den trage ich für den Notfall immer bei mir."

Sergeant Bramley setzte die Brille auf und räusperte sich. „Heb die rechte Hand, kleines Fräulein", kommandierte er.

„Welche ist das?", raunte Little Miles zu.

„Die, mit der du schreibst."

„Ich schreibe mit beiden.“ Little hob beide Hände.

„Hiermit schwöre ich feierlich …“, las der Sergeant vor. Er machte eine Pause und Miles stupste Little an.

„Ich auch“, sagte Little.

„Wiederhole einfach, was ich sage, kleines Fräulein. Hiermit schwöre ich feierlich, das Gesetz zu achten …“

„Hiermit schwöre ich feierlich, das Gesetz zu achten und zu schützen …“, ahmte Little die Stimme und den Tonfall des Sergeanten nach. Der blickte irritiert auf, dann beugte er sich wieder über den Zeitungsausschnitt.

„Und ich gelobe … Puh!“ Er faltete den Ausschnitt zusammen und gab ihn Wachtmeister Flap zurück.

„Und ich gelobe Puh!“, wiederholte Little, die noch immer beide Hände hochhielt. Diese Art Bräuche, mit denen sich die Menschen die Zeit vertrieben, machten ihr einen Riesenspaß. Dabei musste sie immer daran denken, wie sie früher zwischen den Zirruswolken hin und her geflitzt war und „Nicht berühren“ gespielt hatte, statt schnurstracks dorthin zu fliegen, wo man sie hingeschickt hatte.

Der Sergeant nahm noch einen Anlauf. „Ich gelobe, auf die Einhaltung des Gesetzes zu achten, ohne mich wichtig zu machen, und meine Dienstmarke auf Anfrage zurückzugeben.“

„Ich habe zwar keine Dienstmarke“, sagte Little, „aber ich verspreche es trotzdem.“

Sergeant Bramley drehte sich um, löste eins der silbernen Abzeichen von Wachtmeister Flaps Uniformjacke und steckte es Little an. Es war die Ehrennadel für kriminalistischen Scharfsinn zweiter Klasse, auf die der Wachtmeister besonders stolz war, aber er biss sich auf die Zunge und protestierte nicht.

„Danke“, sagte Little. „Kann ich die Hände wieder runternehmen?“

Der Sergeant nickte. „Und jetzt ...“, er klopfte sich mit dem Stift ans Kinn, „... jetzt frag doch bitte diese beiden Nagetiere, wie sie dazu kommen, ihr Mittagsschläfchen in einem Uhrgehäuse auf einem Haufen Geld abzuhalten.“

Little führte ein kurzes Zwiegespräch mit der kleineren Ratte, die offenbar die Sprecherin der beiden war. „Sie behaupten, das Geld sei schon drin gewesen, als sie zum Schlafen hineingeschlüpft sind.“

„Deswegen ist die Uhr wahrscheinlich auch stehen geblieben“, warf Miles ein. „Die vielen Münzen haben das Uhrwerk angehalten.“ Als wollte die Uhr seine Theorie bestätigen, ertönte ein Surren und winzige Messinghämmerchen brachten das Geläut in Gang. Es war zwar noch längst nicht Mittag, aber die Uhr hatte so lange nicht schlagen können, dass sie es nicht mehr aushielt. Das Läuten durchflutete das Zimmer, ohne durch das dicke Gehäuse gedämpft zu werden, und klang lieblicher denn je. Die beiden Polizisten, der schwarzhaarige Junge, die üppige Lady und die Hilfspolizistin versanken einen Augenblick in Träumereien, und keiner merkte, dass die Ratten klammheimlich an die Tischkante trippelten. Weiter als bis an die Tischkante kamen sie allerdings nicht. Der Fußboden wimmelte von Katzen, da nutzte den Ratten ihre ganze Listigkeit nichts, und als die letzten Töne verhallten, meldete Wachtmeister Flap ihren Fluchtversuch.

„Die Ratten wollen sich dem Verhör entziehen, Chef!“, posaunte er.

„Das haben wir gleich“, erwiderte sein Vorgesetzter. „Holen Sie meinen Lügendetektor aus dem Wagen.“

Der Wachtmeister bekam leuchtende Augen. „Haben wir so was denn?“

„Unter dem Fahrersitz“, beschied ihn der Sergeant, der die Ratten nicht aus den Augen ließ. Der Wachtmeister setzte wie ein Hochleistungssportler über die Katzen hinweg und verschwand.

„Was ist ein Lügendetektor?“, erkundigte sich Little.

„Ein Gerät, mit dem man rausfinden kann, ob jemand die Wahrheit sagt“, klärte Lady Partridge sie auf. „Ich wusste ehrlich gesagt auch nicht, dass unsere hiesigen Polizeidienststellen mit dergleichem ausgestattet sind.“

„Meinen hab ich auf eigene Kosten angeschafft, Lady P.“, sagte Sergeant Bramley und zwinkerte Miles zu. Miles wechselte einen Blick mit Lady Partridge und zuckte die Achseln.

Wachtmeister Flap kam zurück. Sein schmales Gesicht hatte einen verwirrten Ausdruck angenommen. Er überreichte seinem Vorgesetzten einen großen Holzhammer. „Was anderes hab ich unter dem Sitz nicht gefunden, Chef.“

„Das ist mein Lügendetektor!“ Der Sergeant langte blitzschnell über den Tisch und hob die kleinere Ratte am Schwanz hoch. „Und jetzt“, wandte er sich an Little, „frag bitte die anwesenden Nagetiere, ob ihnen nicht doch etwas dazu einfällt, wie sie in die Uhr gelangt sind.“

Little brauchte die Frage gar nicht zu wiederholen, weil die Ratte schon in panisches Gequiek ausbrach.

„Sie sagt, der Zuckermann hätte sie in die Uhr gesetzt“, dolmetschte Little. Die Ratte quiekte weiter.

„Der Zuckermann hat den beiden beigebracht, blinkende Gegenstände aufzustöbern und sie ihm zu bringen. Dann hat er ihnen gezeigt, wie man das Türchen in der Uhr aufmacht, aber das dürfen sie erst, wenn es dunkel ist. Als sie den Trick beherrschten, hat er die beiden in die Uhr gesteckt. Jetzt schlüpfen sie jede Nacht hinaus und schleppen alles, was sie finden, in das Gehäuse, bis es drinnen so voll ist, dass die Glocken nicht mehr singen. Sie warten eine Ewigkeit, bis der Zuckermann irgendwann das Türchen aufmacht. Dann haben sie einen Tag frei und bekommen so viel Würfelzucker, bis sie platzen. Der Zuckermann holt die Blinkesachen aus der Uhr und dann geht das Ganze von vorne los."

Sergeant Bramley ließ den Hammer sinken, setzte die Ratte aber noch nicht ab. „Kann die Verdachtsperson uns diesen Zuckermann beschreiben?"

„Der Zuckermann riecht wie die schmierige Lache unter der Waschmaschine", dolmetschte Little. „Und er hat dreckige Fingernägel."

„Das kann nur Fowler Pinchbucket sein", sagte Miles.

Der Sergeant setzte die Ratte ab und überreichte Wachtmeister Flap den Holzhammer. „Gute Arbeit, Kollege. Und du, Fräulein Little, darfst deine Dienstmarke vorläufig behalten. Vielleicht brauche ich dich noch als Zeugin vor Gericht, sobald ich herausgefunden habe, ob es sich bei den anwesenden Nagetieren um Verdachtspersonen, Augenzeugen oder Beweismaterial handelt."

„Worum auch immer", sagte Lady Partridge, „für Fowler Pinchbucket wird die Angelegenheit jedenfalls kein Zuckerschlecken!" Sie bekam einen Lachkrampf.

31. Kapitel

Eine ehrbare Firma

Der verschwitzte, uniformierte Sergeant Bramley hämmerte mit der Faust an die Tür der Listigen Ratte und blaffte: „Aufmachen – im Namen des Gesetzes!“ Wachtmeister Flap hatte zwar angeregt, den Überrumpelungseffekt zu nutzen, aber der Sergeant hatte nicht oft Gelegenheit, etwas im Namen des Gesetzes zu blaffen, und wenn ihm eine solche Gelegenheit schon in den Schoß fiel, wollte er sie sich nicht entgehen lassen. Sofort flogen bei etlichen umstehenden Häusern die Fenster auf und die Lardinger steckten die Köpfe heraus. Der Sergeant setzte gerade zur nächsten Klopfsalve an, da wurde die Kneipentür aufgerissen und Mrs Pinchbucket trat in die schmale Gasse heraus. Sie hatte ein Lächeln auf ihr mürrisches Gesicht gezaubert. „Schönen guten Morgen, Herr Sergeant!“, sagte sie. „Und da haben wir ja auch den kleinen Miles und … sein Schwesterchen. Das ist aber nett, dass Sie mal bei uns vorbeischauen.“

„Ich habe einen Durchsuchungsbefehl für dieses Gebäude“, erwiderte Sergeant Bramley ohne Umschweife und irgendwelche Höflichkeitsfloskeln, zog ein Blatt aus der Tasche und wedelte damit vor Mrs Pinchbuckets Nase herum. Hätte sich Mrs Pinchbucket die Mühe gemacht, das winzige Geschreibsel zu entziffern, hätte sie festgestellt, dass es sich lediglich um den Garantiebeleg für das neue Sofa handelte, das sich der Sergeant am Wochenende gekauft hatte. Er holte nicht gern irgendwelche Vollmachten ein, denn dazu musste man nach Shallowford fahren und die steile Treppe im Bezirksgericht emporsteigen, während sich die betreffenden Verdachtspersonen unterdessen aus dem Staub machten. Er hatte die Erfahrung gemacht, dass die Leute offiziellen Schriftstücken prinzipiell Glauben schenken, ohne sie überhaupt durchzulesen, was es in seinen Augen doppelt überflüssig erscheinen ließ, vorher einen solchen Aufriss zu veranstalten.

Mrs Pinchbucket war da keine Ausnahme. Sie wurde ein bisschen blass um die Nase, machte dann aber die Tür weit auf. „Ich muss doch sehr bitten“, sagte sie. „Hier geht nichts Ungesetzliches vor sich. Wir führen eine einwandfrei ehrbare Firma, und wenn sich hier doch etwas Ungesetzliches abspielen sollte, was nicht der Fall ist, hat es ganz bestimmt nichts mit uns zu tun, weil wir nämlich nichts davon wissen. Fowler!“, rief sie über die Schulter. „Komm hoch und mach die Kellertür hinter dir zu. Hier zieht's wie Hechtsuppe!"

„Quatsch", hörte man Fowler Pinchbucket heiser antworten. „Ich zähl grad die Beute, da kann's gar nicht ziehen. Hier unten gibt's doch kein Fenster."

Mrs Pinchbucket wurde noch blasser, ihr Lächeln noch spröder. „Mein Mann ist ein unverbesserlicher Witzbold. Wir haben Besuch, Fowler!" Ihre Stimme klang schrill.

„Machen Sie sich keine Umstände, Gnädigste." Sergeant Bramley schob sich an ihr vorbei. Auch Miles und Little traten in die schummrige Schankstube. Wachtmeister Flap schloss die Kneipentür und postierte sich mit verschränkten Armen davor, was der verschreckten Besitzerin keine andere Wahl ließ, als dem Sergeanten und seinen Begleitern zu folgen.

Wenn du schon mal Besuch von einem Polizeibeamten hattest, während dein Keller randvoll mit Diebesgut war, hast du wahrscheinlich wie Mrs Pinchbucket inständig gehofft, dass unversehens etwas geschieht, das dich vor einem langen, langen Gefängnisaufenthalt bewahrt. Dass dein Ehemann das Zeug blitzschnell versteckt. Dass es ein Erdbeben gibt. Dass dir ein ausgewachsener Königstiger zu Hilfe kommt. Aber Mrs Pinchbucket hatte Pech. Als Miles, Little und der Sergeant die Kellertreppe herunterkamen, saß Fowler Pinchbucket an einem großen Tisch, der sich unter einem Berg aus Geld, Tafelsilber, Schmuck und anderem blinkendem Krimskrams nur so bog. Dort auf dem Tisch waren bestimmt die Hälfte aller in Larding vorhandenen Wertgegenstände versammelt, und der Anblick ließ keine Fragen bezüglich der jüngsten geheimnisvollen Einbruchsserie mehr offen. Hinter Fowler standen auf einem ausgeklappten Tapeziertisch mindestens zehn hässliche schwarze Uhren und dahinter lauter Maschendrahtkäfige. Manche waren leer, in anderen hockte jeweils ein Pärchen weiße Ratten, das Nüsse futterte oder sich in einem Nest aus Zeitungspapierfetzen zusammengerollt hatte.

„Sieh an, sieh an!“, sagte Sergeant Bramley. „Was haben wir denn da?“

Fowler Pinchbucket starrte den Beamten mit offenem Mund an. Sein Hirn mühte sich ab, angesichts der erdrückenden Beweise um ihn herum eine geniale Erklärung zu ersinnen oder wenigstens irgendeine Erklärung. „Das ist ein Forschungsprojekt“, sagte Mrs Pinchbucket barsch. Sie stand inzwischen auf der Treppe. „Zu Versicherungszwecken. Ein ausländischer Herr hat uns den Auftrag erteilt, die Wertsachen der Stadt zu begutachten. Alle diese Gegenstände werden geschätzt und wieder zurückgegeben. Es handelt sich sozusagen um Leihgaben.“

„Ganz recht“, sagte Fowler, der seiner Frau zwar nicht hatte folgen können, aber ahnte, dass er sie am besten unterstützte.

„Geschätzt – soso“, sagte der Sergeant. Sein Bleistift schwebte über der Kladde, auch wenn er bei dem Dämmerlicht kaum sehen konnte, was er schrieb. „Und um wen handelt es sich bei diesem ausländischen Herrn?“

„Wir kennen ihn nicht gut“, antwortete Fowler. „Er kommt jede Woche, manchmal auch alle vierzehn Tage vorbei. Sagt vorher nicht Bescheid. Er schaut sich die Beute ... äh, die Leihgaben Stück für Stück an – dann geht er wieder. Er hat gesagt, wir dürfen behalten, was uns gefällt.“

„Das ist natürlich Unsinn!“, sagte Mrs Pinchbucket scharf. „Er hat uns angewiesen, alle Gegenstände ordentlich aufzulisten und ihren rechtmäßigen Besitzern zurückzugeben.“

„Sag ich doch“, brummte Fowler, stand auf und wischte sich die verschwitzten Hände an der Hose ab.

„Besonders ordentlich sieht es hier aber nicht aus“, sagte Miles. „Und wie wollen Sie die ganzen Sachen wieder zurückgeben? Sind die Ratten darauf auch dressiert?“

Fowler warf ihm einen finsteren Blick zu. „Sieh da, der kleine Wednesday. Was verstehst du schon von meinen Ratten?“

Sergeant Bramley räusperte sich. „Ich muss Sie beide leider verhaften. Wegen Verdachts auf Diebstahl mittels Nagetieren. Sie haben das Recht, die Aussage zu verweigern und die Klappe zu halten, was mir offen gestanden lieber wäre. Lauf schnell nach oben, Meister Miles, und sag Flap, er soll runterkommen und die supersicheren Handschellen mitbringen, die er sich letztens über seine Fachzeitschrift bestellt hat."

Als Miles, Little und die beiden Polizisten mit den verhafteten Pinchbuckets aus dem Haus traten, hingen die Nachbarn immer noch aus den Fenstern. Sie hatten schon darauf gewartet, dass irgendein Spektakel den Vormittag auflockerte. Die Verhaftung des Ehepaars Pinchbucket kam ihnen da gerade recht, auch wenn der eine oder andere fand, dass ein paar Schüsse und ein, zwei Schreie den Unterhaltungswert deutlich gesteigert hätten. Als Mrs Pinchbucket unter dem Fenster eines Glatzkopfs im Unterhemd vorbeikam, rief sie zu ihm hoch: „Sie schulden uns noch zwei Shilling vom letzten Dienstag! Glauben Sie ja nicht, ich hätte das vergessen!"

32. Kapitel

Nirgendwo und irgendwo

Der mit allen Zirkuswassern gewaschene, fast zwölfjährige Miles Wednesday war unterwegs zur großen Wiese. Die letzte Vorstellung der Tournee stand bevor. Die Pinchbuckets waren in der kleinen Verwahrungszelle hinter der Polizeiwache eingesperrt, und die Kneipe Zur Listigen Ratte war so lange versiegelt, bis ein Beamter abgestellt werden konnte, die gestohlenen Wertsachen zu sichten und ihren Besitzern zurückzubringen. Doch erst einmal mussten das Zirkuszelt aufgebaut und die Tiere versorgt werden, und beim Gedanken an seine Arbeit schritt Miles schneller aus.

Als er ankam, standen die beiden großen Zeltmasten bereits und die Planen wurden befestigt. Tembo und Mamba, denen das Arbeiten mindestens so viel Spaß zu machen schien wie ihr Auftritt in der Manege, trompeteten schallend, als Umor sie wieder auf die Koppel brachte. Sie hatten ihre Pflicht getan.

Miles schlüpfte unter der Plane durch in das riesige, kühle Oval des leeren Zeltes und blickte nach oben. Wie erwartet, hockten Fabio und Gila auf der Querstrebe zwischen den Masten, überprüften die Verspannung und die Trapeze und montierten die farbigen Scheinwerfer. „Hallo, Meister Miles!", rief Gila herunter. „Wo hast du denn gesteckt?"

„Eigentlich nirgendwo", antwortete Miles.

„Dann komm hoch ins Irgendwo und geh uns ein bisschen zur Hand", rief Fabio.

„Wir haben nämlich nicht den ganzen Tag Zeit", ergänzte Gila.

Miles kletterte den Mast hoch. Er war nicht so schwindelfrei wie Little und passte gut auf, wo er hintrat, trotzdem hielt er sich im ganzen Zirkus am allerliebsten hoch oben unter der gestreiften Kuppel auf. Dort war es so wunderbar friedlich. Man konnte den Betrieb in der Manege beobachten, während man Schrauben festzog und Flaschenzüge überprüfte, und das Bauchkribbeln machte alles nur noch spannender.

„Tja, Meister Miles", sagte Fabio, als der Junge auf der kleinen Plattform am Ende der Querstrebe stand, „unsere letzte Vorstellung für dieses Jahr."

„Danach geht's wieder in die Schule", sagte Gila und reichte Miles einen großen schweren Schraubenschlüssel.

„Kein Entzweigesägtwerden mehr", sagte Fabio.

„Du darfst aber jederzeit vorbeikommen und den Elefantenstall ausmisten."

„Sonst bekommen Tembo und Mamba noch Sehnsucht nach dir."

Miles machte sich daran, die Stahlseile nachzuspannen. Ihm lag eine Frage auf der Zunge, aber bei dem Gedanken, sie zu stellen, bekam er Bauchweh statt Bauchkribbeln. Er fing lieber mit etwas Einfacherem an. „Wo hatte Barty Fumbles Truppe eigentlich ihr Winterquartier?"

„In der ersten Zeit überall und nirgends", antwortete Gila.

„Später haben wir dann am Stadtrand von Fuera überwintert", antwortete Fabio und hämmerte einen dicken Bolzen fest.

„Dein Vater war ganz begeistert von Fuera, Meister Miles."

„Er nannte es immer den Pulsschlag der Welt."

„Quatsch. Er nannte es den Cocktail der Kontinente."

„Wenn ihr mich fragt", sagte Umor, der wie ein Affe im Overall angeklettert kam, „hat er es das Eldorado der Kneipen genannt."

Miles holte tief Luft und fragte scheinbar beiläufig: „Warum habt ihr mir eigentlich nie gesagt, dass das Zero mal mein Vater war?"

Fabio stellte sofort das Hämmern ein. Gila fuhr zwar zusammen, machte sich aber weiter an einem

Scheinwerfer zu schaffen, als wäre er mit einem Mal schwerhörig geworden. Umor, der beim Klettern gern barfuß war, betrachtete stumm seine Zehen.

„Wer hat dir denn das erzählt?“, fragte Fabio schließlich mit unbewegter Miene.

„Doktor Tau-Tau.“

Fabio spuckte in die Manege, ohne sich vorher zu vergewissern, ob unten jemand stand. „Der redet viel Blödsinn, wenn der Tag lang ist.“

„Kann schon sein“, sagte Miles, „aber da hat er ausnahmsweise mal keinen Blödsinn geredet. Er hat uns die ganze Geschichte gestern beim Frühstück erzählt. Lady Partridge war auch dabei.“

„Was hat er denn alles erzählt?“, fragte Fabio ruhig.

„Dass er Barty Fumble aus Versehen in das Zero verwandelt hat. Der Große Cortado hat gedroht, ihm etwas anzutun, wenn er meinen Vater nicht wieder zur Vernunft bringt. Da hat er mithilfe von Celestes Tagebüchern einen Heiltrank gebraut, aber er hat sich mit den Zutaten verschätzt.“

„Dann stimmt es also doch!“, wandte sich Gila an seinen Scheinwerfer.

„Armer Barty“, seufzte Umor.

„Heißt das etwa, ihr habt nichts davon gewusst?“ Damit hatte Miles nicht gerechnet. „Habt ihr denn gar keinen Verdacht geschöpft, als das Zero in derselben Nacht aufgetaucht ist, in der Barty verschwand?“

„So ähnlich sehen sich die beiden nun auch wieder nicht“, erwiderte Gila.

„Außerdem haben alle gesagt, Barty hätte uns verlassen“, fügte Umor an.

Miles schaute von einem der drei kleinen Männer zum anderen. Es fiel ihm schwer zu glauben, dass sie die Geschehnisse jener Nacht nie hinterfragt hatten, ihren angeblichen Freund Barty nie gesucht und sich nie gewundert hatten, dass so ein großer, auffälliger Mann spurlos verschwinden konnte.

„Ich hab's gewusst“, gestand Fabio. „Ehrlich gesagt haben wir's alle drei gewusst.“

Gila wollte etwas einwenden, aber Fabio warf ihm einen strengen Blick zu.

„Ich glaube, im Grunde unseres Herzens haben wir alle gewusst, dass das Zero der klägliche Überrest deines Vaters ist“, fuhr Fabio fort. „Wir wollten es bloß nicht offen aussprechen.“

„Es waren heikle Zeiten damals, Meister Miles“, sagte Umor.

„Der Große Cortado war ein furchtbarer Mensch.“

„Sogar noch auf dem Sterbebett.“

„Wir hatten Angst, dass er zurückkommt.“

„So war's ja dann auch.“

„Außerdem ist das Zero nicht Barty Fumble“, sagte Fabio, „nicht mehr.“

„Von Barty ist nichts mehr übrig“, pflichtete ihm Umor bei.

„Wie könnt ihr das wissen?“, fragte Miles. „Wieso hat niemand von euch versucht, Barty wieder hervorzulocken?“

Umor hielt den Blick auf seine wackelnden Zehen geheftet. Unter ihm in der Manege bauten die anderen Zeltburschen die Bestuhlung auf. „Barty ist schon zu weit weg“, sagte er.

„So ein Zero kann man nicht einfach auf eine Trage packen“, sagte Fabio.

„Es hätte den Arzt im Handumdrehen gefressen.“

„Und das Stethoskop als Zahnstocher benutzt.“

„Vielleicht kann ich ihn ja mithilfe des Tigereis erreichen. Ihr habt doch gesagt, Celeste verdankte ihre Heilkräfte zum Teil dem Ei.“

Umor und Fabio schüttelten wie auf Kommando die Köpfe. „Da lass lieber die Finger von!“, sagte Umor.

„Mit einem Tigerei zu hantieren, ist eine Kunst“, sagte Fabio.

„Die jahrelanger Übung bedarf.“

„Es gibt niemanden, der das kann.“

„Dann gibt es das Ei also tatsächlich“, sagte Miles. „Habe ich es wirklich im Bauch, wie Doktor Tau-Tau behauptet?“

Gila drehte sich mit hochgezogenen Augenbrauen nach Fabio um, Fabio wechselte einen Blick mit Umor und alle drei Brüder prusteten los.

„Der Kerl ist echt weich in der Birne!“

„Und wurmstichig bestimmt auch."

Miles wurde ganz heiß. Er fühlte sich ausgeschlossen. Sollte er schmollen oder einfach mitlachen?

„Du hast kein Ei im Bauch, Meister Miles", sagte Umor.

„Du besitzt es", sagte Fabio.

„Was nicht unbedingt bedeutet, dass du es eines Tages benutzen kannst."

„Aber wenn ich das Ei besitze", wandte Miles ein, „wie kann es dann sein, dass ich es noch nie gesehen habe?"

Fabio wechselte einen Blick mit seinen Brüdern und stieß einen abgrundtiefen Seufzer aus.

„Dann will ich dich mal aufklären, auch wenn du hinterher bestimmt eine schlechte Meinung von uns hast."

Umor räusperte sich vernehmlich und schüttelte den Kopf. Er sah aus wie ein kleiner Junge, den man mit einer großen Schleuder vor einem kaputten Fenster erwischt hat.

„Er hat ein Recht darauf", sagte Fabio. „Und wir schleppen es schon viel zu lange mit uns herum."

„Dann sag's ihm eben", brummte Gila. Umor blieb stumm, wich aber Miles' Blick aus.

„Wir sind deiner Mutter nicht zufällig begegnet, Meister Miles", fing Fabio an.

„Jemand hat uns beauftragt, sie im Auge zu behalten."

„Sie und das Ei des Tigers."

„Wer denn?", fragte Miles.

„Das Volk unseres Vaters", sagte Fabio.

„Unser Vater war ein Firbolg."

„Er hieß Fathach der Neunzehige."

Miles betrachtete die drei kleinen Männer mit ganz neuen Augen. Sie waren zwar nicht so behaart wie die Firbolg, denen er begegnet war, aber sie hatten genau solche spitzen Zähne und blanke schwarze Augen. Warum war ihm das nicht schon früher aufgefallen? „Unser Vater war kein typischer Vertreter seines Volkes", sagte Umor.

„Er konnte die Füße nicht stillhalten."

„Er verließ die Höhlen manchmal und war wochenlang unterwegs."

„Natürlich immer nur nachts."

„Wie seinesgleichen konnte er das Tageslicht nicht ausstehen, aber eigentlich konnte er auch seinesgleichen nicht ausstehen."

„Er heuerte als Attraktion beim Zirkus an."

„Als ‚Runzelmännlein aus Katmandu'."

„Für einen halben Shilling durfte man ihn bei rötlicher Beleuchtung besichtigen."

„Und für noch einen halben Shilling spielte er eine Melodie auf dem Dudelsack, die Ausschläge heilen konnte und von der man lockiges Haar bekam."

„So hat er auch unsere Mutter kennengelernt, in Neptun Dangerfields Wanderzirkus."

„Sie war auch ganz klein und eine ausgezeichnete Pferdedompteuse, und der alte Fathach konnte mit Frauen genauso gut umgehen wie mit dem Dudelsack."

„Jedenfalls hat sie uns das erzählt."

„Aus Geldgier hat sie sich nicht mit ihm zusammengetan, das steht fest."

„Unser Vater war etliche Jahre mit Dangerfields Truppe unterwegs, aber zwischendurch stattete er seinem Volk immer wieder einen Besuch ab."

„Zum Beispiel, wenn gerade einer von uns zur Welt kam."

„Ich bin ein Jahr nach Fabio geboren", sagte Umor, „und Gila zwei Jahre nach mir."

„Unsere Mutter hat uns verboten, die Firbolg zu besuchen."

„Sie hatte Angst, dass wir dort bleiben."

„Wieso das denn?", fragte Miles.

„Sie hatte allen Grund dazu, Meister Miles", antwortete Fabio. „Die älteste Schwester unseres Vaters hätte uns adoptiert und wir hätten nicht mehr heimgedurft."

Miles malte sich aus, wie es war, wenn man sein ganzes Leben unter der Erde verbringen musste, wenn man nur die Wahl zwischen Zwielicht und pechschwarzer Finsternis und bei den Mahlzeiten zwischen Kaninchen und irgendwelchen Gräsern hatte. Schon die zwei Tage, die er mit Doktor Tau-Tau dort zugebracht hatte, waren ihm wie eine Ewigkeit vorgekommen. Unten in der Manege bauten die Arbeiter jetzt die rotgoldene Einfassung auf und streuten frisches Sägemehl auf den Boden. Durch die noch lose Zeltplane fielen schräge Sonnenstrahlen, sodass die Männer ganz gestreift aussahen. Sie riefen laut, scherzten miteinander und pfiffen Schlagermelodien. Ab und zu spähte einer in die Kuppel empor, weil er sich wunderte, dass Fabio heute gar keine Befehle herunterbrüllte. Aber Fabio hatte anderes im Kopf.

„Wenn ihr die Firbolg nie besucht habt, wie konnten sie euch dann beauftragen, Celeste zu beobachten?“, fragte Miles.

„Als wir größer waren, hat uns Vater zum Crinnew mitgenommen. Dort haben wir seine Verwandtschaft kennengelernt.“

„Was ist ein Crinnew?“

„Eine Versammlung, die am ersten Neumond nach Mittsommer stattfindet.“

„Dann versammeln sich alle Stammesältesten bei den Felszähnen im Höllenrachen.“

„Gibt es denn verschiedene Stämme?“

„Sieben Stück. Und alle schicken einen Gesandten zum Crinnew.“

„Sie sind nur nachts unterwegs, damit sie niemand sieht.“

„Und warum haben euch die Firbolg nicht auf dem Stammestreffen einkassiert?“

„Weil wir drei unter dem Schutz unseres Vaters standen."

„Fathachs Schwester erhob zwar Anspruch auf uns, aber unser Vater wollte uns nicht hergeben, und wenn auf einem Crinnew eine Meinungsverschiedenheit nicht geklärt werden kann, entscheidet der Zweikampf."

„Euer Vater hat mit seiner eigenen Schwester gekämpft?", fragte Miles erstaunt.

Gila lachte. „So weit kam es dann doch nicht, aber vor Firbolgfrauen muss man sich in Acht nehmen."

„Ist dir das seinerzeit denn nicht aufgefallen?"

„Unsere Tante war wild wie 'ne Kuh voller lästiger Bremsen."

„Man einigte sich schließlich darauf, dass unsere Tante ihren Anspruch, uns zu adoptieren, fallen ließ und wir im Gegenzug nach dem Ei des Tigers suchen sollten."

Gila wischte sich die Stirn, als sei er immer noch heilfroh darüber.

„Unser Tantchen war wirklich eine gruselige alte Schachtel", sagte er.

„Und gut kochen hätte ich bei ihr bestimmt auch nicht gelernt", sagte Umor.

„Dann würden wir uns jetzt von halbrohen, nicht mal abgezogenen Kaninchen ernähren", sagte Gila.

„Und es kämen längst nicht so viele Gäste zum Essen."

„Und wir hätten längst nicht so viel Abwasch", ergänzte Umor.

„Aber was war mit dem Ei?", unterbrach Miles das Geplänkel, damit die Bolsillo-Brüder endlich auf den Punkt kamen.

„Das Ei gehörte dem Firbolgstamm, den du kennengelernt hast." Fabio kratzte sich das Stoppelkinn. „Keine Ahnung, wie der dazu gekommen ist, aber das Ei befand sich schon seit einer Generation oder noch länger in ihrem Besitz."

„Sie konnten nicht viel damit anfangen", sagte Umor.

„Sie wussten nicht, wie man damit umgeht. Außerdem lässt sich ein Tiger sowieso nicht unter die Erde locken."

„Darum kamen sie überein, es Celeste für die Dauer von einundzwanzig Jahren auszuleihen."

„Zum Dank sollte sie nach Ablauf dieser Frist etwas für die Firbolg erledigen", sagte Umor.

„Was, wollten sie uns leider nicht verraten."

„Sie hatten schon fünf Jahre lang nichts mehr von Celeste gehört und wurden allmählich misstrauisch."

„Wir sollten sie ausfindig machen und sie und das Ei nicht mehr aus den Augen lassen."

„Weil ihr das Tageslicht ertragen könnt?", fragte Miles.

„Auch das. Und weil wir nicht wie richtige Firbolg aussehen."

„Wir haben eine Weile nach ihr gesucht und sie schließlich bei Barty Fumbles Truppe entdeckt."

„Dort haben wir rasch Arbeit gefunden und uns bald mit Barty und Celeste angefreundet."

„Ein paar Jahre darauf haben die beiden geheiratet, und es dauerte nicht lange, da hast du dich angekündigt, Meister Miles."

„Ich habe Barty noch nie so glücklich erlebt."

„Im Gegensatz zu Celeste", sagte Fabio leise.

„Offenbar hat sie gewusst, dass es nicht gut ausgeht", sagte Umor.

„Aber Doktor Tau-Tau hat gemeint, dass einem Hellseher die eigene Zukunft verborgen bleibt", widersprach Miles.

„Das hat Celeste auch immer gesagt", pflichtete ihm Umor bei.

„Aber deine Zukunft konnte sie voraussehen."

„Vielleicht hat sie vorausgesehen, dass du als Waise aufwachsen würdest."

Miles nickte. Mit einem Mal war er wütend auf seine unbekannte Mutter. Wenn sie schon Heilerin und Hellseherin war und obendrein ein Tigerei besaß, wieso hatte sie dann zugelassen, dass ihr kleiner Sohn Mrs Pinchbucket und ihrem grässlichen Gatten in die Hände fiel?

Die Wut löste ihm die Zunge und er platzte heraus: „Wieso hat sie nichts dagegen unternommen, dass sie stirbt?"

Gila zuckte zusammen wie unter einem Fausthieb und Umor widmete sich weiterhin seinen Zehen, nur Fabio erwiderte Miles' Blick.

„Celeste konnte nichts dafür, Meister Miles", sagte er. „Es war unsere Schuld."

33. Kapitel

Ein Geniestreich

Der rundgesichtige, schwarzäugige Fabio Bolsillo beobachtete Miles ganz genau, während sich der Junge Mühe gab, das eben Gehörte zu begreifen. Zwanzig Meter hoch über einer Manege voller Sägespäne ist vielleicht nicht der geeignetste Ort, um ein erschütterndes Geheimnis zu verdauen. Der kleine Zirkusdirektor stellte sich darauf ein, Miles sofort festzuhalten, sobald der Junge das Gleichgewicht zu verlieren drohte. Fabio spürte, dass es seinen beiden Brüdern genauso ging.

„Das kapiere ich nicht“, sagte Miles schließlich. „Was habt ihr drei denn mit dem Tod meiner Mutter zu tun?“

„Wir haben uns damals das Ei des Tigers ausgeliehen, Meister Miles“, sagte Fabio.

„Um Gila das Leben zu retten“, sagte Umor.

„In der Nacht, als du zur Welt kamst, gab es ein schreckliches Gewitter.“

„Die Donnerschläge waren so laut, als wollte die Erde bersten", sagte Umor.

„Die Tiere waren unruhig und sogar Tembo geriet in Panik", sagte Fabio.

„Sie brach aus der Koppel aus und trampelte quer durchs Lager."

„Gila wollte sie wieder einfangen, aber sie war wie von Sinnen."

„Sie hat mich gar nicht gesehen", sagte Gila.

„Sie hat ihn gegen einen Lastwagen gedrückt, und als wir ihn entdeckten, war er so gut wie tot."

„Wir wussten nicht, was wir machen sollten. Barty und Celeste waren mit ... mit deiner Geburt beschäftigt, Meister Miles", sagte Umor.

„Ich hatte schreckliche Angst, dass Gila stirbt", sagte Fabio leise, „und habe Umor gebeten, das Ei des Tigers aus Celestes Wohnwagen zu holen."

„Wir wussten, wo sie es versteckt hatte."

„Wir kannten uns ein bisschen damit aus, weil unser Vater uns einiges darüber erzählt hatte."

„Wir wollten es bloß ganz kurz benutzen und dachten, keiner merkt was, Meister Miles."

Die Bolsillo-Brüder verfielen in Schweigen. Die Arbeiter waren wieder in ihre Wohnwagen zurückgegangen und eine sanfte Brise ließ die Drahtseile singen. Eine lose Plane flatterte und tanzte im Luftzug und kleine Windhosen aus Sägemehl wirbelten durch die Manege.

Umor nahm den Faden wieder auf. „Ich habe das Ei zur Unglücksstelle gebracht."

„Gila lag auf der Erde. Er war weiß wie Zuckerguss und bebte wie ein Blatt."

„Ich habe ihm das Ei auf die Brust gelegt und der Donner hörte ganz plötzlich auf."

„Wir hörten Varippuli brüllen und toben, als wollte er seinen Käfigwagen zerlegen, und da bekamen wir es mit der Angst zu tun", sagte Fabio.

„Ich bin zu Celestes Wohnwagen gerannt und habe das Ei wieder in sein Versteck getan. Als ich zurückkam, atmete Gila wieder."

„Aber Celeste musste dafür büßen."

„Wir wollten das nicht, Meister Miles!", sagte Umor.

„Wir waren so mit Gila beschäftigt, dass wir es erst am nächsten Morgen hörten."

„Wie sie eigentlich gestorben ist, wissen wir nicht."

„Aber wir haben ihr das Ei weggenommen, als sie es selbst am dringendsten gebraucht hätte."

„Da sieht man mal", sagte Fabio, „dass so ein Tigerei ein ziemlich fragwürdiger Segen ist."

„Beziehungsweise ein fragwürdiger Fluch", fügte Umor an.

Fabio sah Miles fest an. Seine Augen stachen wie zwei schwarze Oliven aus seinem sonnengebräunten Gesicht hervor. „Mal angenommen, du findest das Ei … was hast du damit vor?"

Die Verspannung knarrte, als sich das große Zelt gegen den Wind stemmte. Auf einmal schien der Manegenboden schrecklich weit unten zu sein. „Ihr wisst, wo es ist, hab ich recht?“, fragte Miles tonlos.

„Nein“, antwortete Gila.

„Wir haben irgendwann Rührei daraus gemacht“, setzte Umor hinzu.

„Doch!“, widersprach Fabio. „Wir wissen, wo das Ei ist.“

„Sag's ihm nicht!“, flüsterte Gila.

„Es ist zu riskant!“, raunte Umor.

„Das Ei ist sein Erbe“, entgegnete Fabio. „Und es ist an der Zeit, dass er es erfährt.“

„Ich weiß noch nicht, was ich damit vorhabe“, sagte Miles, „aber es ist meine einzige Hoffnung, meinen Vater zurückzuholen.“

„Das schaffst du sowieso nicht“, erwiderte Fabio.

„Dafür bedarf es lebenslanger Übung.“

„Und niemand kann es dir beibringen.“

„Ich habe ja die Tagebücher meiner Mutter“, widersprach Miles und verschwieg, dass sich das entscheidende Tagebuch im Besitz des Großen Cortado befand. „Meine Mutter konnte mit dem Ei umgehen.“

Fabio seufzte. „Wir haben das Ei damals versteckt, Meister Miles, und dich mussten wir auch verstecken.“

„Als deine Mutter tot war und dein Vater … verschwand, warst du in großer Gefahr“, ergänzte Umor.

„Nachdem Varippuli ihn angefallen hatte, war der Große Cortado zu allem fähig.“

„Als deine Eltern nicht mehr da waren, gehörte der Zirkus wieder ihm.“

„Und er hat geschworen, dich umzubringen, sobald er wieder bei Kräften wäre.“

„Aber warum denn?“ Miles bekam eine Gänsehaut. „Ich war doch noch ganz klein!“

„Er war felsenfest davon überzeugt, dass Celeste eine Hexe und Varippuli ihr Vertrauter war“, sagte Umor.

„Er wollte sich rächen.“

„Und mit dir hätte er leichtes Spiel gehabt.“

„Wir mussten dich wegbringen.“

„Und dir das Ei mitgeben.“

„Und warum?“, fragte Miles dazwischen.

„Weil das Tigerei dein Erbe war, Meister Miles.“

„Samt dem damit verbundenen Versprechen.“

„Außerdem wollten wir nicht, dass der Große Cortado das Ei irgendwann entdeckt.“

„Bei dir war es besser aufgehoben als irgendwo im Zirkus.“

„Aber wie sollten wir es dir mitgeben? Das war die Frage.“

„Du warst ja erst drei Wochen alt.“

Gila schmunzelte. „Aber es gab da etwas, das hast du nie aus der Hand gegeben."

„Das hattest du immer bei dir", fügte Fabio an.

Miles griff unwillkürlich in die Tasche und spürte den Pfotendruck seines ältesten Freundes. „Mandarine!"

Umor nickte. „Ja, Mandarine. Ich habe das Ei wieder aus seinem Versteck geholt und es in seinen Kopf eingenäht."

„Ein echter Geniestreich!", sagte Gila.

„Eine verfluchte Fummelarbeit!", sagte Umor.

„Dann haben wir dich mitten in der Nacht eingepackt und zum Waisenhaus in Larding gebracht."

„Wir haben dich mit dem Bärchen im Arm vor der Tür abgestellt."

„Anschließend haben wir allen erzählt, dass du im Waisenhaus hohes Fieber bekommen hast und noch in derselben Nacht gestorben bist, bevor ein Arzt geholt werden konnte."

„Aber die Firbolg hatten euch doch beauftragt, auf das Ei aufzupassen", gab Miles zu bedenken. „Was haben sie dazu gesagt?"

Fabio schielte zu Umor hinüber. „Na ja …"

„So richtig ausführlich haben wir es ihnen nicht erzählt. Wir haben einfach nur gesagt, dass das Ei gut untergebracht ist."

„An deinem elften Geburtstag wollten wir wiederkommen und dich samt dem Ei abholen."

„Da wäre Celestes Leihfrist abgelaufen gewesen."
„Stattdessen bist du zu uns gekommen", sagte Umor.
„Oder wollte das Ei hierher?", sinnierte Fabio.
„Aber ihr habt es den Firbolg trotzdem nicht zurückgegeben", hakte Miles nach.
„So ist es, Meister Miles."
„Die Rückgabe ist nämlich nur der eine Teil der Abmachung."
„Der andere ist das Versprechen, das Celeste den Firbolg gegeben hat."
„Worum es dabei ging, hatten wir immer noch nicht herausgefunden."
„Und wenn man eine Abmachung nur teilweise einhält, gibt's meistens Ärger."
„Ihr hättet euch doch denken können, dass die Firbolg das Ei suchen", wandte Miles ein.
„Wir wollten sie hinhalten", erwiderte Umor.
„Ich bin zum Crinnew gegangen", sagte Gila, „und habe sie um einen Aufschub gebeten."
„Sie haben uns ein weiteres Jahr gewährt."
„Warum haben sie dann den Zirkus überfallen?"
„Den jungen Burschen machen solche Raubzüge Spaß", sagte Fabio.
„Sie dachten, es wäre eine prima Sache, wenn sie mit dem Ei zurückkämen."
„Bei den Firbolg sind Abmachungen Auslegungssache", sagte Gila.

„Jeder macht sich seinen eigenen Reim darauf."

„Es gibt kein Stammesoberhaupt."

„Zweihundert Könige und zwölf", warf Miles ein.

„Ganz recht, Meister Miles", bestätigte Umor, „zweihundert Könige und zwölf."

„Allerdings waren wir nicht darauf gefasst", Fabio sah Miles scharf an, „dass du die Firbolg von dir aus aufsuchst."

„Hätten wir geahnt, wo Doktor Tau-Tau dich hinbringt, hätten wir euch schneller eingeholt als ein Gepardenrudel auf Rollschuhen."

„Du kannst von Glück sagen, dass du mit dem Leben davongekommen bist."

„Du hast Schwein gehabt, dass Little schlauer war als wir."

„Aber wie soll ich das Ei zurückbringen, wenn wir nicht wissen, wie die Abmachung lautet?", fragte Miles.

Fabio kratzte sich den Lockenkopf. „Du hast vorhin gesagt, dass du die Tagebücher deiner Mutter hast."

„Ja. Zwei Stück."

„Dann ist es doch ganz einfach." Umor erhob sich und rollte ein loses Stahlseil auf.

„Celeste hat die Bedingungen bestimmt in ihr Tagebuch geschrieben", sagte Fabio.

„Wozu sollte sie sonst eins führen?", pflichtete ihm Gila bei.

Miles griff in seine Tasche, die sich Mandarine derzeit mit den beiden Tagebüchern seiner Mutter teilen musste. Sie waren noch da, und gleich daneben ertastete er den mit Sägespänen gefüllten Kopf des Bärchens. „Dann muss das Ei ziemlich klein sein“, sagte er. Zwar hatte er es sich eher hühnereigroß vorgestellt, aber dann hätte es nicht in Mandarines Kopf gepasst.

„Es ist ungefähr so groß wie eine Daumenkuppe“, entgegnete Umor.

„Dann ist es ja doch nicht so abwegig, dass Doktor Tau-Tau dachte, ich hätte es verschluckt.“

„Klar ist das abwegig!“, erwiderte Fabio. „Mit einem Tigerei muss man sprechen, damit es einen als seinen Herrn und Meister anerkennt.“

„Da hättest du Tag und Nacht mit deinem Bauch sprechen müssen“, sagte Gila.

„Na und?“, warf Umor ein.

„Sprichst du denn manchmal mit deinem Bären?“, erkundigte sich Fabio.

„Andauernd.“

„Dann bist du womöglich schon auf dem besten Wege, Meister Miles.“

Die bis zur Taille durchnässte, hochzufriedene Little Himmelskäfer saß in Jules’ und Ginas Transporter in einem Wasserbecken und hatte ein neugeborenes Zwergflusspferd im Arm. Das fassrunde Kleine schlief friedlich, gesättigt von seiner ersten Mahlzeit, während sich seine Mutter Violet im flachen Wasser hingelegt hatte und ab und zu einen gewaltigen Seufzer ausstieß. Miles trat in den dunklen Käfigwagen und setzte sich auf die Bank neben dem Becken. „Hier steckst du also“, sagte er. „Ich wusste gar nicht, dass Violet Nachwuchs erwartet.“

„Sie spricht schon seit Wochen über nichts anderes“, erwiderte Little. „Ist er nicht süß? Er ist erst eine Stunde alt.“

Miles stand auf und betrachtete das schlummernde Flusspferdbaby. Es war ungefähr so groß wie ein kleines Kissen. Sein Rücken war schwarzgrau, Bauch und Wangen glänzten rosig. „Hat er schon einen Namen?“

„Noch nicht. Gina hat mich gebeten, mich um ihn zu kümmern, bis Jules und sie die Krokodile gefüttert haben. Wenn ich Lust habe, darf ich ihm einen Namen geben. Fällt dir einer ein?“

Miles zuckte die Achseln. Er war nicht in der Stimmung, sich irgendwelche Namen auszudenken.

„Es war eine schwere Geburt“, raunte Little. „Wir dachten schon, Violet kommt nicht durch.“

Miles schaute zu der schlafenden Violet hinüber, deren Flanken sich bei jedem Atemzug hoben und senkten. „Fabio behauptet, er ist schuld, dass meine Mutter gestorben ist.“

„Wie kommt er denn darauf?“

„Weil sich die Bolsillos das Ei des Tigers ausgeliehen haben, als ich zur Welt kam. Es gab ein Gewitter und Tembo hat Gila aus Versehen schwer verletzt. Seine Brüder wollten ihn retten. Meine Mutter ist gestorben, weil das Ei sie nicht beschützt hat."

Little rückte das Nilpferdbaby zurecht, weil ihr der Arm lahm wurde. Es strampelte und quiekte ein bisschen im Schlaf. „Celeste ist gestorben, weil ihre Stimme im Einen Lied zu Ende gesungen war", widersprach sie.

„Aber das Ei hätte sie doch retten können, oder nicht?"

„Man kann es dazu verwenden, sich vor den Traumengeln zu verstecken, aber das ist nicht dasselbe, wie richtig lebendig zu sein. Wenn eine Stimme im Einen Lied zu Ende ist, hat der Betreffende seine Schuldigkeit getan. Dann geht man am besten wieder in das Lied ein, sonst ist man haltlos wie ein welkes Blatt im Wind."

„Dann waren die Bolsillos gar nicht schuld an ihrem Tod?" Miles war auf einmal ungeheuer erleichtert.

„Nein", sagte Little, „und wenn sie das die ganze Zeit geglaubt haben, solltest du sie eines Besseren belehren."

„Aber was ist mit Gila? Hat ihm das Ei denn nicht das Leben gerettet?"

Little lächelte. „Wer weiß? Die Firbolg sind etwas

ganz Besonderes. Sie sind klug und weise und treffen ihre eigenen Vereinbarungen. Sonst gäbe es sie bestimmt längst nicht mehr."

Das kleine Flusspferd strampelte. „Der Kleine hat schon wieder Hunger", sagte Little. „Weißt du was? Ich nenne ihn Puck."

34. Kapitel

Spiel mit dem Feuer

Der Diebe-Entlarver und Eiererbe Miles Wednesday saß in Lady Partridges Baumhaus auf dem Boden und ließ die Beine durch die Luke baumeln. Bis zur Vorstellung dauerte es noch eine ganze Weile, darum hatte er die Tagebücher seiner Mutter eingesteckt und war die Strickleiter hochgeklettert. Jetzt suchte er nach einem Hinweis auf die Firbolg oder nach irgendetwas anderem, woraus er schlau werden könnte. Bestimmt waren ein paar lose Blätter herausgefallen, als die Firbolg Doktor Tau-Tau durchsucht hatten – hoffentlich keine unentbehrlichen.

Er blätterte die dünnen Seiten behutsam um, aber von der winzigen Handschrift und den übereinandergekritzelten Zeichnungen wurde ihm ganz wirr im Kopf. Schließlich gab er es auf und steckte die Bücher wieder in die Tasche. Mandarine hielt sich an seinem Finger fest und er zog den Bären vorsichtig heraus. Er setzte ihn ein Stück von der Bodenluke entfernt auf den Teppich, denn es ging fünf Meter tief hinunter, stützte sich auf den Ellbogen und sah dem Bärchen dabei zu, wie es über die holprigen Bohlen stapfte und wie ein Miniatur-Halbstarker gegen alles trat, was ihm im Weg lag. Dann torkelte Mandarine zu seinem Herrn herüber und legte den Kopf an seine Brust.

„In dir steckt offenbar mehr, als man auf den ersten Blick vermuten würde", sagte Miles. Mandarine hüllte sich in bescheidenes Schweigen.

Miles spürte sein eigenes Herz klopfen und stellte sich das Ei des Tigers in Mandarines Kopf vor. Er schloss die Augen und lauschte dem Knarren der sich sanft im Wind wiegenden Zwillingsbuche. Vor seinem geistigen Auge erschien der Tiger. Das prächtige Tier schritt in der Ferne dahin, tauchte auf und verschwand wieder, als tappte es durch dichten Nebel. Miles konzentrierte sich mit aller Macht darauf. Er hatte schon ein paarmal geträumt, dass er mit dem Tiger im Zirkus Bolsillo auftrat, und war jedes Mal mit dem Gefühl aufgewacht, dass sein Traum irgendwann Wirklichkeit werden könne, wenn er es nur richtig anstellte.

Der Tiger in seiner Vorstellung wandte sich ab und verschwamm mit dem grauen Hintergrund, bis er nicht mehr zu erkennen war. Miles wurde seltsam mutlos. Ob er wohl jemals lernen würde, mit dem Ei umzugehen? Er erinnerte sich noch daran, wie er und

Little vor einem Jahr in Lady Partridges mondbeschienenem Garten den Rat der Katzen belauscht hatten, und wie er sich angestrengt hatte, die Katzensprache zu verstehen. „Versuch nie zu verstehen, bevor du hören kannst", hatte ihm Little damals geraten. Wenn man sich mit einer Tigerseele verständigen will, dachte er, ist es vielleicht so ähnlich. Er konzentrierte sich wieder auf den verschwimmenden Tiger, strengte sich aber nicht mehr an, ihn zurückzuholen, sondern wartete einfach ab.

Sein Herz klopfte immer stärker. Oder war es das Herz des Tigers? Moschusgeruch stieg ihm in die Nase, und da kam der Tiger auch schon angestürmt, mit weiß leuchtenden Tatzen und gefletschten Zähnen. Miles schrie auf, öffnete die Augen und erwartete die gewaltige Raubkatze quer durchs Baumhaus springen zu sehen. Aber alles war ruhig. Abgesehen von Mandarine war er allein. Es war unterdessen fast windstill. Miles' Herz pochte wie das eines verängstigten Kaninchens. Er steckte den Bären in die Tasche und setzte den Fuß auf die Strickleiter. Mit jeder Sprosse wurde er aufgeregter. Bestimmt lauerte der Tiger unten zwischen den Bäumen. Miles sprang den letzten Meter herunter und sah sich um. Die Bäume standen so reglos da wie gemalt, und die kastenförmige Villa wachte über das Anwesen. Drüben am Teich ließen ein paar Kinder ein selbst gebasteltes Boot zu Wasser, das Heck zeichnete ein V auf die spiegelglatte Oberfläche. Nicht einmal das Barthaar eines Tigers ließ sich blicken.

Miles stapfte enttäuscht durch das welke Laub zum Haus hinüber. Er kam sich dumm vor, weil er sich eingebildet hatte, er könne sich gleich beim ersten Versuch mit dem Tiger verständigen, bloß weil er jetzt wusste, dass dessen Seele in Mandarines Kopf hauste.

Aber insgeheim war er auch ein bisschen erleichtert. Er hatte den imaginären Tiger nicht bändigen können und kam zu der ernüchternden Erkenntnis, dass er mit dem Feuer spielte, wenn er so ein mächtiges Tier herbeibeschwor. „Vielleicht bin ich ja nicht so stark wie meine Mutter", vertraute er sich Mandarine an, „vielleicht ..."

Eine tiefe Stimme ließ ihn zusammenfahren. „Ach, du bist's, Fassjunge!", sagte der Tiger. „Diesmal hast du ausnahmsweise mal nicht ‚Hilfe!' gequäkt, da hätte ich dich fast nicht erkannt."

Miles drehte sich freudig um und ihm wurde so warm, als sei soeben die Sonne herausgekommen. „Ich brauche auch keine Hilfe", entgegnete er. „Seit unserer letzten Begegnung habe ich meinen Vater wiedergefunden, sozusagen, und der Polizei geholfen, zwei Diebe zu verhaften." Um ein Haar hätte er hinzugefügt: „Außerdem weiß ich jetzt, wo sich eine gewisse Tigerseele verbirgt", aber das verkniff er sich lieber. Er ahnte, dass der Tiger sich so wenig bewusst war, in ein Ei gesperrt zu sein, wie ein Schatten sich des Baumes bewusst ist, der ihn wirft.

„Das ist ja schön, dass du auch mal allein zurechtkommst“, erwiderte der Tiger.

„Trotzdem war ich froh, als du neulich im Wald aufgetaucht bist“, sagte Miles.

Zu seiner Überraschung wandte der Tiger jäh den Kopf ab, als wollte er einem Schlag ausweichen.

„Das Zero ist wieder dort, wo es hingehört“, fuhr Miles verunsichert fort. „Es sitzt in Lady Partridges Gartenpavillon.“

Der Tiger drehte sich wieder zu dem Jungen um. Sein Blick hatte etwas Gehetztes und das Sprechen schien ihn anzustrengen.

„Die Finsternis in diesem ... Was-auch-immer ... ist wider die Natur.“

„Mag sein“ erwiderte Miles, „trotzdem soll es wissen, dass es einen Freund hat.“

Der Tiger schwieg einen Augenblick. „Wer in solcher Finsternis lebt, kann mit Freundschaft nichts anfangen“, sagte er schließlich. „Ich rate dir, ihm tunlichst aus dem Weg zu gehen, und es ist stets unklug, den Rat eines Tigers achtlos in den Wind zu schlagen.“

Miles wollte sich nicht streiten, darum wechselte er das Thema. War sich der Tiger denn bewusst, dass Miles womöglich irgendeinen Einfluss auf sein Auftauchen und Verschwinden hatte? „Was führt dich eigentlich hierher?", fragte er ganz harmlos und trat spielerisch gegen einen Laubhaufen.

„Ich habe nach einem kleinen Imbiss Ausschau gehalten", antwortete der Tiger. „Ich dachte mir, ein, zwei Waisenkinder wären gerade das Richtige, falls ich etwas Schmackhafteres als Teichwasser zum Nachspülen fände."

Wie war das nun wieder gemeint? Der Tiger verzog keine Miene. An dem schmiedeeisernen Gartentor zur Straße machten sie halt. „Offen gestanden wollte ich dich um einen Gefallen bitten", sagte Miles.

„Da wäre ich ja nie drauf gekommen", erwiderte der Tiger.

„Erinnerst du dich noch, dass du mal gesagt hast, du witterst, dass ich Zirkusblut habe?"

„Dunkel", erwiderte der Tiger.

„Du hattest Recht." Jetzt sprudelte Miles los. „Meine beiden Eltern waren beim Zirkus, und es ist bei uns eine Art Familientradition, mit einem Tiger aufzutreten, und wo doch heute Abend unsere Abschiedsvorstellung ist, dachte ich, du hast vielleicht Lust aufzutreten. Ich meine, mit mir zusammen, ich meine, heute Abend im Zirkus Bolsillo."

Der Tiger stand im rotgoldenen Abendsonnenschein und heftete den bernsteinfarbenen Blick unverwandt auf den Jungen. Er schwieg eine ganze Weile. Das schwindende Licht schien die Welt ringsum in

Brand zu stecken. Miles hielt seinem Blick stand, weil er ahnte, dass er sonst alles an Boden einbüßen würde, was er seit ihrer ersten Begegnung in jener stürmischen Oktobernacht am Fuße des Hügels gutgemacht hatte.

„Du weißt ja, was ich vom Zirkus halte“, brummte der Tiger schließlich.

„Aber damals hast du den Zirkus Oscuro gemeint.“ Miles hielt den Atem an. Noch hatte der Tiger nicht Nein gesagt.

„Der Zirkus Bolsillo ist ganz anders. So ähnlich stelle ich mir Barty Fumbles Truppe vor.“

„Und warum sollte mich das dazu bewegen, im Zirkus Bolsillo aufzutreten?“ Der Tiger peitschte mit dem Schwanz.

„Weil du, glaube ich, damals bei Barty Fumble aufgetreten bist, und zwar unter dem Namen ‚Varippuli‘.“

„Den Tiger Varippuli hat der Große Cortado erschossen.“

„Aber niemand hat ihn tot daliegen sehen. Vielleicht hat Varippuli nur das Gedächtnis verloren. Vielleicht wollte er einfach nur jemand anders sein.“

Der Tiger knurrte dumpf. „Vielleicht hatte er einfach die Schnauze voll davon, vor lauter Leuten aufzutreten, die er lieber auf einem Salatbett serviert bekommen hätte.“

Miles musste lachen. „Varippuli ist seinerzeit zusammen mit Barty Fumble aufgetreten, das hast du selber gesagt."

„Barty Fumble ist tot und begraben", entgegnete der Tiger melancholisch.

„Nicht ganz", widersprach Miles. Insgeheim war er froh, dass der Tiger nicht ahnte, was es mit dem Zero auf sich hatte. „Barty Fumble war mein Vater und mich gibt es noch."

Der Tiger kam so nah heran, dass seine Nase nur noch einen Fingerbreit von Miles' Gesicht entfernt war. Er blähte die Nüstern und seine Barthaare richteten sich auf. Miles stand so reglos da wie bei seinen abendlichen Auftritten mit dem Messerwerfer Stranski. „Ich sehe keinen Anlass, daran zu zweifeln", sagte der Tiger schließlich. „Aber du hattest nicht die Ehre, Bartys Lehrling zu sein. Bist du irgendwann schon mal mit einer Tigernummer aufgetreten?"

Miles schüttelte den Kopf. „Aber ich habe der Gräfin Fontainbleau bei ihrer Löwendressur zugesehen, und außerdem dachte ich, du gibst mir vielleicht ein paar Tipps. Ich glaube nicht, dass jemand etwas merken würde. Natürlich müsste ich das Ganze erst mal mit den Bolsillos klären."

„Meinetwegen", brummte der Tiger. „Ich trete mit dir auf. Aber nur dieses eine Mal, und auch nur, weil du Barty Fumbles Kleiner bist."

Miles strahlte wie eine Glühbirne. „Vielen Dank!" Er öffnete das Gartentor, trat auf die Straße und drehte sich noch einmal nach dem Tiger um. „Darf ich dich Varippuli nennen?“

„Wenn’s dich glücklich macht, darfst du mich auch ‚Königin von Saba‘ nennen“, antwortete der Tiger.

Miles trat einen Schritt zurück, um die mächtige Raubkatze vorbeizulassen. Unterdessen hatte sich schon ein kleines Menschenrinnsal in Richtung Zirkuszelt in Bewegung gesetzt, Zuschauer, die auf die besten Plätze spekulierten. Der Tiger rührte sich nicht vom Fleck. „Ich bin’s nicht gewöhnt, mich unters gemeine Volk zu mischen“, sagte er. „Bei diesem ganzen Gerenne und Gekreische gerate ich immer in Versuchung zuzubeißen.“

„Keine Sorge“, besänftigte ihn Miles, „ich bin ja bei dir. Ich bin hier gewissermaßen stadtbekannt.“

Sie gingen nebeneinander auf die bunten Lichter zu. „Hoffentlich hast du nicht vor, auf mir zu reiten“, brummte der Tiger.

„Nein, nein“, beruhigte ihn Miles und legte ihm im Gehen die Hand auf die Schulter. Die Lardinger bestaunten das ungleiche Paar. Manche wichen erschrocken zurück, aber die meisten schienen an einem Punkt angelangt, an dem sie sich auch nicht mehr darüber gewundert hätten, wenn der Junge aus dem Fass die Dinosaurier vor dem Aussterben bewahrt und ihnen Tischmanieren beigebracht hätte. Sie tuschelten über das Einfangen des Zero und die Entdeckung des Pinchbucket-Schatzes. Miles lächelte in sich hinein und spazierte mit einem zum Leben erweckten Stoffbären in der Tasche und einem Königstiger an seiner Seite durch seine Heimatstadt.

Dann standen sie vor dem mit roten und gelben Lichterketten geschmückten Zirkuseingang.

„Eins noch“, brummte der Tiger.

„Ja?“

„Was ich vorhin gesagt habe … dass du mich auch ‚Königin von Saba‘ nennen darfst.“

Miles nickte.

„Ich würde dir dringend davon abraten, es auszuprobieren“, brummte der Tiger.

35. Kapitel

Ein Sonntagsbraten

Der in ein Glitzertrikot gezwängte, vom Scheinwerferlicht geblendete Miles Wednesday stieg in die mit Sternen bemalte Kiste und legte sich hin. Der Zauberer Stranski klappte den Deckel zu und schloss die Kiste ab. Ein Raunen ging durch die Menge, als Stranski in seinen Requisiten kramte und eine Säge mit langem, funkelndem Sägeblatt herauszog. Der Zauberer wirkte grimmiger denn je und Miles überlegte, ob das daran lag, dass Fabio seine Nummer gekürzt hatte, um den Auftritt von Miles Wednesday und dem Fürsten des Monsuns einzuschieben. Um des Effekts willen hatte sich der Tiger damit einverstanden erklärt, in einen Käfig gesteckt zu werden, und Stranskis Messerwerfernummer war gestrichen worden. Der stumme Zauberer bog das Sägeblatt, bis es sang, das Publikum hielt den Atem an.

Miles machte sich bereit, sich zusammenzurollen, und griff nach dem Hebel, mit dem sich die Klappen und Scharniere im Inneren der Kiste betätigen ließen. Der Hebel schien zu klemmen. Miles ruckelte daran, aber der Hebel rührte sich nicht. Der Junge lag immer noch lang ausgestreckt da und konnte die Beine nicht anziehen. „Es funktioniert nicht!“, raunte er Stranski zu. Stranski beugte sich über die Kiste und setzte die Säge an. Ein leises Kichern entfuhr ihm. Miles zuckte überrascht zusammen. Noch nie hatte Stranski in seiner Anwesenheit irgendeinen Laut von sich gegeben. Er kniff die Augen zusammen, um das Gesicht des Zauberers im grellen Scheinwerferlicht besser erkennen zu können. Das Sägeblatt grub sich ins Holz. Hier lief etwas ganz gewaltig schief! Stranski war irgendwie nicht derselbe, so wie sich im Traum jemand unversehens in jemand ganz anderen verwandelt. Sein Gesicht war pausbäckiger, aber vor allem müffelte er nicht mehr nach Dachshintern – sondern stank nach billigem Parfüm. „Aufhören!“, raunte Miles. „Die Kiste klemmt! Sie sägen mich entzwei!“

„Das ist aber schade!“, erwiderte der verwandelte Stranski und kicherte noch einmal, ein abgehackter Laut wie von einem überdrehten Aufziehmechanismus. Er wischte sich mit dem Ärmel über die Stirn. Dabei beschien das Licht kurz sein Gesicht. Das genügte. Miles erkannte, wer da in Stranskis Anzug steckte, mit oder ohne Schnurrbart. Es war der Große Cortado, und er sägte ohne Hemmungen drauflos.

„Da staunst du wohl, dass ich nicht der stumme Schwachkopf bin, was?“, zischelte der Große Cortado. „Der musste sich leider krankmelden.“ Die Säge fraß sich immer tiefer in die Bretterwände der Kiste. Miles wollte um Hilfe rufen, aber der Große Cortado kam ihm zuvor. Als Miles den Mund aufmachte, kippte ihm Cortado den Inhalt eines Fläschchens in den Rachen und hielt ihm die Nase zu. Miles musste wohl oder übel schlucken. Das säuerliche Zeug brannte im Hals. Er nahm noch einen Anlauf, um Hilfe zu schreien, doch ihm blieb die Stimme weg. Seine Zunge fühlte sich taub und dick wie ein Marshmallow an. Er zog den Bauch ein. „Du brauchst dich nicht dünn zu machen, Selim, das hilft dir auch nichts“, höhnte Cortado. „Ich weiß zwar längst, wie du richtig heißt, aber Selim tut's genauso gut. Ein verdrehter Name für einen verdrehten Fratz. Wer hätte gedacht, dass Barty und Celeste so einen Rotzbengel hervorbringen würden?“ Er hielt wieder inne, um sich die Stirn zu trocknen.

Miles wandte mühsam den Kopf und sah sich um, ob irgendjemand auf seine Notlage aufmerksam geworden war. Aber die Zuschauer begafften das Schauspiel mit offenen Mäulern und vertrauten darauf, dass er, nachdem man ihn entzweigesägt hatte, auf wundersame Weise wieder zusammengefügt wurde. Fabio war hinter der Bühne und traf die letzten Vorbereitungen für die Tigernummer, Umor und

Gila versorgten um diese Zeit die Elefanten. Außer Stranski und Miles war während der Sägevorführung niemand in der Manege, darum erschrak Miles, als er neben der Requisitenkiste jemanden auf einem Hocker sitzen sah. Abermals mühte er sich vergeblich, einen Hilferuf auszustoßen. Wer immer das war, er saß nur einen Tigersprung entfernt, aber sein – oder ihr – Gesicht war seltsam verschattet. Miles konnte den Betreffenden nicht erkennen und war zur Stummheit verdammt. Außerdem konnte er kaum noch die Augen offen halten.

Der Große Cortado sägte weiter und das Sägeblatt verhakte sich in Miles' Glitzeroberteil. „Übrigens kenne ich dein kleines gestreiftes Geheimnis, Selim", raunte ihm Cortado zu. „Dieser glotzäugige Grützkopf Tau-Tau hat es gelüftet, auch wenn er ewig dafür gebraucht hat. Sobald ich dich wie einen Sonntagsbraten in Scheiben geschnitten habe, greife ich einfach in die Kiste und schaue nach, was der Tiger Schönes gelegt hat. Die Zuckerwatte oder was du sonst zuletzt gegessen hast kann ich ja abwaschen."

Von der Hitze unter den Scheinwerfern und dem Betäubungsmittel war Miles ganz benommen. Offenbar ging auch Cortado davon aus, dass er das Tigerei verschluckt hatte, aber Miles konnte ihn ebenso wenig eines Besseren belehren, wie er um Hilfe rufen konnte. Außerdem würde ihm Cortado ohnehin nicht glauben. Er drehte sich wieder nach der Gestalt auf dem Hocker um. Es war ein Traumengel, begriff er jetzt, der geduldig wartete, bis der Große Cortado sein schurkisches Werk vollbracht hatte, damit er anschließend dem Jungen den letzten Atemzug nehmen und ihn dem Wind übergeben konnte. Auf einmal war Miles so traurig, dass er seine Angst ganz vergaß. Er war traurig, dass sein Leben ausgerechnet da zu Ende sein sollte, wo es richtig hätte anfangen können. Er war traurig, dass er Little allein lassen musste, traurig, dass er sich nicht von seinen Freunden verabschieden konnte, traurig, dass er nicht in die Fußstapfen seines Vaters treten und einen Auftritt mit … mit …

„Varippuli!", sagte Miles, allerdings klang es eher wie: „Haihuii". Das Sägeblatt ritzte ihm schon die Haut. Er zog den Bauch noch mehr ein und tastete in seiner Tasche nach Mandarine. Er bekam das Schlappohr des Bären zu fassen und kniff die Augen zu.

„Herrje, jetzt hab ich doch glatt die Alufolie vergessen!", der Große Cortado kicherte. „Und die Soße – und die Ketchupflasche. Hab nicht mal den Herd auf hundertachtzig Grad vorgeheizt."

Miles gab sich Mühe, die Stimme des geisteskranken Zirkusdirektors und die brennenden Schmerzen auszublenden. Er stellte sich Varippuli vor, wie er draußen vor der Manege in seinem Käfig wartete. Er horchte auf den Herzschlag des Tigers und versuchte,

Cortados Parfümgestank in Moschusduft zu verwandeln. Er spitzte die Ohren und wartete auf ein Knurren. „Jetzt!“, befahl er stumm.

Das Tigergebrüll donnerte durch das Zirkuszelt wie Tropenregen auf ein Wellblechdach. Die Zuschauer schrien auf, und wer in der Nähe des Sternenvorhangs saß, ergriff die Flucht. Das Sägegeräusch verstummte. Miles schlug die Augen auf und sah, dass sich sogar der Traumengel nach dem Vorhang zur Manege umgedreht hatte. Der Große Cortado machte Stielaugen, wandte sich aber als Einziger nicht ab, sondern trocknete sich die Stirn und griff wieder zur Säge. „Auch Geistertiger kann man einsperren“, sagte er, „und deine Verschwindenummer hast du offenbar verlernt. Mach's gut, Selim.“ Er zog die Säge durch die Kiste, aber Miles merkte kaum etwas davon. Hinter dem Sternenvorhang hörte man es krachen. Delia Zipplethorpes gescheckte Stute wieherte ängstlich. Fabio rief nach den Tierbändigern und dann schrien die Zuschauer abermals auf, als die Stute wie ein Komet hereingeschossen kam – und hinter ihr der Tiger.

Das Pferd galoppierte immer im Kreis, denn das konnte es am besten, aber der Tiger sprang mit Riesensätzen geradewegs auf den Großen Cortado zu. Er sprang durch den Traumengel hindurch, der sich daraufhin verflüchtigte, und Cortado warf sich unter Miles' Kiste. Die mächtige Raubkatze prallte gegen die Kiste und hätte sie beinahe umgekippt. Miles erwachte jäh aus seiner Benommenheit.

Verhaltener Beifall ertönte, weil die Zuschauer zwar unschlüssig waren, ob die kleine Einlage programmgemäß erfolgte, aber vorsichtshalber klatschten. Die gescheckte Stute preschte im Kreis, der Tiger hatte sich wieder erholt und schlich geduckt vor der Kiste auf und ab, der Große Cortado kroch auf der anderen Seite darunter hervor und rappelte sich unbeholfen auf. Schweißtropfen standen ihm auf der rasierten Oberlippe. Er schob sich an der Kiste entlang, sodass ihn Miles kurz aus den Augen verlor, kam neben Stranskis Requisitenkiste wieder zum Vorschein und holte zwei lange Messer heraus. Die Klingen waren auf Hochglanz poliert, und Miles wusste am allerbesten, wie gut sie geschliffen waren, denn er hatte sie eigenhändig geschärft. Der Große Cortado war wieder obenauf. „Guck mal, was ich gefunden habe, Selim!“, triumphierte er. „Mit Messern kenne ich mich aus.“ Er ließ die Waffen über dem Kopf kreisen, und das Publikum jubelte. „Rate mal, bei wem Stranski in die Lehre gegangen ist!“ Er näherte sich dem Tiger. „Komm, Miez-Miez! Aus ist’s mit der Tigerkatz, aus ist’s mit dem Barty-Fratz!“

Miles sah aus dem Augenwinkel, dass Fabio unauffällig vor den Vorhang getreten war und das Schauspiel beobachtete. Neben ihm tauchten zwei mit einem Fangnetz bewaffnete Tierbändiger auf, aber Fabio bedeutete ihnen pantomimisch, noch zu warten. Die Stute preschte vorbei. Hatte Fabio den falschen Stranski erkannt? War das Netz für den Tiger gedacht oder für den Großen Cortado? Miles' Zunge gehorchte ihm immer noch nicht. Er spürte, wie ihm warmes Blut über die Hüfte lief. Der Große Cortado ließ den Tiger kommen. Das Publikum hielt den Atem an, und der Schlagzeuger der Zirkuskapelle – dem sein Beruf im Blut lag und der sich nicht mehr beherrschen konnte – setzte zu einem ausgiebigen Trommelwirbel an.

Da stürzte Cortado plötzlich vor und stieß zu – und im selben Augenblick versetzte ihm der Tiger einen Prankenhieb. Das Messer glitt von seinem Vorderlauf ab, und der kleine Mann schlug einen Purzelbaum rückwärts, krachte gegen die Requisitenkiste und ließ beide Messer fallen. Als er aufstehen wollte, ging der Tiger abermals auf ihn los. Miles sah entsetzt, wie der Große Cortado in den Requisiten nach dem nächsten Messer wühlte.

Als der Tiger ihn ansprang, zog Cortado die Hand aus der Kiste, aber diesmal hatte er Pech, denn er hatte zwei lange weiße Ohren erwischt. Er ließ das zappelnde Kaninchen fallen, als ihn der Tiger auf den Rücken warf. Die Raubkatze holte mit der Tatze aus und Miles kniff noch einmal die Augen fest zu. „Lass ihn am Leben!“, bat er stumm. Der Tiger brüllte zornig, dann hörte man den Großen Cortado aufschreien. Miles öffnete unwillkürlich die Augen. Panik hatte das Publikum ergriffen, und wer am Ausgang saß, machte, dass er ins Freie kam, während sich die übrigen Zuschauer in die hinteren, höher gelegenen Sitzreihen flüchteten.

Der Tiger hatte von Cortado abgelassen. Der ehemalige Zirkusdirektor robbte an den Manegenrand und hinterließ dabei eine blutige Spur im Sägemehl. Jetzt rannten auch Fabio und die Tierbändiger mit dem ausgerollten Netz in die Manege, aber es war immer noch nicht recht zu erkennen, wen sie eigentlich einfangen wollten. Da richtete sich Cortado plötzlich auf. Fabio und seine Jungs stürmten los, aber der Große Cortado war schneller. Er packte den Sattelknauf der gescheckten Stute, als sie an ihm vorbeipreschte, und schwang sich so gelenkig auf ihren Rücken wie … ja, wie der Artist, der er sein Leben lang gewesen war. Miles sah etwas Rotgoldenes vorbeihuschen. Der Affe Hector sprang in seiner bunten Livree aus dem Publikum und dem Großen Cortado auf die Schulter und drosch mit den kleinen Fäusten auf ihn ein. Cortado schüttelte ihn ab und das Tier flog mit einem Salto rückwärts ins Sägemehl. Der Große Cortado hielt mit einer Hand die Zügel, drückte die andere an die blutende Wange und galoppierte, ehe ihn jemand aufhalten konnte, mitten durch die erschrockenen Zuschauer. Alle stoben auseinander, um dem verängstigten Pferd und seinem verwundeten Reiter auszuweichen.

Fabio und die beiden Tierbändiger liefen hinterher und das Publikum brach in Jubel aus. Es war ihnen mittlerweile egal, ob die Nummer einstudiert oder total verunglückt war. Allem Anschein nach hatte nur der Schurke echten Schaden genommen, auf jeden Fall war es die spannendste Vorstellung, die sie je erlebt hatte. Miles merkte, dass er immer noch die Luft anhielt, und stieß sie aus. In seinen Schläfen pochte es.

„Alles in Ordnung, Miles?“, hörte er Little atemlos fragen. Sie entriegelte die Kiste, aber er konnte den Kopf nicht drehen, um sie anzusehen. „Wackle mal mit den Zehen!“, bat sie ihn. Als Miles gehorchte, hatte er einen Augenblick lang das seltsame Gefühl, dass die Kistenhälfte, in der seine Beine waren, auf der anderen Seite der Manege stand. Er wollte antworten: „Mir geht's gut“, aber die Zunge war ihm endgültig eingeschlafen. Little klappte den Kistendeckel auf und stützte ihn, als er mit weichen Knien herauskletterte.

„Du blutest ja!“, sagte sie. „Setz dich hin, ich hole Gila.“ Sie stellte ihm Stranskis Hocker hin, aber Miles schüttelte den Kopf. Er konnte sich zwar kaum auf den Beinen halten, wollte sich aber trotzdem nicht setzen, sondern wankte zu dem Tiger hinüber, der schwer atmend und dumpf knurrend im blutbefleckten Sägemehl stand. Miles legte dem prächtigen Tier die Hand auf die Schulter.

Der Tiger wandte den Kopf und blickte dem Jungen ins blasse Gesicht. „Dein Vater wäre stolz auf dich gewesen!", sagte er. Die Zuschauer jubelten ausgelassen, und Miles platzte vor Stolz und Glück, auch wenn ihm alles wehtat und ihm ein bisschen schwindlig war. Genauso hatte er es sich vorgestellt: Seite an Seite mit dem Tiger stand er mitten in der Manege. Er verbeugte sich fast bis zum Boden, und das Publikum sprang von den Sitzen. Der Applaus schwoll zu ohrenbetäubendem Donner an.

Als Miles sich wieder aufrichtete und trotz der Schmerzen lächelte, zupfte ihn jemand an der Jacke. Der Affe Hector hockte auf dem Boden, schnatterte aufgeregt und zog eine Brieftasche aus der Minilivree. Miles musste lachen. Erst als er die Hand danach ausstreckte, sah er, dass es gar keine Brieftasche war. Es war ein ledergebundenes Notizbuch, das dritte von Celestes Tagebüchern. Es roch sogar noch nach dem billigen Parfüm des Großen Cortado.

36. KAPITEL

Ans Licht

Der wattezüngige, um ein Haar entzweigesägte Miles Wednesday kehrte kurz nach Mitternacht mit Little und einer dick verbundenen Hüfte in Lady Partridges Villa zurück. Er war zum Umfallen müde und wollte nur noch ins Bett, aber als sie durch die Diele gingen, öffnete sich die Tür zum Salon und Lady Partridge stand auf der Schwelle. „Ah, da bist du ja, Miles-Schätzchen!", begrüßte sie ihn schallend. „Wie geht es dir? Ich habe mir schreckliche Sorgen gemacht! Bist du schwer verletzt?"

„Ach wo", wehrte Miles noch ein wenig lallend ab.

„Ich bin jedenfalls heilfroh, dass du noch am Leben bist! Wir haben schon eine andere Version der ganzen Geschichte gehört, und zwar von … aber kommt doch rein und hört es euch selbst an!" Sie machte die Tür weit auf. Behagliches Licht und gedämpfte Stimmen drangen in die Diele. Als Miles und

Little eintraten, sahen sie Sergeant Bramley und Wachtmeister Flap auf dem Sofa am Kamin sitzen, als gehörten sie schon zur Einrichtung. Zwischen ihnen hockte mit hängendem Kopf Doktor Tau-Tau. Das Gesicht des Hellsehers war übel zugerichtet und er starrte betreten auf den Teppich.

„Nun, Meister Miles“, rief Sergeant Bramley, „wie ich höre, hast du das mit dem Entzweigesägtwerden ein bisschen übertrieben, was? Aber anscheinend bist du trotzdem noch aus einem Stück.“

„Bin ich“, bestätigte Miles, „aber es war ziemlich knapp.“

Wachtmeister Flap zog für die beiden Kinder das andere Sofa heran, und Lady Partridge machte es sich in ihrem Ohrensessel gemütlich. Kaum saß sie, zog sie Katzen an, wie ein Lutscher Flusen anzieht.

„Wo haben Sie Doktor Tau-Tau aufgespürt?“, erkundigte sich Miles.

„Der kam ganz dreist in unsere Wachstube marschiert“, antwortete der Sergeant. „Er lallte wie ein Betrunkener und war mit Handschellen an eine Eisenstange gefesselt. Weil er nicht vernünftig reden konnte, habe ich ihn in die Ausnüchterungszelle gesteckt.“

„Ich habe ausgesprochen vernünftig geredet!“, widersprach der Doktor. „Ich hatte bloß ein kleines Problem mit der Aussprache, weil meine Zunge taub war.“

„Wie auch immer“, sagte der Sergeant, „der Kollege Flap hat ihn verhört und bekam heraus, dass er uns vor diesem Schurken Cortado warnen wollte. Es lag an der Eisenstange und dem Lallen, dass ich dachte, er hätte eine Schraube locker.“

„Ich war anderthalb Tage lang an einen Motorradbeiwagen gekettet!“ Doktor Tau-Tau hob den Kopf. Seine Augen waren blutunterlaufen. „Nur weil ich immer ein Taschenmesser dabeihabe, konnte ich die Stange losschrauben und fliehen.“

„Wer hat Sie denn gefesselt?“, fragte Little.

„Der Große Cortado. Er hat mich im Wald bei Iota aufgestöbert und überwältigt. Wenn man mich allerdings nicht verhaftet hätte, bloß weil ich ...“

„Schon gut, schon gut, das haben wir alles x-mal durchgekaut“, schnitt ihm der Sergeant gereizt das Wort ab. Er stand auf und schaute auf die Uhr. „Gleich morgen Früh verhören wir den Festgenommenen noch einmal und dann finden wir schon raus, wo sich der Große Cortado versteckt hält.“

Lady Partridge löste die nadelspitzen Krallen eines Kätzchens aus ihrer Schulter. „Sie wollen doch jetzt nicht Feierabend machen, Sergeant Bramley! Ihnen ist soeben ein Beinahe-Mörder durch die Lappen gegangen! Solange er frei herumläuft, schwebt Miles in Lebensgefahr, ganz abgesehen von jedem anderen, der dem Schuft in die Quere kommt.“

„Das ist ja alles schön und gut“, brummte Sergeant Bramley (gemeint war das Gegenteil), „aber es ist schon nach Mitternacht, Lady P."

„Sie können den Doktor hierlassen", schlug Miles vor. „Das geht doch, oder, Lady Partridge? Hilfspolizistin Little kann ihn verhören. Ich hätte gern, dass sie ihn nach einem Familienerbstück von mir befragt."

Sergeant Bramley machte eine skeptische Miene. „Das wäre allerdings ..."

„Ausgesprochen unüblich", beendete Wachtmeister Flap den Satz. Er arbeitete lange genug mit dem Sergeanten zusammen, um dessen Sätze mit größter Treffsicherheit zu Ende zu führen, auch wenn er sich das nur selten traute. Mittlerweile bedauerte er seinen Vorschlag, Little als Hilfspolizistin zu vereidigen. Sie schien immer mehr Aufgaben zu übernehmen, die eigentlich seine waren. Außerdem trug sie immer noch seine Ehrennadel.

Der Sergeant wiederum konnte es nicht ausstehen, wenn irgendwer seine Sätze beendete. Er war soeben zu dem Schluss gekommen, dass er ohne den Festgenommenen womöglich noch etwas Schlaf bekam, bevor er die Verfolgung des Großen Cortado aufnehmen musste. Und war ein klarer Kopf nicht das Allerwichtigste, wenn man einen Schwerverbrecher zur Strecke bringen wollte? Erst recht, wenn dieser zu Pferde auf der Flucht war?

„Na ja ...", brummte er und zog seinen Hosenbund hoch, „wenn Sie meinen, dass er nicht mehr gefährlich ist …“

„Wir können Doktor Tau-Tau bestimmt dazu bewegen, sich anständig zu benehmen“, beruhigte ihn Lady Partridge. „Und wenn er uns gar ein paar Hinweise gibt, die womöglich zur Festnahme des Großen Cortado führen, würde ich sogar bei Richter Ffrench ein gutes Wort für ihn einlegen, wenn ich ihn nächsten Dienstag beim Bridge treffe.“

„Meinetwegen“, willigte Sergeant Bramley ein. „Wenn Sie uns dann entschuldigen wollen, Lady P. – wir haben noch wichtige Ermittlungsarbeiten zu erledigen.“ Er tippte an seine Mütze und verließ mit seinem geknickten Kollegen den Salon.

Lady Partridge fegte die Katzen von ihrem Schoß und hievte sich aus dem Sessel. „Nachdem ihr alle so viel durchgemacht habt, wenn auch ganz Verschiedenes, könnt ihr bestimmt einen Tee vertragen. Ich gehe Wasser aufsetzen, und Little kann den Doktor solange nach Miles' Familienerbstück fragen.“ Sie bedachte den Wahrsager mit einem strengen Blick. „Ich empfehle Ihnen wärmstens, nichts zu verschweigen. Richter Ffrench ist ein überzeugter Befürworter langer Haftstrafen.“ Damit rauschte sie hinaus.

Doktor Tau-Tau fuhr zusammen. „Tja …“, sagte er und lächelte gezwungen, „Ende gut, alles gut, nicht wahr? Immerhin ist es Cortado nicht gelungen …“ Er stockte.

„Mich entzweizusägen?“, beendete Miles den Satz. Der Wahrsager nickte stumm.

„Wie ist der Große Cortado überhaupt auf die Idee gekommen, dass ich das Tigerei verschluckt habe?“

„Äh … das habe ich ihm erzählt, als er mir im Wald aufgelauert hat. Natürlich nur zu deinem Besten.“

„Wieso ist es zu meinem Besten, wenn ich zersägt werde?“

Doktor Tau-Tau seufzte. „Ich hab’s immer nur gut mit dir gemeint, Kleiner, auch wenn es vielleicht manchmal nicht danach ausgesehen hat. Ich hatte Cortado weisgemacht, dass das Ei des Tigers wahrscheinlich irgendwo in Larding ist, und er hat den ganzen Sommer lang gesucht. Er hat bei diesem Punchbiskuit-Paar angefangen, weil Bartys Sprössling angeblich in ihrem Waisenhaus gestorben ist. Zwar hat er bald herausgefunden, dass sie nichts mit dem Ei zu tun hatten, aber ihm entging nicht, dass die beiden geldgierig und skrupellos sind. Die drei verstanden sich ausgezeichnet. Der Rattenuhrenhandel war Cortados Idee. So konnten die beiden in den Wertsachen der Lardinger nach dem Ei fahnden, und er war es auch, der ihnen aus Fuera laufend Nachschub an Uhren verschafft hat.“

„Ach, so war das!“, sagte Miles. „Fowler Pinchbucket hätte ich so einen schlauen Einfall auch gar nicht zugetraut. Aber wenn Cortado das Ei in Larding gesucht hat, wieso saß er dann auf einmal in Cnoc in unserer Vorstellung?"

Doktor Tau-Tau fielen vor Verblüffung fast die Glupschaugen aus dem Kopf. „Woher weißt du das?"

„Ich hab ihn erkannt."

„Du hast richtig gesehen. Er hat eins und eins zusammengezählt und ist darauf gekommen, dass Barty Fumbles Kleiner nicht am Fieber gestorben ist, sondern dass er derselbe Junge war, der ihm damals seinen Palast des Lachens ruiniert hatte. Er fuhr dem Zirkus hinterher, um dir an Ort und Stelle den Garaus zu machen, aber ich habe ihm erzählt, dass ich mich mit dir angefreundet hätte und kurz davor sei, dir das Ei zu entreißen. Als ich ihn um ein paar Tage Aufschub bat, grinste er tückisch und meinte, dann würde er wieder nach Larding zurückkehren und das Zero freilassen. Er meinte, das Untier hätte schon bei seiner letzten Flucht den krankhaften Drang an den Tag gelegt, dich umzubringen, obwohl du sein eigen Fleisch und Blut bist. Ich sollte zusehen, dass ich dir das Ei abnehme, ehe dich das Vieh zerfleischt. Das Ganze schien ihn köstlich zu amüsieren."

„Darum wollten Sie also aus dem Zirkus weglaufen."

Tau-Tau nickte. „Ich unternahm noch einen letzten Versuch herauszubekommen, ob du weißt, wo sich das Ei befindet. Aber als ich wieder kein Glück hatte, habe ich mich im Wald versteckt. Ich war nicht scharf darauf, dem Zero nach so langer Zeit gegenüberzustehen, auch wenn ich keine Ahnung hatte, ob es mich überhaupt wiedererkennen würde. Ich wollte es lieber nicht darauf ankommen lassen."

„Es ist aber trotzdem so gekommen", warf Little ein. „Da haben Sie bestimmt Todesängste ausgestanden."

„Das kann man wohl sagen!" Der Wahrsager schauderte bei dem Gedanken daran. „Wäre ich nicht so geistesgegenwärtig gewesen ..."

„Ich glaube gar nicht, dass sich das Zero für Sie interessiert hat", sagte Miles.

„Wie bitte? Das Vieh hat mich wie einen Räucherschinken in den Baum gehängt! Es hätte mich im nächsten Augenblick mit Haut und Haaren verschlungen!"

„Erstens ist das Zero kein ‚Vieh' und zweitens wollte es keinen Schinken, sondern ein Heilmittel. Als es die Schlaftropfen intus hatte, hat es Sie fallen lassen wie eine heiße Kartoffel."

Der Doktor rümpfte die Nase. „Um dieses ... Wesen zu heilen, reichen keine zehn Liter Schlaftropfen."

„Mit dem Ei könnte es vielleicht gehen."

„Wenn es mir irgendwann gelingt, das Ei aufzutreiben ..." Tau-Tau hielt inne und starrte gebannt auf Miles' Brust. „Beim Staub der Jahrhunderte – was für ein ungewöhnliches Geschöpf! Darf ich es mir mal ansehen?"

Miles musste entsetzt feststellen, dass Mandarine sein tragbares Versteck verlassen hatte. „Das ist bloß ein Stofftier“, sagte er rasch und steckte das Bärchen wieder in die Tasche gleich neben seinem klopfenden Herzen. „Zum Aufziehen“, setzte er hinzu.

„Ein Stofftier zum Aufziehen? Bist du sicher?“ Doktor Tau-Tau konnte den Blick nicht von Miles’ Tasche wenden. Da ging die Tür auf und Lady Partridge fegte herein. Sie schob einen Teewagen, auf dem sich Kuchen und Gebäck türmten. Auf der obersten Etage stand eine dampfende Kanne Tee, umringt von klirrenden Tassen. Tau-Tau nahm sich geistesabwesend ein Stück Kuchen und mampfte drauflos, den Blick unverwandt auf Miles geheftet.

„Sie haben meine Frage nicht beantwortet“, sagte Miles in der Hoffnung, ihn von Mandarine abzulenken.

Der Doktor gab sich einen Ruck. „Welche Frage denn?“

„Warum haben Sie dem Großen Cortado erzählt, dass ich das Ei verschluckt habe?“ Miles schielte zu Lady Partridge hinüber, aber die deckte den Tisch.

„Irgendwas musste ich ihm doch erzählen“, entgegnete Tau-Tau. „Er hatte das Zero auf einem geklauten Motorrad verfolgt und hat auch beobachtet, wie ich es mit einem Jahrhunderttreffer aus meinem Blasrohr eingeschläfert habe. Das passte ihm gar nicht in den Kram. Er hat sich im Gebüsch auf die

Lauer gelegt und den Wachtmeister niedergeschlagen. Er wollte nämlich meine Kleider anziehen und dich eigenhändig umbringen."

„Aber wir wissen doch inzwischen von den Firbolg, dass ich das Ei gar nicht verschluckt habe", wandte Miles ein.

„Schon, aber ich musste mir schnell etwas einfallen lassen. Ich wollte ihn aufhalten, damit ich die Polizei verständigen konnte. Ich habe ihm geraten, sich lieber als Stranski zu verkleiden und dir in der nächsten Abendvorstellung mit der Säge zu Leibe zu rücken. Der Zauberer ist ja auch kleiner als ich und seine Sachen hätten ihm besser gepasst."

„Wo steckt Stranski eigentlich?" Miles machte Anstalten aufzustehen.

„Der liegt in seinem Wohnwagen und träumt was Schönes. Ich habe Cortado meine letzten Schlaftropfen gegeben, damit er ihn ausschalten und ihm das Kostüm klauen kann. In der Flasche befand sich noch genug, um jemanden zwei Tage lang außer Gefecht zu setzen. Sonst hätte er Stranski bestimmt kaltblütig abgemurkst. Er fuhr mit mir in die Nähe der Zirkuswiese, versteckte das Motorrad im Gebüsch und kettete mich mit Handschellen an den Beiwagen. Er hat mich die ganze Nacht nicht aus den Augen gelassen, und bevor er ging, hat er mich gezwungen, einen Schluck Schlaftropfen einzunehmen. Aber ich hab das Zeug im Mund behalten und ausgespuckt, als er endlich weg war. Nur meine Zunge hat was abgekriegt. Eine kleine Dosis Schlaftropfen betäubt die Zunge besser als die Spritze beim Zahnarzt."

Miles nickte wissend. Seine Zunge kribbelte immer noch.

„Kein Wunder, dass Sergeant Bramley Sie nicht verstehen konnte", warf Lady Partridge ein. „Aber Sie haben offenbar ausnahmsweise mal das Richtige getan. Sie haben höchstwahrscheinlich Mr Stranski das Leben gerettet, und Sie haben alles versucht, um auch Miles zu retten. Auch wenn ich mich des Eindrucks nicht erwehren kann, dass Sie das Unheil überhaupt erst ins Rollen gebracht haben." Sie schenkte Tee ein. „Wenn Sie uns jetzt noch helfen, den Großen Cortado aufzuspüren, kommen Sie vielleicht um eine Haftstrafe herum."

Doktor Tau-Tau setzte sich gerade hin und legte die Fingerspitzen an die Schläfen. „Sie sprechen mit dem bedeutendsten Hellseher der nördlichen Hemisphäre, Verehrteste. Jemanden aufzuspüren, ist für ein Genie wie mich ein Kinderspiel. Für mich", wiederholte er, „ist Aufspüren das reinste Kinderspiel."

Der leicht lädierte, eben zwölf Jahre alt gewordene Miles Wednesday saß an einem kühlen Oktobermorgen in Lady Partridges Garten mit dem Rücken an den glatten Stamm der Zwillingsbuche gelehnt. Auf einer Wurzel neben ihm lagen eine Zeitung und das

Frühstück des Zero, und sein Blick ruhte unbestimmt auf dem hohen, von der Sonne gestreiften Gras. Der Wind seufzte in den Zweigen wie der Atemhauch eines mächtigen Tieres und trug den säuerlichen Geruch von Tamarindenschoten heran. Miles glaubte, ein dumpfes Knurren zu vernehmen, achtete aber nicht weiter darauf. Er betrachtete das Gras und wartete ab. Statt nach Tamarinden roch es jetzt nach Tiger. Miles lächelte in sich hinein.

„Ich weiß nicht, was es so dämlich zu grinsen gibt", sagte der Tiger.

Miles blickte auf. Der Tiger kauerte in Sprungweite. Seine prächtigen Streifen verschmolzen mit der Wiese, und er musterte Miles amüsiert.

„Ich grinse nicht dämlich, ich freue mich einfach", widersprach Miles. „Zum Beispiel darüber, dass ich noch am Leben bin. Ich konnte mich gestern Abend gar nicht richtig bei dir bedanken."

„Ich habe mich lieber vom Acker gemacht", erwiderte der Tiger. „Bestimmt hätten mich irgendwelche kleinen Kinder mit ihren klebrigen Fingerchen betatschen wollen, und danach hätten sie womöglich keine Fingerchen mehr gehabt."

„Wie bist du entwischt?"

„Ich bin schließlich ein Tiger, kein Trampeltier, ein Meister im lautlosen Verschwinden und mit meinen Streifen hervorragend getarnt. Ein Zirkuszelt mag viele Nachteile haben, aber gestreift ist es allemal."

„Jedenfalls hast du gerade noch rechtzeitig eingegriffen.“ Miles scharrte mit dem großen Zeh in der Erde. „Noch mal vielen Dank.“

„Keine Ursache“, wehrte der Tiger ab. „Bloß schade, dass ich nicht dazu gekommen bin, diesen widerlichen kleinen Kriecher zu fressen. Andererseits war es vielleicht ganz gut so. Mit anzusehen, wie ein Tiger einen als Zauberer verkleideten Schuft frisst, gilt vielleicht nicht unbedingt als Familienvergnügen.“

Vom Gartenpavillon klang kreischendes Gekicher herüber. Der Tiger war sofort auf den Beinen, fletschte die furchterregenden Reißzähne und peitschte mit dem Schwanz.

„Keine Sorge“, beschwichtigte ihn Miles. „Das ist bloß das Zero. Wenn ich in Larding bin, bringe ich ihm jeden Morgen das Frühstück, und heute bin ich ein bisschen spät dran.“

„Ich halte es für keine gute Idee, dieses Geschöpf hierzubehalten“, entgegnete der Tiger. „Ich habe dir schon einmal abgeraten, dich mit ihm einzulassen. Es ist sträflicher Leichtsinn.“

„Ich kann selber auf mich aufpassen“, sagte Miles ungehalten, „und ohne eine Portion sträflichen Leichtsinn hätte ich mich nie mit dir angefreundet.“

Der Tiger knurrte und Miles bekam eine Gänsehaut. „Nur eine übermütige Maus schließt Freundschaft mit der Katze. Und sich von mir oder deiner ulkigen kleinen Schwester immer wieder den Fängen des Todes entreißen zu lassen, würde ich nicht unbedingt als ‚selber auf mich aufpassen' bezeichnen."

Miles schwieg. Der Tiger stand mit zuckendem Schwanz auf der herbstlichen Wiese. Er hatte den Bernsteinblick auf Miles gerichtet, aber seine Ohren zeigten in Richtung Gartenpavillon. Es war Little, die das Schweigen schließlich brach. „Miles hat mich aus dem Zirkus Oscuro befreit", verkündete sie, ließ sich neben Miles ins Gras fallen und strahlte den Tiger an. „Und ich helfe ihm, wenn er mich braucht. Wir passen aufeinander auf."

Miles wandte den Blick ab, weil ihm die Tränen kamen. Der Tiger knurrte dumpf. „Vielleicht war ich ein bisschen grob", räumte er ein. „Es ist nicht verkehrt, sich einer Gefahr mutig zu stellen, wenn es sein muss, und an Mut mangelt es dir offenbar nicht. Aber sich dieses zottelige Ungeheuer als Schoßtier zu halten, ist ja wohl etwas anderes."

„Das Zero ist kein Schoßtier!", widersprach Miles heftig. „Das Zero ist alles, was ich noch von meinem Vater habe."

Der Tiger sah ihn an, aber Miles konnte seinen Blick nicht deuten. „Du bist immer noch ein großer Freund von Rätseln", sagte der Tiger, „und meine diesbezügliche Geduld hat immer noch ihre Grenzen. Hauptsache, du denkst dran, dass ich nicht jedes Mal da sein kann, um dir aus der Patsche zu helfen."

„Wo willst du denn hin?“

„Ach, irgendwohin“, erwiderte der Tiger ausweichend und wandte sich nach der aufgehenden Sonne um.

„Dann sehen wir uns ja wieder“, sagte Miles.

„Gewiss“, sagte der Tiger.

„Dann leb wohl, Varippuli.“

Der Tiger drehte sich noch einmal um. „Leb wohl, Miles, und vergiss nicht: Halte stets die Augen offen und die Krallen geschärft.“

Damit verschwand er im Gebüsch. Miles sah ihm beklommen nach. „Was er damit wohl gemeint hat? Dass er nicht jedes Mal da sein kann?“, fragte er Little.

„Tiger sind von Natur aus Einzelgänger. Er kann nicht nachvollziehen, dass unsere Freundschaft uns beiden Kraft gibt. Wobei mir etwas einfällt.“ Sie umarmte den verblüfften Miles. „Alles Gute zum Geburtstag!“

„Habe ich denn heute Geburtstag?“, fragte Miles erstaunt. Im Pinchbucket-Waisenhaus wurden nie irgendwelche Geburtstage gefeiert. Er wusste überhaupt erst seit einem Jahr, wann er zur Welt gekommen war, weil die Bolsillo-Brüder es ihm erzählt hatten, und hatte das Datum noch nicht im Kopf.

„Na klar!“ Little sprang auf. „Und ich muss wieder ins Haus, um Lady Partridge bei deiner Geburtstagsüberraschung zu helfen. Sie hat einen großen Kuchen gebacken und die Bolsillos kommen vorbei und bringen Tembo und Mamba mit und ..."

Miles musste lachen. „Pst! Wenn es eine Überraschung sein soll, darfst du mir nichts verraten!"

„Aber wie willst du dich dann darauf freuen?"

„Das ist gar nicht vorgesehen. Damit man sich *über* die Überraschung umso mehr freut."

Jetzt lachte auch Little. „Ihr Menschen seid wirklich komisch! Dann verrate ich Lady Partridge lieber nicht, dass ich mich verplappert habe, und sie freut sich umso mehr, wenn sie es rauskriegt."

Miles nahm die Zeitung und das Frühstück für das Zero und stand auf. „Am besten sagst du gar nichts."

„Wie du meinst, Miles." Little strich sich lächelnd das Haar hinters Ohr, und schon schien es wärmer zu werden. „Grüß das Zero von mir", rief sie und lief ins Haus.

Das Zero hockte wie ein pechschwarzer Fleck in der Ecke, möglichst weit weg von den Sonnenstreifen, die schräg durch das vergitterte Fenster hereinfielen. Es starrte Miles mit blutunterlaufenen Augen entgegen. Miles schob den Blechteller durchs Gitter, aber das Zero rührte sich nicht. „Guten Morgen!", sagte Miles. „Kennst du mich noch?" Er setzte sich in den abgewetzten Sessel und griff nach dem *Lardinger Wochenboten*. Die Schlagzeile nahm fast die ganze Titelseite ein: „Entsprungener Irrer von tobendem Tiger zerfleischt", las Miles laut vor. „Die Polizei fahndet mit Hochdruck nach einem gefährlichen Tiger. Das Tier entkam, nachdem es einen entsprungenen Irren verstümmelt hatte. Der Große Cortado (45) wurde von der Raubkatze angefallen, als er einen Lardinger Jungen zersägen wollte. Anschließend flüchtete Cortado auf einem gestohlenen Pferd. Nach ihm wird ebenfalls gefahndet." Miles blätterte um. „Probieren wir's damit: ‚Mich seht ihr nie wieder', sagt betrügerischer Fes-Träger. Der fahrende Hellseher Doktor Tau-Tau (40) muss mit Abschiebung rechnen, sobald er der Polizei den mutmaßlichen Aufenthaltsort des flüchtigen Irren Cortado verraten hat. Gemäß einer Absprache der hiesigen Polizei mit dem zuständigen Bezirksrichter Emmanuel Ffrench wurde die Anklage gegen Tau-Tau wegen Benutzens eines gemeingefährlichen Blasrohres sowie unverständlicher Aussagen im Rahmen eines Verhörs unter der Bedingung fallen gelassen, dass sich der Hellseher einverstanden erklärt, unverzüglich auszureisen. ‚Ich fühle mich hier sowieso nicht mehr wohl', sagt Tau-Tau. ‚Ich gehe irgendwohin, wo man meine Fähigkeiten mehr zu schätzen weiß.'"

Miles legte die Zeitung weg und saß eine Weile schweigend bei dem sonderbaren Geschöpf, das einmal sein Vater gewesen war. Zwar hieß es allgemein, statt mit dem Zero zu sprechen, könne man ebenso gut in ein leeres Fass hineinrufen. Aber da Miles früher in einem leeren Fass gewohnt hatte, wusste er, dass an leeren Fässern manchmal mehr dran ist, als man auf den ersten Blick vermutet. Er hatte sich vorgenommen, dem Zero wieder täglich vorzulesen, aber das, was er ihm eigentlich mitteilen wollte, stand nirgends im *Wochenboten*, das musste er ihm schon selber sagen.

Er sprach über seine Tournee mit dem Zirkus und seine Abenteuer bei den Firbolg, auf der Suche nach seinem Vater, den eine bodenlose Finsternis ihm genommen hatte. Er sprach über seine Mutter, die schöne Celeste, und darüber, wie inbrünstig er sich wünschte, einmal ihr Gesicht zu sehen, und sei es nur auf einem Foto. Er sprach über ihre Zwillingsschwester, die er eines Tages ausfindig zu machen hoffte, und über das Mädchen Little, das auf seine Flügel verzichtet hatte, um seine kleine Schwester zu werden. Er musste lachen, als er dem Zero beschrieb, wie komisch sie ausgesehen hatte, als sie bärtig und behaart zu seiner Befreiung erschienen war. Er sprach über den Tiger, der immer da war, wenn er ihn brauchte, und dass er selbst, auch wenn das schwer zu begreifen war, die Seele der prächtigen Raubkatze in ein Stoffbärchen eingenäht in der Jackentasche trug. Als der Sonnenstreifen irgendwann auf dem mit Stroh ausgelegten Boden angekommen war, erzählte er dem stumm vor sich hin brütenden schwarzen Schemen in der Ecke von dem kleinen Stein, der die Kraft des Tigers verkörperte. Und dass er sich so lange mit dem Tagebuch seiner Mutter beschäftigen wollte, bis er irgendwann mit dem Stein umgehen konnte. Dann wollte er seinen verlorenen Vater aus der Finsternis erlösen und wieder ans helle Licht des Tages holen.

Jon Berkeley wurde in Dublin geboren, zu einer Zeit, in der die Anzugjacken keine Kragen hatten und es noch keine Fußspuren auf dem Mond gab. Er wurde von strengen, Ellbogenflicken tragenden Männern unterrichtet und besuchte eine Schule, in der man nur auf die Toilette gehen durfte, wenn man auf Irisch um Erlaubnis gefragt hatte. Jon Berkeley arbeitet seit über zwanzig Jahren als Illustrator und hat erst vor einiger Zeit begonnen zu schreiben. „Das gestohlene Lachen“ ist sein erster Roman. Nach Stationen in Sydney, Hongkong, London und Dublin lebt er nun mit seiner Frau Orna, seinen fünf Kindern, fünf Katzen, einem Hund und einer Kolonie von Stechmücken in einer kleinen Stadt in Katalonien.